CHÔMAGE, DES SECRETS BIEN GARDÉS

FABIENNE BRUTUS

Chômage,
des secrets bien gardés

JEAN-CLAUDE GAWSEWITCH ÉDITEUR

ISBN : 2-253-11934-2 – 1re publication – LGF
ISBN : 978-2-253-11934-0 – 1re publication – LGF

À tous les autres moutons noirs de l'Agence.
Aux chômeurs, très nombreux,
à qui je n'ai rien proposé.

INTRODUCTION

« La tendance est au beau fixe. La décrue du chômage se confirme. » Dès les premiers mots, mon poil d'agent ANPE se hérisse. Je suis en train d'écouter France Info. Depuis quelques semaines, la presse est unanime. Le gouvernement se félicite, les journalistes relaient, tout va pour le mieux dans le meilleur des mondes. Chiffres à l'appui, les médias soulignent la réussite du Plan de cohésion sociale. L'ANPE est à l'origine de ces chiffres-là. J'ai donc participé sciemment à cette mascarade. C'est la goutte d'eau qui fait déborder le vase. Ces rouages trop bien huilés méritent leurs grains de sable. Je ne peux pas laisser dire. Ces discours propagandistes sont à l'opposé de ma version des faits. Je connais les risques encourus. S'exprimer, c'est s'exposer aux sanctions. Dans quelques mois, ce livre me vaudra peut-être de rejoindre à mon tour les rangs des chômeurs. Se taire, c'est collaborer. Mon choix est fait. En me rendant tous les matins sur mon lieu de travail, pour n'y accomplir que des tours de passe-passe, je cautionne le système en place. Aucune amélioration depuis l'avènement du « client » qui a remplacé le chômeur, bien au contraire. Depuis le nouveau logo, nous avons un nouveau slogan : « Réunir les gens qui doivent se rencontrer. » L'employeur et l'intérimaire ? L'huissier et le chômeur ? L'ANPE se sent pousser des ailes matrimoniales. « Réunir souvent des gens qui doivent se rencontrer sous peine de radiation » était sans doute moins commerçant. Chômeurs et conseillers souffrent de concert. Les uns cherchent sans succès, les autres peinent à proposer. Comment en est-on arrivé là ?

Créée en juillet 1967 par ordonnance, l'Agence nationale pour l'emploi (ANPE) visait à l'origine à organiser l'intervention de l'État sur le marché du travail, dans un contexte d'expansion économique qui autorisait son intervention. Placée sous la tutelle du ministère de l'Emploi, elle a pour missions principales de favoriser la rencontre entre l'offre et la demande, d'aider les chômeurs à trouver (ou à retrouver) un emploi, une formation ou un conseil professionnel, et d'aider les employeurs à recruter. En outre, elle met en place les aides publiques destinées à faciliter l'embauche et le reclassement des salariés. Voilà pour la façade, celle de 1967. Que se cache-t-il derrière, plus de trente ans après le premier choc pétrolier, dont on sait qu'il a contribué à la lézarder profondément ?

Est-il seulement possible d'intervenir sur le marché de l'emploi ? Qui sont vraiment les salariés investis de cette mission de service public ? À quel quotidien font-ils face ? De quels outils disposent-ils ? En quoi les missions de l'ANPE ont-elles changé ? Quel poids a-t-elle vis-à-vis de ses « partenaires » privés ? Il faut toiletter le fichier, oser la mobilité salariale, segmenter le public, répartir les clients dans les portefeuilles… Le marketing règne en maître. Pour le bien des chômeurs ? « Vous allez me dégager ça. » Ça, c'est quelqu'un. Un chômeur, précisément. D'ailleurs, est-ce vraiment quelqu'un ? À en juger par les méthodes d'éradication massive récemment utilisées, il est permis d'en douter. Les consignes sont claires : l'ANPE doit recaser, coûte que coûte. Qu'importe si les emplois sont précaires voire fictifs. La manœuvre doit être efficace et rapide. L'échéance de 2007 est proche.

Si jusque-là rien n'a filtré, si personne ne parle (malgré le ras-le-bol des intéressés eux-mêmes et le droit de savoir des chômeurs), c'est que la liberté d'expression, pilier du fonctionnement républicain, est fortement concurrencée par la « discrétion professionnelle » et autres « neutralités » exigées par la fonction. Que le devoir de réserve protège les individus, chômeurs, employeurs et conseillers, tombe sous le sens. En revanche, que les manipulations soient tues au nom de la neutralité, et c'est la démocratie tout entière qui est mise en péril.

Pour museler les conseillers, il existe un outil efficace : une circulaire Dagemo [1], parue en 1999. Elle réglemente les relations que les « fonctionnaires et agents publics de l'administration du travail, de l'emploi et de la formation professionnelle » pourraient avoir avec les médias. Nul n'est censé ignorer

1. DAGEMO : Direction de l'Administration Générale Et de la MOdernisation des services (ministère de l'Emploi et de la Solidarité), cf. Circulaire DAGEMO en annexe p. 259.

la loi, cependant, pour ceux qui auraient l'intention de passer outre en évoquant publiquement leur quotidien, une piqûre de rappel s'impose. En l'espèce, la circulaire stipule que toute communication, verbale ou écrite, doit être examinée et validée au préalable par la direction générale. De fait, les conseillers (ces empêcheurs de tourner en rond en puissance) se voient donc contraints au mutisme. S'ils décident de parler malgré l'interdiction qui leur est faite, ils encourent des sanctions disciplinaires et pénales.

Jusqu'en 2005, la résistance passive était une position inconfortable certes, mais à la rigueur envisageable. Elle est aujourd'hui de plus en plus difficile à tenir. De nombreux conseillers se demandent s'ils doivent combattre le mal de l'intérieur. N'ont-ils pas commencé à collaborer ? L'accroissement des pressions envers les chômeurs passe nécessairement par le renforcement des contraintes sur les conseillers. Impossible désormais de s'en tenir au projet initial d'un chômeur, si ce projet n'est pas immédiatement porteur d'emploi. On n'hésite plus à lui proposer des offres très éloignées du métier, du salaire et de la qualification choisis (et ce dans les meilleurs délais : plus question de tergiverser).

Une véritable révolution dans le traitement du chômage est en train de s'opérer. Le modèle anglais est entré par la grande porte, invité par un plan glorieusement intitulé – sans doute par ironie et antiphrase – de « cohésion sociale ». J'ai pris le parti, dans ce livre, d'appeler un chat un chat et un chômeur, un chômeur. « DE », Demandeur d'Emploi, est le terme que j'aurais dû employer si je m'étais conformée à la terminologie en vigueur à l'Agence. À l'ANPE, il n'y a pas de chômeurs, jamais. Les chômeurs, on ne veut surtout pas en entendre parler. Les « DE », en revanche, sont légion, et ça change tout.

Pour plus d'universalité, chaque chômeur raconté ici est la somme de ses confrères en situation similaire. Tout est plausible, probable. Les cas cités dans cet ouvrage sont réalistes, jamais réels. Tout a déjà existé. Seuls les noms ont été modifiés, les circonstances légèrement brouillées, dans le souci évident de préserver chômeurs et conseillers, de ne porter préjudice à personne. Vécus personnellement ou rapportés, les événements ont eu lieu dans différentes agences ANPE, en zone urbaine, en zone rurale. Que chacun y trouve son compte.

CHAPITRE 1

Des chiffres introuvables

> « Paradoxes d'automne, la croissance faiblit, le chômage baisse. »
>
> « Pour la première fois depuis fin 2003, le chômage est passé sous la barre des 10 % en juillet 2005 (…).
> Cette baisse s'inscrit dans un environnement économique pourtant peu porteur (…) [1] »

Travailler à l'ANPE, c'est être tributaire à la fois des propositions d'emploi et des personnes désireuses de les occuper. Inutile de se leurrer, il n'existe quasiment aucune possibilité d'intervention directe sur ces deux éléments extérieurs. Il faut, au mieux, gérer, négocier, composer. Pratiquer l'« intermédiation active », selon l'expression consacrée (en clair, se débrouiller avec la réalité du marché). Le

---

1. Extraits de la lettre de l'encadrement de l'ANPE *Lignes directes*, octobre 2005.

conseiller ANPE a donc en permanence l'œil sur les chiffres, les siens, de préférence, ceux qu'il « réalise » et que communique ensuite la direction générale. L'ANPE véhicule trois types de chiffres : les offres d'emplois récoltées, les chômeurs inscrits, les moyens utilisés pour relier les deux (prestations diverses d'aide au retour à l'emploi).

Or, quoi qu'en disent les discours officiels, les offres d'emplois sont peu nombreuses, particulièrement les offres valables. Les CDI (Contrats à durée indéterminée) sont une denrée très rare, comme les CDD (Contrats à durée déterminée) longs (au moins un an). Quant aux chômeurs inscrits, c'est un secret de polichinelle, ils sont bien plus nombreux que ne le laissent entendre les statistiques certifiées. Si l'on compare les offres proposées à la masse des chômeurs, inscrits ou pas, le rapport est clair : il n'y a tout simplement pas assez de boulot pour tout le monde. Les chiffres des prestations réalisées pour aider à l'embauche prouvent donc que chômeurs et conseillers se démènent… dans le vide.

Pour évaluer sans se laisser berner, il importe de connaître les différentes méthodes statistiques, et notamment le principe des catégories de chômeurs.

1. *Compter les chômeurs : des chiffres trompeurs ?*

Le dénombrement des chômeurs demeure l'un des ressorts mystérieux de la République. D'un côté, très peu de gens pour savoir comment ça fonctionne, de l'autre, tout le café du commerce pour commenter des chiffres que personne ou presque ne songe à contester.

Dans la mesure où plusieurs définitions du chômage co-existent, « mesurer la bête » n'est pas une mince affaire. Les frontières entre emploi, chômage et inactivité ne sont pas toujours faciles à établir. Il y a en France deux sources statistiques principales sur le chômage : les statistiques mensuelles du ministère du Travail, élaborées à partir des fichiers de demandeurs d'emploi enregistrés par l'ANPE, et l'enquête Emploi de l'INSEE, qui mesure le chômage au sens du BIT (Bureau international du travail). Selon l'INSEE, le taux de chômage est le pourcentage de chômeurs dans la population active. Les demandeurs d'emploi en fin de mois (DEFM) sont les personnes inscrites à l'ANPE et ayant une demande en cours au dernier jour du mois.

Le chômeur est une personne en âge de travailler (15-74 ans), privée d'emploi et en recherchant un. Ce chômeur-là répond simultanément à trois conditions. Il n'a pas travaillé, *ne serait-ce qu'une heure*, durant une semaine de référence, est disponible pour prendre un emploi dans les quinze jours et cherche activement un emploi ou en a trouvé un qui commence ultérieurement. Un chômeur au sens du BIT n'est donc pas forcément inscrit à l'ANPE.

Au menu des subtilités, on trouve les données CVS, pour « corrigées des variations saisonnières ». Les statisticiens emploient cette technique pour éliminer l'effet des fluctuations saisonnières sur les chiffres, de manière à en faire ressortir les grandes tendances. Ainsi, le taux de chômage « désaisonnalisé » atténue les variations dues au profil saisonnier des embauches estivales et des débauchages hivernaux, dans l'agriculture par exemple. Il ne s'agit pas là de déguisement mais d'ajustement.

Voilà pour l'aspect technique. Pour acheter à petit prix un semblant de paix sociale, on a inventé le classement des chômeurs par catégories. Il en existe huit en tout. L'explication est suffisamment assommante pour décourager. Plus la chose est administrativement rébarbative, moins on la décortique. Est-ce réellement un hasard, ou est-ce « étudié pour » ?

En effet, seule la catégorie 1 est comptabilisée dans les chiffres officiels. Malheureusement, l'obtention de n'importe quel contrat précaire, occupation momentanée, stage de formation, fait évidemment glisser vers une catégorie « off »... La caissière qui effectue 22 heures par semaine (soigneusement étalées de manière à l'occuper 35 heures dans la galerie marchande) n'est donc pas au chômage. Si la question lui était posée, elle répondrait évidemment qu'elle veut en priorité un CDI à temps plein. Il suffit donc de ne pas lui poser la question. C'est ce que les conseillers ANPE sont priés de faire : ne pas se poser de questions, ne pas en poser tout court. Déterminer l'ampleur du chômage, toutes catégories confondues, relève de l'information. Se contenter des chiffres politiquement corrects de la catégorie 1, de la communication. Et tout est pour le mieux dans le meilleur des mondes possibles.

Pour distinguer les chômeurs officiels des chômeurs officieux, observons un cas concret :

Catégorie 1 : personne sans emploi, immédiatement disponible, recherchant CDI à temps plein

Bernard, fraîchement licencié, cherche un emploi à temps plein, en CDI. Il compte ! Les statistiques parlent de lui… et ne parlent même que de lui.

En septembre 2005 : 2 432 989 demandeurs en catégorie 1 en France, DEFM, source DARES [2].

Les chiffres officiels, publiés régulièrement, à la plus grande joie des médias, oublient pourtant quelques-uns des proches de Bernard.

Catégorie 2 : personne sans emploi, immédiatement disponible, recherchant CDI à temps partiel

La femme de Bernard passe à la trappe. Lors de son inscription, elle a dit à l'Assedic rechercher un mi-temps. Elle a donc été inscrite en catégorie 2. Toutes les personnes voulant conserver un mi-temps qu'ils auraient déjà trouvé sont dans ce cas. Même s'ils cherchent un temps plein au bout du compte, en cumulant deux temps partiels. Un peu plus de 10 % des inscrits sont casés là : pratique.

En septembre 2005 : 445 574 demandeurs en catégorie 2 en France.

---

2. DARES : Direction de l'animation de la recherche, des études et des statistiques.

Catégorie 3 : personne sans emploi, immédiatement disponible, recherchant CDD, contrat temporaire ou saisonnier

Le frère de Bernard est intérimaire, faute de mieux. Il n'apparaît pas dans les chiffres officiels. Toute personne ayant ouvert des droits aux allocations Assedic via un contrat en intérim peut d'ailleurs être considérée comme intérimaire, et inscrite d'emblée dans cette catégorie.

En septembre 2005 : 307 388 demandeurs en catégorie 3 en France.

Catégorie 4 : personne sans emploi, non disponible immédiatement, recherchant CDI ou CDD, à temps plein ou partiel

Le voisin de Bernard est en stage de formation pour devenir électricien. N'ayant pas retrouvé de boulot, il se recycle. Pour l'instant, il est en catégorie 4. Comme tous les stagiaires, il disparaît des statistiques.

En septembre 2005 : 134 511 demandeurs en catégorie 4 en France.

Catégorie 5 : personne pourvue d'un emploi, recherchant un autre emploi en CDI ou CDD, à temps plein ou partiel

La fille de Bernard est en CAE (Contrat d'accompagnement dans l'emploi). Elle exerce la profession d'aide documentaliste dans un lycée. Situation on ne peut plus précaire : six mois à mi-temps. Elle est classée en catégorie 5, considérée comme quelqu'un qui cherche un travail mais qui en occupe déjà un.

En septembre 2005 : 107 126 demandeurs en catégorie 5 en France.

Catégorie 6 : personne sans emploi, immédiatement disponible, recherchant CDI à temps plein et ayant travaillé plus de 78 heures par mois

La nièce de Bernard a décroché un mi-temps provisoire. Elle remplace la femme de ménage d'une personne âgée. Elle n'est toujours pas considérée comme chômeuse.

En septembre 2005 : 484 999 demandeurs en catégorie 6 en France.

Catégorie 7 : personne sans emploi, immédiatement disponible, recherchant CDI à temps partiel et ayant travaillé plus de 78 heures par mois

La voisine de Bernard est auxiliaire de vie à mi-temps. En CDI, jusqu'au décès de sa patronne.

Cette catégorie est assimilable à ses consœurs nº 5 ou nº 2. On peut classer ici ceux qui auraient accepté un petit job à mi-temps, mais en CDI.

En septembre 2005 : 86 692 demandeurs en catégorie 7 en France.

Catégorie 8 : personne sans emploi, immédiatement disponible, recherchant un CDD, temporaire ou saisonnier et ayant travaillé plus de 78 heures par mois

Bernard ne connaît personne qui soit en catégorie 8, catégorie vraisemblablement inventée pour faire rire les statisticiens. Vous en connaissez sûrement, qui s'ignorent. Dans la plupart des agences, la valse des catégories se fait sans consulter le principal intéressé.

En septembre 2005 : 128 674 demandeurs en catégorie 8 en France.

Ce fonctionnement vicié incite les chômeurs à se laisser déguiser en non-chômeurs. En acceptant un petit job, quelques heures hebdomadaires, on glisse vers une catégorie dissimulée et on évite soigneusement la plupart des convocations. Peu de chômeurs le savent mais c'est une réalité. Dans les catégories « off », on est beaucoup moins sollicité par l'ANPE, inspecté par les Assedic, contrôlé par la Direction du travail (pour les plus chanceux, qui ne sont malheureusement pas les plus roublards, ces trois stades peuvent d'ailleurs co-exister). Si j'accepte d'être camouflé, je serai moins surveillé…

Les catégories 6, 7 et 8 sont alimentées par l'Assedic automatiquement, sans intervention de l'ANPE. Les déclarations d'heures de travail opèrent la glissade en douceur. Les *working poor* sont parmi nous, de plus en plus nombreux.

Soit… quel taux de chômage en réalité ? Il tourne officiellement autour des 10 %, fluctue légèrement selon les mois. Ce qui permet de communiquer dans la joie quand on tombe sous ce seuil psychologique des 10 %. Or, toutes catégories confondues, en septembre 2005, 4 127 953 chômeurs étaient inscrits à l'ANPE, soit 15 % de la population active [3]. Auxquels il convient encore d'ajouter beaucoup de monde…

---

3. Population active en 2004 : 27 455 000 (chiffre Insee).

La théorie du « glissement de catégories », suspecté de camoufler en masse les chômeurs, se vérifie. Les chiffres des catégories 4 et 5 sont les plus difficiles à trouver. La DARES (antenne du ministère de l'Emploi) les communique au compte-gouttes, tout comme l'INSEE. Ce commode réservoir à chômeurs est de plus en plus utilisé.

2. *Les oubliés du chômage*

En marge de toutes les catégories précitées, se baladent les personnes au chômage qui ne sont pas inscrites du tout. Le découragement s'installe et joue son rôle. Beaucoup de chômeurs abandonnent un pointage qui ne leur apporte rien, si ce n'est des tracasseries et désagréments administratifs. Inscrits, les chômeurs sont convoqués sans cesse à des réunions toujours plus fastidieuses et sans rapport avec un quelconque emploi stable. Ils jettent l'éponge. La définition est même reconnue très officiellement par l'INSEE : « Les *chômeurs découragés* sont les personnes qui déclarent ne plus rechercher d'emploi parce que la perspective d'y parvenir leur paraît trop faible. »

Le conseiller a une part de responsabilité dans ce découragement. Il tourmente suffisamment de gens pour ne pas avoir envie d'ennuyer, en plus, des chômeurs non indemnisés. Salariés, chômeurs non inscrits : le conseiller renseigne tout le monde, donne des tuyaux, aide à rédiger des réponses… Mais de là à suggérer l'inscription ! Pour quoi faire ? Pour

	Juillet 2005	**Septembre 2005**	**Octobre 2005**	**Novembre 2005**
total catégorie 1	2 321 745	2 432 989	2 434 396	2 414 125
total catégorie 2	439 009	445 574	444 365	441 835
total catégorie 3	292 135	307 388	314 087	321 171
total 1+2+3	*3 052 889*	*3 185 951*	*3 192 848*	*3 177 131*
total catégorie 4	88 056	134 511	163 075	192 117
total catégorie 5	100 704	107 126	115 359	129 997
total 4+5	*188 760*	*241 637*	*278 434*	*322 114*
total catégorie 6	449 887	484 999	427 556	417 396
total catégorie 7	80 646	86 692	85 107	82 794
total catégorie 8	127 746	128 674	129 275	126 355
total 6+7+8	*658 279*	*660 173*	*641 938*	*626 545*
total général	**3 899 928**	**4 127 953**	**4 113 220**	**4 125 790**
1	59,50 %	59,50 %	59,20 %	58,50 %
2	11,30 %	10,90 %	10,80 %	10,70 %
3	7,50 %	7,50 %	7,60 %	7,80 %
4	2,30 %	3,30 %	4,00 %	4,70 %
5	2,60 %	2,60 %	2,80 %	3,20 %
6	11,50 %	10,90 %	10,40 %	10,10 %
7	2,10 %	2,10 %	2,10 %	2,00 %
8	3,30 %	3,10 %	3,10 %	3,10 %
	100,00 %	100,00 %	100,00 %	100,00 %

De juillet à novembre, le total général toutes catégories a augmenté. On constate une très légère baisse de septembre à novembre (2 000 personnes).

les retrouver dans son « portefeuille », pour avoir à les rencontrer régulièrement, sans rien proposer en échange. Au contraire, nous les décourageons, pour le bien de la communauté : le leur, le nôtre. « Vous savez, vous allez être convoqué souvent, vous devrez rendre des comptes, rentrer dans les cases, vous n'aurez que des devoirs, pour si peu de droits ! »

Cela va même plus loin. Le conseiller suggère souvent à des chômeurs déjà inscrits et non indemnisés de se laisser radier. Ils sont arrivés au terme de leurs droits ou n'en ont jamais eu, après une démission, par exemple. Ils nous le disent assez vite, histoire d'écarter la notion de contrôle. Une jeune femme : « Vous savez, si je suis là, c'est que je cherche vraiment : je ne touche même pas d'Assedic, alors… »

Étonnement du conseiller : « Et… pourquoi restez-vous inscrite ? »

Réponse 1 : « Mais c'est mon droit ! »

Évidemment, c'est son droit. Mais devant le déferlement d'offres incongrues et hors parcours, parviendra-t-elle à faire respecter ce droit ? Ou abdiquera-t-elle en ne « pointant » pas à la fin du mois ?

À la question « pourquoi être inscrit ? », d'autres réponses sont possibles :

Réponse 2 : « Pour garder la sécu. » Bête noire des directeurs d'agence, cette inscription pour cause de sécu. Nous avons ordre de répliquer : « Si vous êtes inscrit, c'est que vous êtes immédiatement apte à occuper un emploi, que vous recherchez activement. » Et de préciser : « Par ailleurs, si vous ne percevez pas d'allocation, être inscrit ne vous amènera rien au niveau de l'assurance maladie, renseignez-vous à la CPAM. » Et hop, un de moins.

Réponse 3 : « Pour la carte de bus. »

Horreur ! Les conseillers se scandalisent devant l'honnêteté de cette mère de famille. Femme de smicard, elle élève ses enfants et n'a droit à la carte de transport gratuit qu'en présentant une carte ANPE. Que le conseiller qui n'a jamais pris le bus lui jette la première radiation ! À l'heure où des mairies évoquent enfin la gratuité des transports en commun pour tous, comme frein à la pollution, il y en a que ça dérange. Comme si cet incroyable privilège était une atteinte directe à leurs droits, un prélèvement odieux sur leurs impôts… Qu'un chômeur non indemnisé ne puisse pas financer les leçons de code et de conduite pour obtenir le permis de conduire (et encore moins l'achat d'un véhicule) n'a pourtant rien d'étonnant.

Dans une intention louable, les conseillers incitent donc à renoncer au pointage, pour épargner les pressions. Ils contribuent ainsi à la chute des chiffres. D'autres desseins, moins louables, ont le même effet. Les comportements et actions des conseillers suffisent souvent à dissuader des personnes de s'inscrire, les renvoyant ainsi dans la cohorte des oubliés du chômage.

Quand les chômeurs ne perçoivent pas d'allocation, l'ANPE revêt à leurs yeux encore moins d'intérêt. Par manque de conviction, ils négligent l'étape qui leur permettrait d'exister statistiquement.

C'est le cas d'une foule de jeunes, malheureusement impossible à dénombrer. Ils n'ont encore jamais pu travailler suffisamment longtemps pour ouvrir des droits au chômage. Ils ont accès aux offres sans être inscrits. Ils peuvent utiliser la quasi-totalité des services de l'agence. Ils sont suivis par les missions locales. Ils ne voient donc aucun intérêt à devoir pointer et se présenter mensuellement pour enfoncer des portes ouvertes.

Les dispensés de recherche d'emploi ont, eux, atteint la date limite de péremption de leur chômage. À 55 ans ou 57 ans et demi, selon les cas, ils ne sont plus tenus de justifier de démarches actives. Et glissent discrètement vers une préretraite officieuse et précaire. Il ne leur est pas interdit de chercher ni de travailler. Mais d'être comptés comme chômeurs. Ils pourraient choisir de ne pas être exemptés… mais la disparition de la contrainte administrative est trop tentante. Le système est suffisamment déréglé pour convaincre les chômeurs eux-mêmes de ne pas se faire comptabiliser.

Les malades sont considérés comme indisponibles. Ils sont priés de justifier de leur état, puis de vivre de leurs indemnités journalières de sécurité sociale (en espérant qu'ils en aient). Ils retrouveront leurs allocations ensuite, là où ils les avaient laissées, mais en attendant, ça fait toujours quelques personnes en moins.

Dernier trucage et non des moindres, les RMistes sont rarement inscrits, puisqu'ils n'y sont pas obligés. En juin 2005, 1 456 567 personnes adultes percevaient ce revenu minimum (métropole et

Dom[4]). Soit 2 482 776 personnes couvertes en tout (en comptant les « ayants droit »). Tenus de signer avec leur assistante sociale un contrat d'insertion, ils peuvent l'axer sur l'emploi ou sur d'autres données : logement, santé, créances, en fonction des problèmes à régler en priorité. Ce contrat est garant de leurs efforts de réinsertion. Les assistantes sociales du conseil général ne reçoivent pas de consigne imposant l'inscription à l'ANPE. Parfois, le contrat d'insertion est basé sur la recherche d'emploi directe, auquel cas le RMiste s'inscrit à l'ANPE. D'un département à l'autre, le suivi n'est pas le même. L'héliotropisme amène de nombreux « bénéficiaires » à déménager sur les bords de la Méditerranée. Les départements chargés de verser ces RMIs équilibrent difficilement leurs dépenses. Le mythe du RMI choisi et assumé occulte une réalité fort simple : des personnes fuient la logique travail précaire/chômage récurrent, pour délibérément vivre de peu (heureux ?).

Donc, un million et demi de RMistes, dont une partie sont inscrits à l'ANPE et déjà comptabilisés dans nos plus de 4 millions d'officiels[5]. En ajoutant aux RMistes non inscrits les oubliés de toutes

---

4. Sources : Caisse d'allocations familiales + Persée (Progiciel d'Élaboration de Résultats Statistiques et Extraits d'Enquêtes), ANPE.

5. *In* « Premières synthèses », publication du ministère de l'Emploi en septembre 2004, « près de la moitié des bénéficiaires du RMI de décembre 2001, et qui le sont toujours un an plus tard, ne sont pas inscrits à l'ANPE. Ils sont plus éloignés du marché du travail que les inscrits. »

sortes listés ci-dessus, on atteint facilement un million de personnes. Ce million-là vient s'ajouter aux 4 millions de chômeurs officiels toutes catégories. Soit, déjà, 5 millions ! Selon l'INSEE, la population active[6] regroupait en 2004 27 455 000 personnes. C'est-à-dire que 27 millions de personnes en France sont en âge d'occuper un emploi, mais parmi eux 5 millions de personnes, soit environ 19 %, n'en ont pas. On est loin des 10 voire même 9 % annoncés en fanfare. On parle de « halo » du chômage, pour définir la zone floue, le brouillard qui entoure les presque chômeurs. Mais là, c'est bien plus qu'un halo !

Les femmes en congé parental échappent aussi au comptage. Difficile de refuser ces trois ans de parenthèse, agréables qui plus est, car occupés à de doux travaux. Ce sont surtout les femmes précaires, bassement qualifiées, chômeuses qui optent pour le « libre choix d'activité », nouvelle appellation de la CAF pour « congé parental ». Au retour de ce congé, elles réintégreront d'autant plus difficilement le marché de l'emploi. Margaret Maruani, sociologue, directrice de recherches au CNRS, porte une attention particulière au travail pauvre et à la place des femmes. Elle a fait une excellente analyse de la réalité des chiffres dans *Les Mécomptes du chômage*[7] : « Dans la France du début du XXIe siècle, près de la moitié des sans-emploi

---

6. La population active regroupe la population active occupée (appelée aussi « population active ayant un emploi ») et les chômeurs.

7. Paru chez Bayard en 2002.

recensés ne sont pas définis comme chômeurs. Ils sont dénombrés, mais demeurent dans la pénombre du chômage convenu. Connus des statistiques, ils sont méconnus du débat social et politique. Ils n'ont droit ni au statut de chômeur, ni à l'indemnisation du chômage. Ils échappent à la définition que la société se donne du chômage. »

S'il est essentiel d'être inscrit pour toucher les subsides de l'assurance chômage (quelle que soit la catégorie d'inscription), ce n'est pas toujours nécessaire pour accéder aux services de l'agence [8]. On a vu que de nombreux chômeurs ne passent pas par la case « inscription ». Rendre cette dernière obligatoire pour l'aide au CV, le soutien ponctuel, les stages de formation donnerait une idée autrement plus réaliste du nombre de personnes en recherche effective d'un emploi.

Oui, mais les tricheurs ? Certains objecteront que de faux chômeurs sont inscrits et remettent la statistique dans le droit chemin. Des milliers de travailleurs au noir parviendraient (Dieu sait comment) à rester inscrits en ces temps de contrôle intensif ? Admettons… On obtient de toute façon une relecture des chiffres assez hallucinante. Pas 10 %, mais 20 % de chômeurs, en part de la population active. Là où les chiffres officiels annoncent 20 %, dans les quartiers sensibles et zones rurales, pareillement désertés par l'entreprise, ce sont 50 % des personnes qui n'ont pas d'emploi, autre que précaire. Il y a là de quoi réinterpréter les données sociales : propos sur la

8. Excepté l'accompagnement.

conjoncture économique, élucubrations politiques et complicités journalistiques de tous bords.

Alors, qui croire ? Chômeurs toutes catégories, non inscrits, RMistes, précaires de tout poil : ça fait du monde. Le chiffre réel des personnes ne disposant pas d'un emploi stable qui leur permettrait de vivre décemment est vertigineux : en incluant le sous-emploi, les smicards qui s'échinent à faire vivre une famille avec moins de 1 000 euros par mois, on arrive à 10 millions de personnes. Les fluctuations autour des plus ou moins 10 % sont donc passablement ridicules.

3. *Nettoyage par le vide*

En matière d'épuration statistique, certains directeurs d'agence n'hésitent pas à employer le terme de « nettoyage ». Quelles méthodes mettent-ils en œuvre ? L'information ne transite que de manière verbale. Elle est purement descendante et administrée une fois par semaine en réunion de service. Les consignes données sont donc à peu près inconnues du grand public.

Entendu lors de ces grands-messes : « Vous me mettrez toutes les femmes de ménage en catégorie 3 : on sait bien qu'on ne peut pas occuper ce type de poste à temps plein. » Fronde des agents, qui refuseront d'accomplir cette tâche. Qu'à cela ne tienne, la direction finit par se charger elle-même, en trois coups de clic, du (sale ?) boulot. Envoyer les « agents de salubrité », « techniciens de surface » et autres

« agents de ménage en collectivité » dans la catégorie (in)appropriée. Au compte-gouttes, les agents réintégreront, quand ils en rencontreront une, les femmes de ménage, dans la catégorie 1, officielle, qu'elles n'auraient jamais dû quitter. C'est le tonneau des Danaïdes. « Tiens, vous ne cherchez pas un travail stable ? » Stupeur de l'intéressée : « Ben si… pourquoi vous dites ça ? — Ah, c'est bizarre, vous êtes inscrite en catégorie 3, ça veut dire que vous cherchez un complément, quelques heures en plus… et puis aussi que vous n'êtes pas comptabilisée comme chômeuse. Quand ils parlent du chômage à la télé, quand ils disent que ça baisse par exemple, eh bien ils ne vous comptent pas. Vous voulez repasser en catégorie 1 ? »

Ce sont majoritairement les animateurs d'équipe qui effectuent ce type de transfert d'une catégorie à l'autre. Les « pôles appui » (services administratifs) s'en chargent également, s'appuyant sur les déclarations de reprise d'emploi temporaire. Parfois le trucage a démarré avant l'ANPE, lors de l'inscription qui a lieu auprès de l'Assedic. Le chômeur approuve une recherche de mi-temps… notamment, et nous arrive codifié en catégorie 2. « Vous ne cherchez qu'un mi-temps ? — Bien sûr que non, je prendrai ce que je trouverai. »

Fin 2005, des monticules de courrier étaient adressés aux chômeurs déclarant une activité. Nous avons pourtant accès aux données des Assedic, nos fichiers étant en partie communs. Les périodes de travail déclarées et versements effectués ne peuvent nous échapper. Les profils des chômeurs sont plutôt bien renseignés : « Vous cherchez des heures complémentaires, vous êtes employée de maison 14 heures par semaine. » Malgré cela, les directions ont ordonné l'envoi de courriers exigeant du chômeur une entrevue (*a priori* difficile à obtenir, puisque ce dernier est occupé à un travail précaire) ou un courrier d'excuses. Tous les contrats de travail reçus en retour ont servi à basculer en catégorie 3 les chômeurs (quand ce n'était pas déjà fait). Contrat précaire ou pas, ils ont tous glissé dans l'oubli, sans l'ombre d'un avertissement, c'est le comble. Quand ils n'ont pas été radiés purement et simplement ! C'est tout l'intérêt de la manœuvre : les chômeurs qui ne répondent pas à temps sont rayés des listes. Convoquer les gens qui travaillent les dissuade de rester inscrits. En théorie, un intérimaire a parfaitement le droit d'être présent dans nos fichiers. Dans la pratique, cela devient de plus en plus difficile. À la même période, les stages de remobilisation se sont propagés comme des traînées de poudre. Refuser d'y participer, c'était se condamner à être radié.

Un chômeur de longue durée (CLD) est un « actif au chômage depuis plus d'un an[9] ». Il est pourtant quasiment impossible de trouver en fichier un CLD de plus de trois ans : ça n'existe pas. Pourtant, bien des chômeurs le disent, qu'ils cherchent depuis dix ans… Des personnes souvent en souffrance, ayant d'autres problèmes à régler, mais qui existent ! Où sont-elles ? Feraient-elles désordre ? Curieusement, beaucoup sont passées automatiquement par une

---

9. Selon la définition de l'INSEE.

radiation-réinscription, datée du même jour. Leur compteur est ainsi redevenu décent. Magique. Les passages en stage, formation ou accompagnement ont le même effet surnaturel.

De même, le nombre maximum de mois d'inscription est plafonné à 36 dans le dossier d'un chômeur. Il faut creuser, passer par l'« historique des demandes d'emploi » pour espérer visualiser la date initiale d'inscription. Sans doute est-il malséant de prétendre reclasser quelqu'un qui affiche 64 ou 112 mois au compteur…

Tous les moyens sont bons pour éviter la stagnation dans le fichier. Partout en France, les équipes commerce organisent des « info-coll [10] » ayant pour thème les métiers de la grande distribution. Un représentant de l'hypermarché local est présent. « Tout le monde connaît la distribution, puisque tout le monde fait ses courses ; eh bien la distribution, c'est du théâtre, tous les matins il faut donner envie d'acheter. » Le ton est donné. Objectif avoué de cette joyeuse assemblée matinale : découvrir le métier de caissière. Il s'agit en réalité de contraindre à adopter un travail pesant et sous-payé. À l'issue de cette réunion, des entretiens individuels ont lieu. À la question « Accepteriez-vous un poste de ce type ? » les chômeurs ont plutôt intérêt à répondre oui, quelles que soient leurs formations et aspirations initiales. Un changement de code-métier peut avoir lieu dans la foulée. Résultat : d'autant plus de caissières disponibles pour le rush de

10. Une info-coll est une réunion. Voir p. 96, « Les mots de l'ANPE, un langage codé pour signer l'appartenance ».

fin d'année chez HyperPrix. Il arrive que des entretiens d'embauche suivent, mais n'espérez pas profiter de l'occasion pour expliquer au directeur que vous avez un bac + 7 en informatique. Le conseiller ANPE participe aux entretiens : vous seriez immanquablement découvert !

Fin 2005, une agence de la région parisienne convoquait tous les bac + 3 de sa zone d'intervention. La réunion, obligatoire, vantait les mérites de l'école de police et incitait à préparer le concours. *Le Canard enchaîné* s'en était ému dans son édition du 16 novembre [11]. Bien sûr, les conseillers n'ont pas radié les récalcitrants (surtout après la parution du papier). Mais malheur à ceux qui n'ont pas assisté à cette réunion ! Ceux qui n'ont pas prévenu de leur absence, ou prévenu trop tard, ou fourni des excuses insuffisamment motivées, pas assez persuasives... Ceux-là ont été débarqués sans sommation. Il ne faut pas sous-estimer l'impact psychologique de ce genre d'agissements coupables. Les non-indemnisés jettent l'éponge : « Je ne touche plus rien. Sous prétexte que j'ai une licence de géographie, il faudrait que je passe la matinée à me renseigner sur l'école de police ? Là, j'arrête, radiez-moi. Vous savez, j'ai été objecteur de conscience, c'est pas pour me taper ça maintenant. » Le bénéfice est immédiat. Je ne parle pas des quelques vocations qui s'ignoraient, révélées au passage, qui sortiront du fichier pendant les longs mois de préparation du concours...

11. « L'ANPE rafle les bac + 3 pour la police ».

Pour motiver les conseillers, une prime annuelle, dite d'intéressement, est donnée en fonction d'objectifs chiffrés. La part nationale se montait à 357 euros bruts en 2005, assortie éventuellement d'une part locale susceptible de porter le montant total à 587 euros au maximum. Pour obtenir cette somme, les résultats locaux obtenus se doivent d'être optimaux. Si les chiffres ne sont pas atteints, en effet, la prime est minorée. Les agences les plus débrouillardes sont donc les mieux servies. Cela ouvre la porte à toutes les dérives. Les buts à atteindre étaient, pour cette année :

– « la collecte des offres d'emplois » : objectif dépassé ;

– « le taux de sortie des demandeurs d'emploi à 12 mois » : objectif non atteint ;

– « le nombre de visites en entreprises » : objectif atteint ;

– « l'amélioration de la productivité de l'agence » : objectif dépassé.

4. *Chiffres gonflés et offres aberrantes*

Des chiffres, encore des chiffres, puisqu'il faut apprendre à comparer. D'après la direction de l'ANPE, les conseillers collectent plus de 3 millions d'offres d'emplois par an ! Soit deux fois plus qu'il y a dix ans, *dixit* anpe.fr (probablement les missions sont-elles deux fois moins longues). Ce chiffre est à rapprocher du nombre de créations d'emplois : moins de 30 000 en 2005. Même un œil peu averti constate un léger décalage : il y a juste cent fois plus d'offres enfantées par l'ANPE que d'emplois créés… Autre curiosité, la DARES n'enregistrait que 1 014 046 « sorties pour reprise d'emploi » de janvier à novembre 2005 (et ce, pour divers types de contrats). Il y a donc bien des manquants à l'appel : dans quel gouffre abyssal sont-ils tombés ? Celui du sous-emploi. Le sous-emploi, appelé aussi « temps partiel subi », concernerait 1,2 million de personnes (chiffre INSEE 2004). Ces « salariés » exercent une activité minime, ponctuelle, et surtout fort peu rémunératrice. Ainsi, près de 5 % des actifs ayant un emploi travaillent à temps partiel, donc ils travaillent, mais moins qu'ils ne le souhaiteraient.

Plus de 700 000 entreprises sont visitées annuellement par les agents prospecteurs. 500 000 d'entre elles font appel à l'Agence. 30 % des offres seraient pourvues avant quinze jours (en moyenne). 80 millions d'internautes pianotent sur anpe.fr, bombardé de fait premier site de l'emploi en France.

23 000 salariés de l'ANPE travaillent dans un millier de « points d'implantations » : agences locales et permanences détachées. En moyenne, 150 000 offres d'emplois actualisées seraient proposées chaque jour sur anpe.fr. Que de zéros ! Comment faire le tri entre cette communication officielle et la réalité ?

À ma connaissance, il n'existe pas de chiffres des destructions d'emplois : départs non remplacés, licenciements, CDD non renouvelés… Ce manque est d'autant plus dommageable que si l'on retranchait aux 25 000 créations d'emplois les destructions d'emplois opérées dans le même temps, on

anpe.fr - Détail d'une offre Page 1 sur 1
08/01/2006

Numéro d'offre [redacted] **Offre actualisée le** 23/12/05

HOTE/HOTESSE H/F
(Code Métier ROME 12112)

DISPO LES 11+12 JANVIER DE 14H A19H CONDUIRE VEHIVULE FORD STICKE [redacted],SU IVRE UN MAPPING DANS PARIS,ARRETS PO UR DISTRIBUER ET RECUPERER DES BONS POUR JEU CONCOURS.1M68MIN DYNAMIQUE, SOURIANTE ET AVENANTE.21ANS MIN + 1A N MIN DE PERMIS B, ENVOYEZ CV+PHOTO OBLIGATOIRE CADIDATURE@[redacted].FR

compétences spécifiques

- Communication d'informations sur les produits ou services de l'entreprise.

Lieu de travail	75 - PARIS 1ER ARRONDISSEMENT
Type de contrat	CONTRAT A DUREE DETERMINEE DE 2 JOURS
Nature d'offre	CONTRAT DE TRAVAIL
Expérience	DEBUTANT ACCEPTE
Formation et connaissances	
Autres connaissances	PERMIS AUTO (B) EXIGE(E)
Qualification	Employé non qualifié
Salaire indicatif	HORAIRE 8,03 Euros (52,67 F) RESTAURATION VEHICULE
Durée hebdomadaire de travail	9H00 HEBDO
Déplacements	QUOTIDIENS DEPARTEMENTAL
Taille de l'entreprise	20 A 49 SALARIES
Secteur d'activité	AGENCES/CONSEILS EN PUBLICITE

Si cette offre vous intéresse, veuillez adresser par mail votre CV et une lettre de motivation, en précisant le numéro de l'offre à :
[redacted]
CANDIDATURE@[redacted].FR

http://www.anpe.fr/consultationoffres/ImprimerDetailOffre.do?reference=838525N
08/01/2006

Quelle alléchante proposition…

obtiendrait… un solde négatif ! Cela ne ferait pas sérieux. Toujours plus d'aides à l'embauche, toujours moins d'embauches. Le pire, c'est que c'est logique. Le profit maximal s'accommode mal de main-d'œuvre salariée stable.

« La première attente des demandeurs d'emploi est d'accéder au plus grand nombre d'offres », si l'on en croit une des phrases d'accueil sur anpe.fr. On leur en donne, donc. Beaucoup, à n'importe quel prix. Prenons un exemple. L'essai est réalisable depuis n'importe quel ordinateur connecté au web, en consultant www.anpe.fr. Après cette page alléchante : « Consultez 186 952 offres en ligne », choisir un métier. Prenons « bibliothécaire ». Demander « Plus de critères », sélectionner « Contrat », choisir « CDI ». 6 pour *toute la France*, à l'heure où j'écris ces lignes. Même démarche, mais incluant tous les types de contrats. 94 offres apparaissent, dont 66 contrats aidés et 19 CDD [12]. La même démarche avec « soudeur », « secrétaire » donnera le même résultat. En tirer les conclusions qui s'imposent !

Le logiciel qui recueille les offres (le mal nommé « SAGE [13] ») regorge de propositions qu'on ne peut qualifier autrement que de douteuses. Contrats de deux jours, essais non rémunérés, offres saisies dans le seul but d'alimenter la machine, on comprend mieux comment 3 millions d'offres peuvent être récoltées chaque année.

---

12. Recherche effectuée le 25 novembre 2005.

13. Système d'aide à la gestion de l'emploi.

On pourrait ne compter que les CDD d'au moins un an, de 30 heures par semaine minimum. Ce n'est pas le cas. Curieusement, le principe d'« offre valable » (réactivé grâce au décret du 2 août 2005) qui s'applique pour contraindre le chômeur à accepter les emplois ne sert pas en revanche pour dénombrer les propositions. Peut-on réellement considérer comme des offres sérieuses les offres suivantes ?

– Les 20 heures d'intérim qui ne correspondent à aucune activité réelle, et ont été passées par l'agence intérimaire pour remplir ses fichiers de chair fraîche.

– Les offres de coiffeuse à domicile, faxées dans toutes les ANPE de France. L'objectif non avoué de la société qui recrute est de s'approprier les bénéfices de la clientèle que ces néo-coiffeuses démarcheront elles-mêmes, dans leur propre véhicule, après avoir été tenues d'acheter, parfois, les produits à ladite société. En contrepartie, elles sont salariées sur une base ridicule, en pourcentage du chiffre d'affaires. Cette arnaque est à multiplier par le nombre de petites sociétés sans scrupule qui ont flairé la bonne affaire. Les personnes recrutées ainsi ne sont d'ailleurs pas nécessairement diplômées ou expérimentées en coiffure : « CAP souhaité, non exigé. » Gare aux revers capillaires ! Là aussi, une seule proposition, si farfelue soit-elle, peut déboucher sur autant d'offres qu'il y a d'agences prêtes à les enregistrer pour faire du chiffre…

– Les offres pour 8 heures de travail payées en chèque emploi service, annonçant : « Vous démolirez un mur chez un particulier. »

– Les offres coûteuses : « Véhicule personnel et obligatoire » dont vous paierez usure et essence ; les contrats non salariés exigeant du postulant la possession d'un téléphone, d'un ordinateur avec accès Internet et d'une voiture, les trois très mobiles, pour prétendre à une rémunération basée uniquement sur d'hypothétiques commissions.

– La pléthore d'offres de VRP et autres emplois non salariés, rémunérés au pourcentage…

– Les offres ineptes, vides de sens et probablement de rémunération :

« Organisé, indépendant, enthousiaste, vous rejoindrez notre équipe et un concept novateur sur un secteur en expansion ; vous distribuerez une gamme de produits auprès de particuliers. Système de vente convivial entre amis et connaissances. »

« Statut VDI [vendeur à domicile indépendant], vous assurez vos ventes en réunions ou en individuel. »

Les plus honnêtes ajoutent : « Si motivé(e), cet emploi peut vous assurer un complément de salaire. » C'est effectivement tout ce qu'on peut en tirer.

– Les offres mystères qui suggèrent : « Envoyer lettre de motivation en précisant le nom de l'ANPE. » Dans ce cas, méfiance, la société en question a essaimé sur tout le territoire national via fax ou mail et n'a absolument rien de concret à proposer près de chez vous. Des chômeurs vont écrire ou téléphoner des quatre coins de la France. Il y a de quoi être perdu. C'est la raison pour laquelle il est nécessaire de préciser le nom de l'ANPE d'origine. Jamais ces sociétés, contactées par l'ANPE pour faire le point sur le recrutement, n'auront noté les coordonnées des postulants. Un conseiller zélé pourrait se baser sur les déclarations-omissions de ce type d'employeur pour pratiquer des radiations. Celles-ci seraient alors effectuées quasiment à l'aveuglette.

– Les offres publicitaires (et gratuites !) du type :

« Les produits Machin sont particulièrement performants. Vous les distribuerez… »

« Société en pleine expansion, s'adresser à Bidule, suivi du numéro de téléphone. »

« Vous bénéficierez gratuitement des produits » : l'arrivée d'arguments publicitaires dans le texte même des offres d'emplois devrait inciter à une légitime défiance.

« Vous recevrez primes et cadeaux » : le droit du travail en passe d'être supplanté par celui de la consommation.

Vu aussi, dans un style laconique, l'adresse du site Internet de l'entreprise pour toute information sur l'offre.

– Les offres à tiroir : elles annoncent 35 heures, en paient effectivement 35, mais occupent pendant 70 (ambulanciers, cuisiniers…).

– Les cours de soutien scolaire, 4 à 12 heures par semaine, prétendument en CDI.

– Les offres en temps de travail choisi : elles permettent certes de choisir, entre peu et très peu d'heures, pour gagner au mieux le SMIC, sinon quelque pourcentage sur les ventes. La précarité étant devenue la norme, le salariat devrait céder la place au « précariat ».

– Les milliers de contrats aidés, hier CES, Contrat emploi solidarité, aujourd'hui CAE, Contrat d'accompagnement dans l'emploi. 20 ou 30 heures par semaine pendant six mois, sans aucune possibilité de pérennisation. Ces contrats sont réservés aux associations (dans l'impossibilité d'embaucher en dehors des subsides des collectivités locales et parfois de l'État) et au secteur public (qui ne peut recruter que sur concours et n'a plus les moyens de le faire). De l'occupationnel, sur lequel les candidats se ruent, faute de mieux. De plus, compte tenu de l'extrême précarité de ces contrats, les employeurs n'exigent pas toujours, sur ce type de poste, un dévouement et une abnégation absolus. Le rythme n'est pas vraiment effréné, ce qui fait rechercher d'autant plus ce genre de contrat. Encore la perversion du système…

– Les offres discriminatoires, à décrypter suivant le principe des petites annonces immobilières : « Vous travaillerez dans une équipe jeune » : vous *êtes* jeune, plus de 22 ans s'abstenir ; « vous ferez preuve de force physique » : vous êtes un *homme* ; « vous travaillerez à un rythme soutenu » : vous êtes un *esclave*.

« Vous travaillerez dans une équipe jeune, ferez preuve de force physique à un rythme soutenu » : vous êtes un *jeune esclave* de sexe *masculin*.

« Il s'agit d'un travail très physique avec un niveau de rendement à atteindre. Vous utiliserez une pioche » : c'est un travail épouvantable, à éviter absolument. Rien n'y fait : des chômeurs, hommes et femmes, se positionnent. Et le conseiller se désole : le logement promis n'existe pas ; le point d'eau, c'est… la rivière.

Pour qu'une offre soit considérée comme satisfaite, il suffit qu'elle ne soit pas « retirée ». Un employeur trouve seul son candidat, appelle l'agence, donne le nom du recruté, annule l'offre : celle-ci est « satisfaite ». Cela dit, l'inverse est très courant : la plupart des employeurs ne donnent jamais le nom de l'heureux élu. Parce qu'ils ne l'ont pas sous la main et n'ont pas le temps de le chercher. Ou parce que « ça n'a rien à voir avec vous, mon candidat a vu l'offre sur Internet ». Tiens, tiens, mais qui a créé l'offre sur Internet ?

5. *Une offre, une vraie*

Ce qu'on pourrait parfois reprocher aux chômeurs, c'est de faire le tri. Jusqu'ici, les classes populaires se pliaient aux conditions de leurs employeurs, car elles n'avaient pas le choix. Non seulement ces conditions ne s'améliorent pas, mais elles continuent à se dégrader. Par contre, les médias ne cessent de vanter l'hédonisme. Tout le monde doit devenir informaticien au pire, chanteur de variétés au mieux, sous peine d'être relégué au statut d'épouvantable ringard. Il faudrait alors être vraiment benêt pour persister dans la vocation de menuisier ou de plombier. Paradoxalement, les métiers « nobles » subissent une terrible désaffection de la part des jeunes, alors qu'ils sont très porteurs d'emploi. Les métiers perçus comme « faciles » sont prisés. La mode est à l'inverse du compagnonnage, en somme, qui prône tout le contraire du chant des sirènes. La qualité naîtrait du

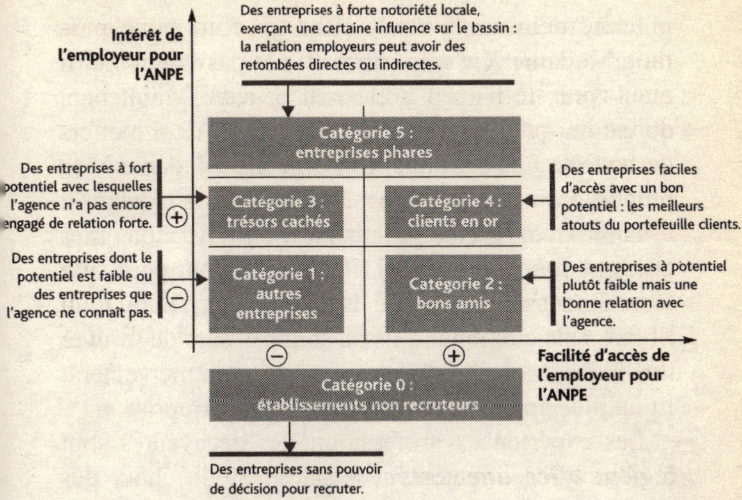

Les chômeurs ne sont pas les seuls à faire l'objet de catégorisations. [14]

travail, l'art et l'artisanat iraient de pair avec la sueur ? Pour exister, chez la génération montante, il faut d'abord gagner beaucoup d'argent, en se remuant le moins possible. La mode est à la conception de jeux vidéo, à la « chanson ».

Il y a beaucoup de plaisir, pour un conseiller, à inscrire un jeune qui vient d'obtenir le CAP de boulanger ou de charcutier. Pour celui-là, il n'y a pas à s'en faire : il ne nous fréquentera pas longtemps et il le sait. Les jeunes sont souvent accompagnés de leurs mamans. Elles sont souvent (trop) volubiles, particulièrement quand l'avenir est sombre. Pendant que le

14. Pour plus de détails, voir annexe p. 266.

précaire débutant s'écrase dans un coin et ne pipe mot, Madame X s'emporte : « Il n'a pas voulu continuer après le bac, il a été mal orienté. Maintenant qu'est-ce qu'il va faire ? » Avec le CAP « métiers de bouche » dans la poche de son fils, Madame Y se rengorge en silence. C'est le jeune qui s'exprime : « Vous savez, quand je suis parti en CAP, tous mes potes se foutaient de moi. Résultat, ils ont poursuivi leurs études et avec le bac ils ne trouvent rien du tout. Même s'ils continuent, ils ne sont pas sûrs de trouver une place. Moi, j'ai déjà trois patrons qui me veulent. Et en plus après, je pourrai créer mon entreprise. »

Les expériences professionnelles décevantes sont légion. Elles orientent nécessairement le choix des emplois suivants. Le conseiller ANPE, qui est aussi un peu le psy des maux de l'emploi, les connaît bien. Ce chômeur a subi un employeur très imbu de sa personne, adepte du harcèlement moral... Cet autre avait un nœud au ventre au moment de franchir le seuil de son bureau... Pire, celui-ci était « au placard »... Le poste était mal défini, les missions inexistantes, voire diamétralement opposées au contenu du contrat... Tout cela donne à réfléchir. Si le chômage vient se greffer sur ces états d'âme, il devient compréhensible de patienter, pendant la perception des allocations, jusqu'à un poste qui en soit vraiment un. Il faudrait secouer l'hypocrisie ambiante : la publicité vante dans tous les couloirs du métro vacances, rêve et évasion. Gagner à la loterie, pour ensuite ne plus jamais s'astreindre à travailler, est présenté comme le summum du bonheur humain. Un peu de franchise : le salarié subit un licenciement ou arrive au terme de son contrat. Il vient souvent de travailler des années, à un rythme parfois effréné. Et si, en se serrant un peu la ceinture, il restait trois mois sans travailler ? Quelle honte ! C'est un secret de polichinelle, tout le monde sait que cette période peut être vécue comme un repos, légitime qui plus est (et les conseillers ANPE ne font pas exception). Je ne prétends pas que ce répit soit le cas de tout le monde, loin de là. La culpabilisation aidant, la peur de manquer aussi, bien des chômeurs passent à l'action dès l'annonce de leur licenciement et prospectent tous azimuts. Mais souffler quelques semaines n'est pas le signe d'une épouvantable fainéantise ! La France ne serait donc pas un pays de tâcherons prêts à subir toutes les bassesses : est-ce un drame ?

Les chômeurs ne s'y trompent pas. Quand une entreprise a pignon sur rue, ne risque pas de déménager pour la Thaïlande sous quinze jours et propose un CDI temps plein, elle reçoit immédiatement des tombereaux de candidatures ! Le conseiller qui gère cette offre est d'abord ra-vi. Ça n'arrive pas tous les jours, ni toutes les semaines. Il est, ensuite, débordé. Souvent, il suspend l'offre dès le deuxième jour de parution, face au monticule de CV qui s'amoncellent dans sa corbeille courrier, et devant l'engorgement de sa boîte aux lettres électronique. Dommage, d'ailleurs, la candidature la plus appropriée au poste ne figure pas nécessairement parmi les cinquante premières arrivées. Le conseiller, donc, trie les candidatures reçues, les valide ou pas, selon les critères retenus par l'employeur. Quand les chômeurs pestent, à juste titre, parce qu'un BTS est exigé pour être agent d'accueil, ils oublient que l'employeur est responsable de son offre et décisionnaire quant à son contenu. Le rôle de médiateur du conseiller se réduit souvent comme une peau de chagrin. Pour des contrats de six mois, il n'est pas rare de recevoir des candidatures de la France entière. La pénurie d'emplois pousse les chômeurs à postuler sur des mi-temps à mille kilomètres de chez eux ! Il m'arrive de téléphoner à ces personnes, pour m'assurer, avant de transmettre leur profil à l'employeur, qu'elles ont bien évalué l'éloignement. Toujours, j'ai la même réponse : « Je sais, mais chez moi, y a rien non plus. »

En ce qui concerne les contrats aidés, nous sommes parfois contraints d'en refuser l'accès pour des raisons parfaitement aberrantes. Le Contrat d'avenir, par exemple, est réservé aux personnes bénéficiant de minima sociaux depuis six mois minimum.

« Vous touchez le RMI ? Depuis combien de temps ?

— Quatre mois.

— Ah, je suis désolée, ce n'est pas assez.

— Mais avant, j'ai touché l'ASS, pendant trois mois.

— Ça remonte à trop longtemps. Qu'est-ce que vous avez fait dans l'intervalle ?

— J'ai travaillé deux mois.

— Vous n'êtes pas éligible au Contrat d'avenir. »

Quelques malveillants mis à part, les conseillers ne refusent pas par plaisir. En général, ça les désole. Ils se sentent inutiles, crétins, nuisibles. Mais l'expérience leur a prouvé qu'à passer en force, tenter le coup, ils risquaient un refus catégorique côté direction et une cruelle désillusion côté chômeur. Bien sûr, il faut poser un cadre et s'y tenir pour mettre en œuvre une politique de l'emploi. Mais l'existence de ce cadre amène inéluctablement des problèmes, des zones « non pensées », qu'il conviendrait de régler dès leur apparition ! Au lieu de ça, des incongruités persistent, seulement solubles au cas par cas, par des directeurs un peu ouverts (il y en a).

Face au manque d'offres, on déploie des trésors d'imagination. Un seul et même emploi offert peut donner lieu à plusieurs offres. Celles qui s'adressent aux maçons et aux infirmières sont souvent inlassablement « re-créées », neuf, dix fois dans l'année, *ad vitam aeternam*. Ces offres qualifiées ne sont souvent pourvues qu'au bout de longues semaines (quand elles le sont). Or, une offre présente en continu dans le fichier, ça fait « tache ». Le magicien de l'ANPE la fait donc disparaître, pour la ressortir de son chapeau le mois suivant.

Quand les employeurs s'avèrent particulièrement difficiles ou versatiles, le problème est le même. Tant que le recrutement n'est pas fait, l'offre est maintenue. Or les critères qualité interdisent de garder une offre trop longtemps, sous peine de gâter les indicateurs. Ordre est donc donné d'annuler l'offre (sur un positionnement positif ! au passage [15]) et de la recréer. Un placement positif, une offre en plus, tous les compteurs passent au vert, youpi !

Il faut préciser que les autres pourvoyeurs d'offres ne sont pas plus raisonnables, comme nous le verrons

15. On recrute ainsi fictivement un chômeur tout aussi fictif.

dans le chapitre consacré à l'intérim et aux cabinets de recrutement. Les sites Internet privés d'aide au recrutement proposent essentiellement des postes de commerciaux et d'informaticiens. La phrase « Il n'y a pas de poste correspondant à votre recherche » s'affiche pour tous les autres types de métiers, pourtant référencés dans le menu déroulant.

Les prétendues 300 000 offres non pourvues

De nombreuses offres ne trouvent effectivement pas preneur, mais ces chiffres ne doivent pas faire illusion. 300 000, 500 000, le nombre varie suivant les délires patronaux et gouvernementaux. En réalité, le travailleur français a la fâcheuse habitude de renâcler devant les offres d'emplois honteuses. Les offres non pourvues sont majoritairement des postes de travail épuisants, voire avilissants. Les dirigeants les proposeraient-ils à des membres de leur famille ? Conditions de travail d'un autre âge, traitement dégradant des salariés, les refus s'expliquent. Les chômeurs viennent confier aux conseillers les raisons de leur abandon. « J'ai fait un essai de quinze jours. À la fin, j'ai demandé s'ils me gardaient, ils m'ont dit : "On verra." Et puis ils m'ont appelée pour me dire qu'ils avaient trouvé quelqu'un d'autre de plus qualifié. J'ai demandé mon salaire, la patronne a rigolé, elle m'a dit : "Parles-en à l'inspection du travail." J'ai appris ensuite qu'ils font tourner des gens à l'essai indéfiniment. » Exemple vécu dans l'hôtellerie restauration, reproductible dans le bâtiment, l'agriculture...

Ajoutons que les employeurs, sur ces postes réputés difficiles, ont vite fait d'importer de la main-d'œuvre étrangère, contrainte d'accepter ces offres, comme le seront « nos » salariés sous peu. D'ailleurs pourquoi se priver, puisque l'AGCS (Accord général sur le commerce des services) va permettre la « délocalisation à domicile ». Les entreprises pourront puiser dans la main-d'œuvre qualifiée des pays étrangers pour des contrats temporaires, avec des salaires quatre ou cinq fois plus bas. Concurrence directe avec les travailleurs français, à qui, jusqu'à preuve du contraire, on doit apporter une couverture sociale, un droit à la retraite, autant d'avantages parfaitement rétrogrades. « Employer un personnel plus qualifié, plus efficace et moins cher que celui du marché local » : c'est le secret du succès, selon le secrétariat de l'OMC[16].

C'est le principe du « migrant détaché » ou « comment exporter un service à travers l'envoi temporaire de personnes physiques par une entreprise pour effectuer une prestation de service dans un autre pays ». Très pratique : le travailleur étranger n'a le droit de rester sur le territoire que dans le cadre de son emploi. Il est donc contraint de repartir dès que l'employeur l'exige et, dans tous les cas, au terme du contrat. Aucun droit de séjour à la clef. Les immigrants sont « choisis », les frontières des États développés toujours fermées. Mais on veille à satisfaire le besoin des entreprises en masses laborieuses. Le sort des arrivants est peu enviable et à terme, le nôtre également : la concurrence avec les « détachés » mettra la pression sur les salaires et les conditions de travail. S'appuyant sur les taux officiels d'offres d'emplois non satisfaites, les

16. Lire à ce sujet *Remettre l'OMC à sa place* de Susan George (Mille et Une Nuits, 2001).

ministres du Travail successifs ont jugé la situation « inacceptable ». Il s'agit de réduire séance tenante et par tous les moyens le nombre d'offres d'emplois délaissées. Sans budget alloué à la question, mais en mobilisant particulièrement... l'ANPE et l'AFPA (Association pour la formation professionnelle des adultes). Cette exigence de mobilisation est amusante : elle sous-entend, tout en finesse, que le travail n'était pas fait jusqu'alors. Il y a bien sûr des offres réellement impossibles à pourvoir. Parmi elles, les infirmiers et autres personnels de santé (aides-soignants notamment). On en manque cruellement. Ils (elles) sont recruté(e)s à l'étranger, maîtrisent à peine le français à leur arrivée. Malgré cela, en France, suivre la formation d'infirmier est un parcours du combattant, quasi impossible à mener à bien. Si la formation est gratuite, elle est en revanche difficilement rémunérée... et dure trois ans. Le bâtiment épuise ses salariés en quelques années et paie mal. En conséquence, il est peu prisé des jeunes. Les maçons qualifiés, eux, s'installent quasiment tous à leur compte. Ils proposent alors les offres d'emplois qu'eux-mêmes refusaient peu de temps avant (et se scandalisent de la mollesse des chômeurs). La grande idée, pour sauver ce secteur, c'est de permettre aux femmes d'y exercer leurs talents. Des chargées de mission travaillent dur à faire évoluer les mentalités. Tant mieux pour la poignée de jeunes filles qui veulent devenir plombières ou maçonnes. Il faut espérer que la mode ne va pas s'intensifier et contraindre la gent féminine et chômeuse à adopter en masse le casque de chantier. Le taux de satisfaction des offres d'emplois doit, toujours, augmenter. L'AFPA doit en priorité former aux métiers peinant à recruter. Comment le faire, sans l'adhésion des chômeurs concernés ? Peut-on apprendre un métier contre son gré ? Les métiers de bouche, du bâtiment, des transports sont les plus difficiles à pourvoir. Des campagnes médiatiques ont été orchestrées, relayées par certains politiques, qui ont vu là l'occasion de stigmatiser les assistés refusant de participer à l'effort du travail. Pourtant, amasser de l'argent sans prendre une part quelconque à sa production est plutôt bien vu, à l'autre bout de l'échelle. Les proportions sont toutefois très différentes. La seule explication possible est sans doute là : s'enrichir via l'actionnariat serait considéré comme un travail (?), honnête qui plus est. Percevoir les minima sociaux faute d'emploi raisonnable serait une honte inavouable. Le problème d'attractivité découle également de la faiblesse des rémunérations. Vouloir monnayer ses dix ans d'expérience ou d'études, est-ce illégitime ? L'agent se dédouane en écrivant : « Salaire évolutif selon compétences et expérience ». Or, l'évolution suit rarement l'embauche.

Quand les patrons jouent le jeu, ils trouvent. Toutes les offres du bâtiment ne restent pas insatisfaites. Quand une entreprise traite correctement ses salariés, la nouvelle se répand très vite. Elle n'a pas de problème de recrutement, même dans des métiers dits en tension. J'ai souvenir d'une quarantenaire qualifiée, qui m'annonçait sa future embauche en CDI. Je la félicite, lui demande de quel poste il s'agit. Manutentionnaire : elle allait fabriquer des volets et les emballer, ou quelque chose d'approchant. Comme j'essaie de m'étonner, délicatement, du changement d'objectif, elle m'assure : « Ça me va. C'est une boîte sympa, il y a vraiment une bonne ambiance de travail. Les collègues, le patron sont réputés pour ça : ils se respectent. C'est tout ce que je demande. » Progrès technique anpe.fr - Détail d'une offre — Page 1 sur 1

15/01/2006

Numéro d'offre [redacted] **Offre actualisée le** 11/01/06

MACON QUALIFIE H/F
(Code Métier ROME 42114)

RECHERCHE 2 MACONS POUR EFFECTUER DES TRAVAUX DE MACONNERIE GENERALE POSTES A POURVOIR IMMEDIATEMENT.

Lieu de travail	[redacted]
Type de contrat	CONTRAT A DUREE INDETERMINEE
Nature d'offre	CONTRAT DE TRAVAIL
Expérience	EXIGEE DE 2 A 3 ANS
Formation et connaissances	
Autres connaissances	
Qualification	Ouvrier qualifié (P1,P2)
Salaire indicatif	HORAIRE 8,03 Euros (52,67 F) EN FONCTION DES COMPETENCES
Durée hebdomadaire de travail	35H00 HEBDO
Déplacements	
Taille de l'entreprise	NON DEFINI
Secteur d'activité	TRAVAUX DE MACONNERIE GENERALE

Si cette offre vous intéresse, veuillez téléphoner à :
[redacted]

http://www.anpe.fr/consultationoffres/ImprimerDetailOffre.do?reference=745678R
15/01/2006

Le SMIC pour tout horizon,
quelle que soit la qualification du postulant.

galopant, chômage énorme ; et les hommes rechignent à effectuer seuls des travaux pénibles ? Quand deux, trois pourraient s'y relayer, rendant la tâche vivable, permettant à tous une ressource... Est-ce vraiment inquiétant pour l'avenir de la société ? Ne pourrait-on voir là une avancée humaine sans précédent ?

Pénurie d'offres, chômeurs innombrables, si l'on prend en compte les tenants et aboutissants de la machinerie ANPE, l'ampleur de la tâche du conseiller devient surprenante. C'est le rocher de Sisyphe, en moins physique. Il faut imaginer Sisyphe heureux ? Ça va être dur.

Pourquoi si peu d'offres ? Les petites entreprises ne peuvent embaucher sans risque pour leur avenir, leur hésitation est légitime. Les grosses sociétés ont intérêt à précariser leur personnel pour assurer des bénéfices toujours plus croustillants à leurs actionnaires.

Entre 1983 et 2003, le nombre de salariés en intérim est passé de 113 000 à 361 000, soit + 316 % ; les salariés en CDD, de 263 000 à 1 624 000, soit + 517 % ; les contrats aidés de 375 000 à 503 000, soit + 34 %. Tout l'emploi précaire a été multiplié en vingt ans [17].

Heureusement, toutes les offres ne figurent pas à l'ANPE. Le « marché caché » est plus que jamais à l'honneur, pour une raison simple : les chômeurs se ruinent en candidatures spontanées. Quoi qu'en pensent nos dirigeants, les demandeurs d'emploi sont des

17. Source : INSEE.

chercheurs d'emploi. Les employeurs n'ont donc qu'à se baisser pour trouver des candidats. Même lorsqu'une relation de confiance existe avec l'ANPE, les entrepreneurs n'ont donc pas besoin de faire appel à elle.

L'ANPE, presque quarantenaire, vit un cap décisif. Ses missions actuelles n'ont plus rien de commun avec celles de ses débuts. Pour l'historique du chômage et de l'ANPE, on peut consulter *Le Pointage ou le placement*, de Martine Muller [18]. Le titre de cet ouvrage est plus que jamais d'actualité. Le pointage est devenu le cœur du métier. Le placement, une annexe, une éventualité. Même si, officiellement, il est la priorité des priorités en 2006. Pour fiabiliser les statistiques, il faudrait créer un nouvel indicateur, de pauvreté celui-là, qui prenne en compte tous les niveaux de précarité, avec et sans emploi.

Les esclaves de l'étranger

Là où on utilise des travailleurs étrangers, habitués à des conditions de travail moyenâgeuses, on ne peut évidemment se satisfaire d'un ouvrier français. Il prétend encore à 39 heures (voire 35 ; quelle aberration), à des congés payés, un logement décent, une assurance contre les accidents du travail. Pour faire venir ponctuellement un ou des travailleur(s) étranger(s), il faut constituer un dossier, monté par l'ANPE et géré par la Direction départementale du travail et de l'emploi. Le dossier comporte une feuille de renseignements qui précise qu'une offre a

18. Paru chez L'Harmattan en 1991.

bien été déposée à l'agence et restée sans résultat depuis cinq semaines au moins. Condition sine qua non *pour avoir l'autorisation d'importer de la main-d'œuvre corvéable. Cette offre doit être restée non pourvue par des ressortissants français. Dans la réalité, certaines de ces offres sont saisies de manière à ne susciter en retour aucune candidature locale. Ainsi, l'employeur est assuré d'obtenir l'autorisation d'introduire en France des travailleurs acharnés. Certains employeurs refusent en effet d'emblée de faire appel à des salariés classiques. Esclavagistes ? On n'en est pas loin. Il arrive que l'offre reste réellement sans effet, par exemple avec des maçons. Mais quand l'employeur manifeste dès le début l'intention de n'embaucher que des saisonniers étrangers, qu'il n'aime pas confier ses rangs d'oignons à des Français (trop mous, sans doute, ou trop affranchis), il se sait dans l'illégalité et propose alors un deal « honnête ». Dix offres réelles de saisonnier, à diffuser et à pourvoir par des Français (de préférence d'origine africaine, pour une meilleure exploitation, et ce même si le cultivateur est un raciste officiel), et quinze offres d'« introduction » : ça ne se refuse pas.*

Le dossier à remplir comporte également un questionnaire relatif au logement. Il faut assurer sur le papier que le local est décent, qu'il possède eau courante, éclairage, chauffage, attester de la surface et du nombre d'occupants. Cela n'empêche pas, en PACA, dans le Bordelais, les saisonniers d'ici et d'ailleurs d'être parfois logés comme des bêtes. C'est ce que les inspecteurs de travail viennent parfois vérifier. Pas assez, hélas, mais ils sont évidemment trop peu nombreux… Si l'on ajoute à cela qu'il leur arrive de se faire abattre comme des lapins lors de leurs déplacements, on voit bien l'intérêt du questionnaire de l'« IMOE », Introduction de Main-d'œuvre d'Origine Etrangère.

Grâce à ce système, les Roumains vendangent, les Marocains cueillent les pommes, les Polonais bâtissent, les conditions de travail reculent toujours plus. Nivellement par le bas oblige. Ces travailleurs, coupés de leur famille pendant la durée de leur contrat, ramènent une somme qu'ils ne gagneraient jamais chez eux. Ils abattent une besogne considérable. Sont parfois logés dans des conditions aberrantes : à quinze dans des dortoirs insalubres. Ne comptent jamais leurs heures. Des filières se sont constituées : les rabatteurs proposent des profils aux employeurs repérés comme clients potentiels.

On a voulu présenter l'angoisse du plombier polonais comme une réaction de rejet des Français. Précisons qu'en France, la liste d'attente est d'environ dix-huit mois pour devenir plombier… Et si les Français voulaient être des plombiers heureux, exerçant dans des conditions décentes ? Que leurs homologues polonais ou guatémaltèques aient accès aux mêmes conditions de travail ? Pourquoi présenter la volonté de sauvegarde de droits sociaux acquis de haute lutte comme un rejet primaire, voire fascisant ?

Chapitre 2

Le conseiller, « soldat de la République »

> « À la différence d'autres régimes démocratiques, le régime politique garantit aux agents publics la liberté de leurs opinions. Il leur permet de s'exprimer sur tous les sujets, y compris les sujets politiques [1]. »

Quand je serai grand, je serai pompier, maîtresse d'école, policier, cosmonaute (tiens ? des services publics) mais pas chômeur ou agent ANPE. Quelques comiques précoces mis à part, la vocation s'impose rarement dès l'enfance. D'ailleurs, serait-il bien raisonnable d'intégrer une machinerie pareille, à ce point décriée, à l'image si peu reluisante, aux rêves des enfants ? Les états d'âme envahissent le conseiller débutant. Il les oubliera en formation. Bien formaté, il pourra même gravir les échelons. Ce parcours est celui des plus chanceux. En effet 15 % des

---

1. Extrait de la Circulaire DAGEMO, cf. annexe p. 259.

travailleurs de l'ANPE sont des précaires, CDD divers, variés et surtout silencieux.

Une fois ces contraintes acceptées, il s'agit de s'adapter. On ne peut jamais faire totalement abstraction des quolibets. Parmi les professions difficiles à avouer, celles qui jettent un froid dans les réunions de famille, figure « conseiller à l'emploi ». D'abord parce que l'intitulé est quelque peu ridicule et inadéquat, même au plan syntaxique (cette dénomination a pour seul mérite de camoufler la réalité, celle de l'« agent ANPE »). Ensuite, parce chaque famille a son chômeur, et que les points de vue des uns et des autres peuvent diverger assez rapidement. De l'inquisiteur du dimanche au brave gars, toutes sortes d'humains se côtoient dans les rangs des gestionnaires du chômage. Évitons la vision manichéenne, les conseillers ne sont pas forcément pro ou anti-chômeurs. La frontière est ténue entre les deux, on peut basculer d'une posture de salaud à celle d'un écoutant compatissant, à la faveur d'un rayon de soleil… Les états d'âme influent sur les comportements. Le conseiller odieux est souvent une personne aigrie, que la vie n'a pas épargné et qui renvoie sur l'entourage son agressivité. Son entourage est uniquement composé de chômeurs ? Ils sont alors en première ligne : ils subiront l'amertume, le conseiller déversera sa bile. Les conseillers découragés, eux, baissent les bras : les chômeurs n'ont plus alors en face d'eux qu'une coquille vide, caisse enregistreuse des informations obligatoires.

1. *Passer la ligne de démarcation*

Un conseiller, ça ressemble furieusement à un chômeur : c'est prêt à presque tout pour avoir un emploi. Tout bonnement, c'est le chômage qui mène à l'ANPE. Les dernières promotions, dans le cadre de la mise en place du PARE (Plan d'aide au retour à l'emploi), ont en effet accueilli un grand nombre de « demandeurs d'emploi ». La recherche d'un emploi stable prime. Les postulants visent d'abord le I de CDI, lettre indispensable à l'obtention d'un prêt bancaire et à la tranquillité d'esprit. Aucun conseiller ne suggère à ses enfants de travailler au même endroit que lui… Cette attitude doit bien cacher quelque chose ! Les enfants du personnel effectuent parfois des stages scolaires « Découverte de l'entreprise » à l'agence. L'objectif, me confiait une maman, c'est « qu'il réalise à quel point c'est dur d'être au chômage ». La souffrance au travail est désormais connue et reconnue. Dans les agences urbaines, le taux d'absentéisme bat des records. Tout simplement parce que l'arrêt maladie est la seule issue avant la dépression… et pendant la dépression. Alors, qui veut devenir conseiller kamikaze ? Des femmes, majoritairement[2] (à 70 %), d'une quarantaine d'années en moyenne. Elles sont le cœur de cible. Pour intégrer l'Agence, elles ont passé un concours.

Il n'existe aucune annale qui aide à préparer le concours d'entrée à l'ANPE. Les postulants sont priés

2. Comme partout, plus on monte dans la hiérarchie, moins on en trouve.

de se débrouiller seuls. Ce qui, en soi, pourrait être la marque d'une volonté d'égalité avantage de fait ceux qui connaissent des conseillers en place (ou osent poser la question dans leur agence). Les épreuves comportent d'abord une partie écrite : un questionnaire à choix multiple, une étude de cas. Une fois passé ce stade, les heureux gagnants sont convoqués pour une seconde étude de cas, par oral cette fois, face à un jury. Enfin, un entretien d'embauche classique avec un directeur d'agence et un animateur d'équipe teste les aptitudes du nouveau venu.

Le QCM est un filtre à touristes efficace : sans préparation, il est très difficile d'y obtenir une note correcte. La lecture régulière des publications économiques, une bonne connaissance des métiers sont de rigueur, mais comme pour n'importe quel concours. Les questions de ressources humaines du type : « Qu'est-ce qu'un 360° [3] ? » côtoient les questions purement économiques (définitions du taux d'activité, du taux de chômage), les aspects psychologiques (« Lors d'un entretien semi-directif, quelles attitudes mettez-vous en œuvre ? »), les points sociaux et législatifs (« Qui a créé le RMI ? En quelle année ? »).

Les derniers concours n'ont pas fait apparaître de changements. Globalement, il faut reconnaître que ces concours ne sont pas biaisés. Les études de cas font appel au bon sens. Nul besoin d'années de pratique pour en venir à bout, un peu de jugeote suffit. On a vu des débutants dégourdis réussir brillamment cette épreuve. Gestion d'une corbeille courrier, rafale

3. Un 360° est une méthode d'évaluation du personnel.

d'appels téléphoniques, protestations de clients : la mise en situation (en entreprise, en association) se veut réaliste et permet d'apprécier la réactivité des candidats en cas d'urgence. On prépare évidemment aux charrettes futures… La deuxième mise en situation est identique à la première, à ceci près qu'elle se fait par oral et donc sous les yeux et les oreilles de deux examinateurs. Occasion de tester l'aisance verbale de celui qui devra toute la journée écouter, questionner, répondre. L'entretien d'embauche final est très classique. La question des motivations est amusante. Nombre de conseillers répondent franchement : « stabilité de l'emploi », sans être disqualifiés pour autant. Personne n'est dupe. Par ailleurs, prétendre qu'on vibre depuis toujours pour la cause de l'ANPE reste difficile à simuler. En revanche, la notion de mobilité est capitale. Il est important de se dire totalement mobile, sur toute la région voire toute la France (selon le concours), quitte à refuser le poste une fois admis : on se retrouve alors en fin de liste, avec une chance d'obtenir un jour un poste près de chez soi. Il n'est pas rare que la première affectation ait lieu dans un département éloigné de celui d'origine. Rejoindre son lieu de prédilection peut prendre deux mois ou deux ans, selon les appuis dont on dispose, le soutien syndical et surtout les besoins des agences locales. Se rapatrier sur une agence en sous-effectif ne pose pas de problème. Rejoindre une agence très demandée en bord de mer, par contre, se révèle vite un véritable casse-tête. Des conseillers ont frisé la dépression pour avoir parcouru des milliers de kilomètres durant de nombreuses années.

Le jury régional fixe la liste des candidats définitivement admis : émotion chez les postulants. Mais le plus dur est à venir ! Durant la période d'essai (six mois, c'est long), il s'agit de se faire tout petit, de ne pas faire de vagues, d'éviter surtout de se syndiquer, bref d'attendre. Tant que le contrat convoité n'est pas signé… il faut se taire jusqu'à la validation (épreuve ultime avant l'intégration), sous peine de partir avant d'être arrivé.

Je me suis tue suffisamment, maintenant j'y suis. La veille, chômeuse, le lendemain, conseillère. Sur la foi d'un concours réussi, subitement la barrière se lève. De précaire, je passe « installée ». Les copains se marrent. Les amis RMistes me regardent bizarrement. Ceux qui bossent sont vaguement soulagés, vaguement inquiets, c'est selon. De là à sabler le champagne, il y a un pas que je ne franchirai pas forcément.

Je venais de passer plus d'un an au chômage lorsque j'ai été recrutée par l'ANPE. D'emblée, on m'a demandé de faire preuve d'empathie vis-à-vis des chômeurs (la mode était encore à l'empathie, à l'époque). C'est le contraire qui aurait été difficile ! Je risquais même plutôt la compassion, convaincue que j'étais (et suis toujours) d'être identique à l'autre, là-bas, en face. Si proche, si lointain.

Cependant, j'avais changé de statut. Du jour au lendemain, il m'a fallu subir l'animosité de chômeurs aigris par trop de galères, alors que… je n'y suis pour rien, je vous jure, je suis comme vous, tenez, regardez, j'ai encore ma carte ! Hier, j'étais à votre place ! Curieusement, d'ailleurs, mon dossier de chômeuse est toujours accessible, plus de quatre ans après ma radiation pour reprise d'emploi en CDI. Certains disparaissent au bout de quelques mois, mais le mien est toujours valide : prémonition ? Chez les conseillers qui ont vécu le chômage (nombreux parmi les nouvelles recrues), tous n'ont pas cette impression étrange de changer de camp. D'autres ne l'ont que très peu de temps et passent outre. Quel plaisir que d'être rejoint, en agence, par un conseiller qui ressent la même chose : les rangs grossissent. Ça change la vie ! Les sujets de conversation inabordables vont redevenir au goût du jour : évoquer le sort des chômeurs, mettre en doute le fonctionnement de l'établissement. Selon la composition des équipes (le « turn-over » est très important), on peut tout accepter sans broncher ou réussir à faire bouger les choses.

J'ai fréquenté, en tant que conseillère, l'agence où j'avais été chômeuse. Étrange impression ! Assez désagréable, en fait. Souvenirs d'attente interminable, de renseignements erronés, d'informations introuvables… Je me suis dit que, désormais, c'était moi qui allais me charger de tout ça. J'avais l'espoir de faire mieux, de faire autrement. Je n'allais pas jusqu'à m'imaginer que j'allais révolutionner le système, je pensais juste pouvoir apporter mes petites pierres à l'édifice, poser un regard neuf sur ce fonctionnement parfois kafkaïen. J'ignorais alors que c'était quasiment impossible.

Parvenu à ce stade, le conseiller fait toutefois des envieux. Il profite d'avantages indéniables. Agent contractuel de droit public, il gagne 1 200 euros par mois et a droit à des tickets-restaurants (qu'il paie

2,90 euros pour être précis). Beaucoup mieux que d'autres salariés, convenons-en, mais pas de quoi crier au scandale non plus ! Il bénéficie des services de l'ADASA[4], équivalant à ceux d'un comité d'entreprise. Cette association prend en charge une partie des frais de nourrice, des activités « culturelles » ou sportives des enfants, vend des chèques-vacances, octroie des prêts et des secours exceptionnels… La plupart des prestations sont versées en fonction des ressources.

La rémunération de l'agent comporte des parts variables, « liées à la manière de servir » et laissées à l'appréciation du directeur, chaque semestre. Elles représentent environ 150 euros, au minimum, selon la capacité à la servitude. Pour susciter la compétition, il y a moins de parts que d'agents, ce qui génère une ambiance sympathique au moment de l'attribution. Il existe aussi une prime d'intéressement annuelle, en fonction de l'atteinte d'objectifs nationaux et locaux : entre 250 et 500 euros selon le résultat. Mais elle se trouve fortement réduite en cas d'absence, y compris pour maladie.

L'agent a également accès à une mutuelle, tellement onéreuse que très peu d'agents y souscrivent. Ne cotisant pas à l'Assedic, le conseiller est condamné à aimer son travail pour la vie. Le droit du travail ne s'applique pas vraiment à son cas. La juridiction compétente est le tribunal administratif. Il ne peut exercer un autre emploi, même quelques heures, même à temps partiel. Sauf à demander une autorisation exceptionnelle. Il a

4. Association pour le développement des activités sociales de l'ANPE.

obligation d'assurer (à ses frais) son véhicule au titre des déplacements professionnels (exigés dans le cadre de la RE, Relation Entreprise).

Valse des affectations, provisoires, définitives : en début de carrière, les recrutés sont placés là où on a besoin d'eux. Ceux qui ne serrent pas les bonnes mains, n'ondulent ni ne roucoulent, ou se laissent faire en croyant tomber sur des gestionnaires compatissants, peuvent faire des kilomètres pendant des années. Une jeune maman a ainsi pu exercer trois ans à quatre-vingt-dix kilomètres de son domicile, rouler trois heures par jour, sans parvenir à rejoindre sa ville de résidence, pourtant pourvue d'une ANPE. À l'inverse, la fréquentation assidue des supérieurs hiérarchiques permet d'obtenir à la vitesse de la lumière le poste convoité.

Assimilé fonctionnaire, le conseiller ANPE jouit d'un statut hybride. Si une réduction d'effectifs s'avérait nécessaire, la direction générale pourrait établir un plan social de reclassement. Le financement du Congé individuel de formation (CIF) est quasiment inaccessible aux agents. La prise en charge ne se fait qu'à hauteur de 50 %, ce qui n'est pas le cas dans le privé. Le vrai plus de la fonction de conseiller, c'est la possibilité de temps partiel, largement utilisée, à toutes les sauces : 50, 70, 80, 90 %…

2. *Qui sont ces kamikazes ?*

Parmi les « anciens », certains conseillers sont en poste depuis leur majorité. Vingt ans après, ils ont assisté à toutes les évolutions de l'Agence et attendent impatiemment la retraite – à laquelle ils auront droit, eux ! Entrés comme prospecteurs-placiers ou spécialistes en formation, ils ont acquis au fil du temps une certaine polyvalence (en clair, leurs tâches se sont multipliées). Ils ont dû renoncer aux offres d'emplois nombreuses, aux plans de formation finançables, ils se sont adaptés. Quand ils ne sont pas aigris, ils tentent aujourd'hui de se protéger en lâchant du lest… Le PP, prospecteur-placier, recevait les chômeurs, récitait à chacun ses droits et devoirs « comme s'il avait avalé un disque », me dit un vétéran. Il pouvait se le permettre. Les fiches cartonnées, couvertes d'annotations, ont été détrônées par l'informatique. Avantageusement ? Elles ne tombaient que rarement en panne. Les codes-métiers se classaient par ordre alphabétique. « Vous cherchez un maçon ? 05120, je vous regarde ça. » Libre choix du métier à exercer, offres pléthoriques, formations financées : le métier de conseiller n'avait rien à voir avec ce qu'il est devenu. Un « carnet des placements » justifiait des bons résultats. Il a été remplacé par le Contrôle Qualité, plus moderne et tellement plus souple, malléable… Les conseillers exerçaient dans de vrais bureaux fermés, chaque agent avait le sien. « Moi, j'avais mes chaussons [5] », se souvient, ému, un conseiller. Les abréviations commençaient déjà à sévir. L'actuel DALE (Directeur d'Agence

5. N'en déplaise au Medef, on peut bien travailler dans des chaussons. Les sémillants présentateurs de JT n'utilisent-ils pas cette astuce ?

LocalE) était alors un PPRU (Prospecteur-placier responsable d'unité). Mais les artifices et placements illusoires n'avaient pas le même cours.

En 2006, posséder un bac + 2 est obligatoire pour postuler au concours. Les diplômés en psychologie et sociologie sont encore nombreux dans les rangs. Leur ambition la plus folle n'était pourtant pas de travailler à l'Agence. Ils embrassent cette carrière après réflexion ; leurs collègues de promotion sont légion et les postes à pourvoir se comptent sur les doigts de la main. Ceux-là, une fois intégrés, se font tout petits. Leurs connaissances ne sont guère utiles, dans l'ANPE de 2006. Ils ont souvent jusqu'au DESS. Et se réjouissent d'échapper au RMI. Présents également, des commerciaux, BTS MUC (« Management d'unités commerciales »), IUP « bancass' » (banque assurance) ou communication d'entreprise. Ceux-là se sentent déjà un peu plus à l'aise, ils ont déjà l'expérience d'une démarche offensive, ils sont mieux armés. Sans faire de généralisation abusive, on peut dire qu'il est désormais préférable de laisser ses états d'âme à la porte. Pour compléter le tableau, des administratifs purs, secrétaires qualifiées, BTS assistant(e)s de direction, anciens chefs d'entreprise, juristes, commerçants, banquiers, quelques électrons libres… Secouez le tout, laissez mijoter dans un contexte socio-économique très chaud : vous obtenez une main-d'œuvre assez disparate et suffisamment soulagée d'avoir enfin un emploi stable pour vouloir le conserver à tout prix.

À ce petit jeu, certains vont adorer posséder un petit pouvoir sur les autres, voire en abuser. Les mentalités de « chefaillons » se révèlent vite. On fait payer aux plus désarmés sa mauvaise humeur. Brave petit soldat (« Ben quoi ? J'applique les règles, je fais ce qu'on me demande, je suis payé pour »). Réminiscences d'un autre âge, où on se contentait aussi d'« appliquer les règles ». La délation existe. D'un « box [6] » à l'autre, malgré les prétendues précautions de confidentialité, on entend beaucoup de choses, voire carrément tout. Un directeur sermonne un conseiller, au motif qu'il enfreint le devoir de réserve :

« Auprès de qui ?

— Auprès des demandeurs d'emploi.

— Comment le savez-vous ?

— Par un conseiller, qui vous a entendu. »

Ambiance !

D'autres refuseront tout net les dérives de leur métier et louvoieront pour donner le change.

« Tu as radié le fumiste qui n'est pas resté chez Machin, j'espère ?

— Euh, oui, enfin non, finalement il a trouvé autre chose… »

Prendre cette voie suppose non seulement du courage, mais un suivi précis de toutes les actions entreprises. À chaque instant, la direction peut vous agiter sous le nez le « profil [7] » d'une personne reçue, exiger des explications sur sa présence dans le fichier, le maintien de ses allocations. La solitude est le lot de

6. Espace de réception des chômeurs en entretien.

7. Nom donné à la page, extraite du fichier, qui résume la situation d'un chômeur.

celles et ceux qui continuent à traiter les chômeurs en humains. Il y en a dans toutes les agences, heureusement. Mais s'afficher comme tel est impossible. Se présenter comme radieur fou n'est pas non plus de mise. Pour une raison simple : avoir une quelconque opinion est mal vu, étrange, donc rare.

Accéder à un poste de conseiller, c'est aussi devenir quelqu'un. Si certains en ont bavé pour y parvenir, ils oublient sans problème leur condition initiale. Ils sont parfois d'autant plus durs et intolérants qu'ils ont eu eux-mêmes à pâtir de cette attitude. La position de conseiller permet d'octroyer, de refuser, de laisser tranquille ou de « fliquer ». Certains se posent d'autant plus volontiers en spécialistes ou en experts que c'est l'image que veut donner la direction générale. Ils peuvent même attraper la grosse tête. Il s'agit pourtant d'un travail d'exécution, basé sur la stricte application de la loi. Concéder une aide à quelqu'un qui y a droit n'est pas lui faire une fleur. Refuser, par contre, est toujours motivé par un « c'est comme ça, monsieur, je ne fais qu'appliquer les règles ». Cocher des cases à longueur de temps, ça lasse. S'inventer des missions est une méthode comme une autre pour tenir le coup.

L'Agence, quand elle recrute des conseillers en CDD, passe rarement une offre d'emploi (par manque de confiance en elle ?). De peur d'être inondée de candidatures, elle refuse de jouer la transparence, comme un employeur lambda… Quand elle recrute par concours, pour des postes statutaires en CDI cette fois, elle n'est guère plus franche. Les affiches, quand elles existent, sont reléguées dans des coins où elles demeurent invisibles. Le dernier recrutement en date, fin 2005, ne faisait pas exception. La date de forclusion des candidatures a dû être repoussée, faute de postulants en nombre suffisant pour organiser les épreuves. Rappelons qu'il s'agissait là d'emplois statutaires, donc en CDI. L'Agence a alors fait appel à ses propres services et convoqué en masse des bac + 2, espérant embaucher ses propres chômeurs. Parfois l'invitation a pris la forme d'un SMS, ou d'un message vocal automatique. J'étais à l'accueil ce jour-là, j'ai entendu toutes sortes de réactions. Il y avait tout d'abord les très renseignés : « Dites, on est obligés de s'inscrire à votre concours, là ? Parce que moi, je veux un emploi stable, et je sais que vous allez fusionner avec l'Assedic » ; puis les étonnés : « Moi, je veux bien, mais j'ai un bac + 2 en rapport avec l'équitation, je suis pas sûr de pouvoir vous être utile » ; enfin les fâchés : « Vous avez un call-center au Cambodge ou quoi ? je comprenais rien à votre message, à part que c'était pour entrer à l'ANPE »…

Chez les conseillers, le découragement s'installe vite. On comprend la lassitude engendrée par vingt ou trente ans de carrière administrative. À l'ANPE, des conseillers s'interrogent au bout de trois ans et se demandent s'ils ont poussé la bonne porte.

3. *« Penser global, agir local »*

Une fois recrutés, les agents suivent un parcours de formation qui laisse songeur : faire émerger le besoin, l'évaluer, s'assurer de *remporter l'adhésion*, *contractualiser*, permettre la réalisation… L'écoute est le maître mot. Était ? Les directives seraient sur le point de changer, au sein des CRDC, Centres régionaux de développement des compétences. Pour l'instant, les conseillers sont encore éduqués à la communication. Ces parcours de formation, relativement longs, coûtent évidemment beaucoup d'argent : pourquoi alors ne jamais utiliser les compétences acquises en stage ?

La formation initiale des agents dure jusqu'à quatre mois et se déroule en alternance. Une promotion de conseillers issus de plusieurs régions se retrouve donc une semaine sur deux à l'école. Sur les bancs de la fac pour des cours magistraux de psychologie, de droit du travail, de sociologie, etc. ; en sous-groupes pour travailler plus concrètement sous forme d'exercices pratiques et de travaux dirigés ; en agence, enfin, pour l'application concrète. D'emblée, cela nous permet de mesurer le gouffre entre théorie et pratique, et d'apprendre à faire le grand écart.

Après avoir appris qu'un entretien dédié à une première inscription doit durer 45 minutes, dès la semaine suivante, en agence, nous réaliserons ce même type d'entretien en 14 minutes.

On nous a inculqué les différentes phases de l'entretien : préparation, cadrage, analyse, choix de l'axe de travail, contractualisation, conclusion. En supprimant la moitié des étapes, on parvient – à peu près – à éviter l'émeute dans la file d'attente. Les formateurs déclarent des choses étonnantes, qu'on n'entendra plus jamais par la suite, par exemple : « Si on vous donne verbalement un ordre illégal, demandez une confirmation écrite. L'ordre s'annulera de lui-même et vous serez tranquille », « Ne changez jamais la catégorie d'inscription d'un chômeur sans lui demander son avis ». Un intervenant conseille, dans sa bibliographie, la lecture de *Avenue du plein emploi* de l'association Attac. On va jusqu'à suggérer de « penser global, agir local » sans préciser une seconde que la maxime émane de la même association altermondialiste. On diffuse des extraits du documentaire de Gilles Balbastre *Le chômage a une histoire*, notamment celui où un petit chef harcèle des téléprospectrices élevées en batterie, sans imaginer une seconde que l'image le dessert. Un des modules concerne la déontologie et évoque les obligations, nombreuses : secret professionnel, discrétion, interdiction de dévoiler les documents internes (notamment les statistiques, confidentielles), d'exercer une activité lucrative (excepté la production littéraire), devoir de réserve… Il est interdit de mettre en cause l'image de l'Agence à l'extérieur, sauf si on ne dévoile pas qu'on en est un membre (ce qui semble assez difficile !).

Parallèlement, des cours pratiques sont dispensés. La future conduite d'entretiens repose sur une théorie solide. L'Agence se base sur la méthodologie du « trèfle chanceux ». Due à Jacques Limoges, sociologue canadien, elle définit les notions de territoire, de méthode, d'être, ancrées dans un environnement socio-économique, inclus dans l'« espace vocationnel » (tout ça pour ça, se diront certains, une fois livrés à eux-mêmes). On convoque Bruner, Piaget, Vygotski, on parle développement, apprentissage, ça fait sérieux. On cite Bourdieu, Ricœur. On enseigne la théorie de l'ADVP (Activation du développement vocationnel et personnel). Selon les animateurs, la séance tournera plutôt à la distribution de photocopies ou aux exercices pratiques. Empathie et congruence, langages verbal et non verbal… autant de concepts oubliés sitôt franchi la porte de l'agence : de toute façon, on ne peut pas les utiliser.

Il faut du temps pour faire son deuil après la perte d'un emploi. Le conseiller devra respecter cette période, nous apprennent les « penseurs » du chômage. On nous explique en quoi le traitement de masse ne peut aller de pair avec la qualité, le soin accordé à l'individu. Quel décalage ! J'imagine d'ici la tête du chômeur à qui je laisserais le temps du deuil.

Il se trouve toujours un formateur pour raconter la belle histoire de l'infirmière devenue médecin (grâce aux encouragements d'un conseiller, cela va de soi) ou du SDF qui a retrouvé un toit, un travail, une femme, un chien… Trop beau pour être vrai ? Est-ce prévu dans le contenu de la séance ? On trouve plus difficilement des formateurs ayant rencontré un chômeur récemment. Les formateurs rattachés au CRDC ne mettent quasiment plus les pieds en agence, et ça se voit. Heureusement, des « formateurs volants » sont conseillers, et consacrent une partie de leur temps de travail à la formation des autres agents. Ceux-là sont réellement assis entre deux chaises !

Les matières abordées sont scindées en savoirs de base et savoirs techniques. Pêle-mêle, le conseiller survole la lutte contre la discrimination, l'égalité homme/femme, l'environnement socio-économique, l'historique du chômage. Il effleure l'approche commerciale de l'entreprise, les politiques de l'emploi, l'aide au choix d'une formation. Sont approfondies, suivant les sessions, l'approche psychosociologique de la perte d'emploi, la gestion de la liste des « demandeurs d'emploi », la démarche marketing… Un tuteur est censé guider le novice, quand il en a le temps. Des points techniques sont abordés : conventions collectives, accords d'entreprise. Il y a beaucoup de choses valables et utiles dans cette formation initiale. Tous les partenaires de l'Agence sont invités à intervenir. AFPA, Assedic, associations… même des employeurs participent, c'est dire. Les intervenants sont aussi différents les uns des autres que les futurs conseillers. Certains s'autoproclament spécialistes, d'autres sont particulièrement savants, publient, émanent du CNRS. En formation, on est amené à fréquenter des cabinets privés de recrutement et des anthropologues. Le fossé entre les deux approches « entrepreneur » et « chômeur » se dessine déjà nettement. Les premiers se régalent des théories du marketing, les seconds des cours de socio.

Loin de chez eux, les conseillers sont hébergés en hôtel. Nourris, logés, désœuvrés après 17 heures, les conseillers célibataires profitent de l'aubaine. Les mères de familles nombreuses et autres mamans de nourrissons endurent la situation sans pouvoir se plaindre. Il se crée, à l'occasion de cette « formation initiale » (qui devra être complétée par d'autres, chaque année, mais plus courtes), un esprit de corps ; il arrive même que la formation soit vécue comme un rite initiatique par ceux à qui le service militaire aura manqué.

4. *Les gradés*

Se poser des questions, c'est s'exposer à une stagnation de carrière. Au-delà du grade de conseiller, impossible de ne pas « voter Agence ». S'asseoir sur ses idées est impératif, ne pas en avoir, encore mieux. La politique de l'établissement, et donc la politique gouvernementale, ne souffre aucune remise en question. L'animateur d'équipe est un tampon entre la direction et ses agents sous tension. La direction, elle-même obligée d'adhérer aux orientations de la Direction départementale, est aux ordres. Paradoxalement, plus on gravit les échelons, plus on est contraint de taire ses convictions. On est toujours inféodé à une hiérarchie à l'Agence, peut-être plus que dans d'autres administrations. Le ministère de l'Emploi véhicule une information, des ordres qui descendent, descendent, jusqu'à trouver leur public.

Le passage de l'état de conseiller à celui d'animateur d'équipe ne se fait pas sans souffrance. Entre le marteau et l'enclume, l'animateur reçoit d'en haut les consignes à faire appliquer et d'en bas les plaintes à faire remonter. À ménager la chèvre et le chou, il s'aigrit rapidement et pète souvent les plombs. Il sera d'autant plus malheureux qu'il aura conservé à ce stade un peu d'humanité. Les compensations financières n'expliquent pas tout. L'appât du gain est un moteur, mais aussi le goût du pouvoir ! Sur les collègues, sur les chômeurs…

L'aspirant cadre devra notamment supporter l'idée que « tout plan d'action doit être SMART [8] » :

Le reste est, hélas, à l'avenant…

Tout plan d'action doit être SMART [9]

Spécifique	la catégorie d'entreprises visée doit être précisée.
Mesurable	les indicateurs permettant de mesurer l'atteinte de l'objectif doivent être identifiés.
Accessible	les acteurs doivent pouvoir le réaliser.
Réaliste/ réalisable	l'objectif défini doit être cohérent en tenant compte de l'historique, des contraintes organisationnelles, contextuelles, …
Sur un Temps précis	les dates de début et de fin du plan d'action doivent être fixées.

Sans commentaire.

La réforme du statut empêche désormais le personnel en place de passer une partie des concours externes. Dommage : c'était un bon moyen pour les conseillers en poste de grimper les échelons sans avoir à rayer le parquet.

---

8. En français, « intelligent, brillant ».

9. Tableau extrait de « La démarche marketing », brochure interne à l'ANPE.

Silence dans les rangs ! Le directeur d'agence est plus qu'encadré dans sa pratique des médias. En matière de communication externe, les manuels destinés aux cadres ne sont pas moins rigides que ceux qu'ont connus nos grands-parents. À la moindre demande émanant de l'extérieur, on est prié de se référer à la direction de la communication ; cette obligation est répétée plusieurs fois par le « Guide de la communication avec les médias »… Lors de la sortie officielle des chiffres, il est tout bonnement interdit de s'exprimer. Des biais sont proposés pour éviter de répondre (on invoquera le manque de temps, l'indisponibilité, etc.). Quand il est vraiment impossible de se dérober, des argumentaires existent : à apprendre par cœur ? Le petit communicant illustré est la preuve que la direction n'est rien d'autre que la voix de son maître. À l'inverse, on suggère d'utiliser les marronniers, sujets récurrents d'année en année, pour intéresser les journalistes et tisser avec eux des relations amicales. Il est cependant recommandé de « ne pas réclamer d'emblée un article sympathique » ! À partir de quand, alors ? Quelques mois suffisent-ils à l'obtention du papier complaisant ?

Pour éviter la déprime aux managers, des séminaires sont organisés, qui réunissent tous les directeurs d'agence. On y mange bien, on s'y resoude (les cadres entre eux), on y cause chômage, aussi, parfois, mais dans la bonne humeur. Un cadre gagne en moyenne 3 491 euros bruts par mois. Des primes de performance et de direction s'y ajoutent. La prime de performance démarre au niveau des animateurs d'équipe, d'où leur insistance à faire produire les chiffres adéquats. En direction régionale, on passe à 4 600 euros. À titre de comparaison, un conseiller travaillant en ZUS (Zone urbaine sensible) perçoit 53 euros de prime mensuelle, en plus de ses 1 200 euros (nets) de salaire. Le boulot de directeur consiste surtout à contenir les chiffres. Il faut qu'ils en restent là où on leur demande de rester. « On a explosé les budgets d'aide mobilité, levez le pied sinon on finira par ne plus rien avoir pour les quatre derniers mois de l'année. » Faisant fi des besoins réels des usagers, il faut anticiper sans cesse, deviner combien de contrats aidés seront signés et combien d'aides sollicitées. Quand les quotas risquent d'être dépassés, la cote d'alerte est atteinte. Il faut alors contraindre le personnel à mieux soigner les statistiques.

Toujours pour assurer la qualité du service, quarante-deux « coachs internes » développent les « compétences des managers ». Il ne s'agit pourtant pas de restauration rapide, mais bien de l'ANPE, établissement public – pour combien de temps encore ? Entre la supposée paresse des fonctionnaires et le temps perdu par les managers à se coacher entre eux… il y a peut-être un juste milieu à trouver.

Grand allié des managers, le logiciel PowerPoint est l'outil idéal pour partager le vide. La simplicité de réalisation s'allie à l'impact de l'audiovisuel et permet d'en imposer à peu de frais face aux non-initiés. Un « plan d'action sectoriel » présenté sous cette forme est tout de suite nimbé d'une aura particulière : le prestige n'est pas loin. Qu'importe qu'il ne s'agisse que d'une suite de chiffres aux retombées peu flatteuses, puisque les animations en couleurs suscitent des « aaaah » d'admiration (ça s'est vu, et entendu).

5. *Ils rêvent d'y être : les précaires*

Ils étaient CES, les voilà CAE [10]. L'agence ne montre pas l'exemple : ces contrats sont censés servir de tremplin vers autre chose. Un CDI, un CDD à temps plein, bref un contrat plus intéressant que l'ersatz du contrat aidé. Or, même au cœur du système, on forme rarement les personnes en CDD. Leur chance de retour à l'emploi est juste un peu améliorée par leur présence quotidienne sur les lieux, la fréquentation des conseillers, en première ligne pour connaître la création de postes. Ces précaires utilisent leurs compétences, sont rendus opérationnels le plus vite possible. Les contrats sont supposés soutenir des gens éloignés de l'emploi, en difficulté d'insertion. Or, l'ANPE recrute dès que possible des personnes certes éligibles, mais immédiatement efficaces et parfaitement malléables. L'accueil, poste sans doute le plus difficile à occuper en raison de l'agressivité en jeu, est parfois assuré par des stagiaires non rémunérés, préparant un bac professionnel ! Les conseillers, conscients de la charge de travail de ces jeunes et de l'injustice de la situation, se cotisent parfois pour offrir un cadeau… dans l'intention de

10. Contrat emploi solidarité. Contrat d'accompagnement dans l'emploi.

pallier par eux-mêmes les manques de l'établissement. Cette tendance à modérer les insuffisances se manifeste dans d'autres cas : les collègues non remplacés, par exemple. Plutôt que de laisser chômeurs et employeurs dans l'embarras, les conseillers se plieront en quatre pour assurer le service, quitte à y laisser leur santé.

Parmi ces salariés, les « tempos » (pour contrats temporaires) sont renouvelés d'un mois sur l'autre. Ils peuvent travailler jusqu'à huit mois d'affilée, mais ne connaissent leur sort qu'en fin de mois. Les directions d'agence sont abondées en « mois de tempo » au coup par coup. « Bonne nouvelle, Mathilde, vous serez parmi nous le mois prochain », annoncé à J-2. Voilà pour ce qui est de montrer l'exemple.

En 2005, des conseillers ont été recrutés pour des CDD de deux ans. Bien qu'ils aient suivi une formation écourtée par rapport à la formation officielle, ils assurent rigoureusement les mêmes tâches que les conseillers lambda. Initiation au démantèlement ? Qu'adviendra-t-il d'eux ensuite ? En tout cas, ils se seront tenus à carreau pendant deux ans. Ni syndicat, ni états d'âme, de vaillants petits soldats. Presque des « Contrats nouvelle embauche ». Quand un conseiller est lui-même précaire, comment peut-il être crédible ? Les prestataires gardent le sens de l'humour et s'appellent entre eux les « presque-à-terre ».

Grâce au Contrat d'avenir, les emplois-jeunes qui arrivaient à terme ont pu être remplacés. Une bonne partie d'entre eux, suffisamment diplômés, avaient déjà trouvé à intégrer l'Agence en passant des concours réservés ou les concours externes. Une question demeure. Les Contrats d'avenir étant destinés à un public moins qualifié, qu'en fera-t-on à l'issue des deux ans ? Il a été question d'intégration par le biais de l'apprentissage. À quand un CAP ou un bac de conseiller à l'emploi ?

En cumulant les CES/CAE, les CDD, les temporaires, l'ANPE emploie 15 % de son personnel en contrat précaire. En 2004, sur 23 220 agents : 1 417 CDD, 1 304 CES (comptés à part : c'est une manie ! pourtant ils sont bien sûr en CDD), 753 agents temporaires, soit 3 474 précaires en tout.

Quand conseillers et prestataires sont en CDD, ils proposent à leurs accompagnés des offres d'emplois qui les intéressent. Ils ont parfois postulé eux-mêmes et aimeraient tant les garder pour eux !

« Vous ne savez pas ce que c'est, d'être au chômage, vous !

— Si, si… Ça m'arrive régulièrement. »

6. *Conseiller ANPE : le bouc émissaire idéal*

Le conseiller ANPE paie pour le chômage en France. Difficile de gueuler sur le chômage en général sans passer pour hystérique. Il faut lui prêter visage (in)humain. Fonctionnaire (même si ce n'est pas tout à fait le cas) et surtout en CDI, il prête le flanc à tous les sarcasmes. Il ne fait pas son travail – forcément ! – puisque les chômeurs, eux, n'en trouvent pas.

Il est pourtant difficile, très difficile, d'établir des contacts durables de qualité entre chômeurs et conseillers en colère. D'abord, parce que le chômeur peine à voir en la personne du conseiller un allié. Ceux qu'il a rencontrés précédemment ne lui ont pas forcément laissé le souvenir de quelqu'un prêt à se battre pour faire avancer des droits, les siens ou ceux des autres. Ensuite parce que les associations de chômeurs sont particulièrement hétérogènes, constituées de toutes les catégories socioprofessionnelles. À ce titre, elles ont des difficultés à fédérer les bonnes volontés vers un but commun.

Au-delà d'un certain seuil, l'inquiétude du conseiller se mue en souffrance, parfois même en désespoir. Le culte du « toujours plus » vient à bout des plus résistants. Non seulement les conditions de travail se dégradent de jour en jour, mais le conseiller est amené à faire seul ce qu'il faisait jusque-là en duo. De nouvelles tâches s'amoncellent. L'accentuation des pressions à l'égard des chômeurs s'accompagne inéluctablement d'une montée de l'agressivité… Arrêts maladie, agents qui craquent, stress à tous les étages. Et 30 assistantes sociales pour 23 000 agents, pour tenter de gérer les coups durs avant qu'ils ne se transforment en dépressions. Les employés qui résistent à la robotisation éprouvent un mal-être grandissant. Les mi-temps thérapeutiques succèdent aux arrêts maladie, les démissions aux congés de formation. Les grossesses et congés parentaux représentent de véritables oasis de tranquillité. À ce titre, on pourrait dire que la seule existence de l'ANPE constitue une mesure nataliste.

Tous ces phénomènes s'amplifient sans que rien soit entrepris pour renouer le dialogue entre les conseillers et la direction. Conséquence, un agent sur trois est à temps partiel.

Le document d'évaluation des risques professionnels mentionne le nombre de cabinets d'aisances, de lave-mains. Il surveille l'aménagement des bureaux, la position des écrans, mais évoque très brièvement le risque lié à la réception du public. Celui-ci est nommé « risque sur la santé physique lié à des situations, postures, méconnaissances, ou organisations, entraînant l'agressivité verbale et physique du public ».

Toujours en 2004, la « protection fonctionnelle » a été accordée à 85 agents, suite à des événements survenus dans l'exercice de leurs fonctions. Agressions physiques, injures, menaces : 85 accidents du travail ont été déclarés (le sont-ils tous ?). 128 démissions ont été données et 51 licenciements prononcés, dont un pour motif disciplinaire.

Au fil du temps, la prévention des « incivilités » est devenue une priorité dans les agences urbaines. On met en place des alertes dans les bureaux d'entretien, permettant de signaler tout comportement inquiétant. Gare à ne pas effleurer par inadvertance le gros interrupteur qui déclenche l'alarme… ! Les syndicats rappellent régulièrement aux conseillers leur « droit de retrait » en situation de « danger grave et imminent ». On peut regretter que l'Agence ne se penche pas plus sur l'origine de cette agressivité des chômeurs ! En 2003, en Bretagne, une conseillère a été tuée dans l'exercice de ses fonctions. Elle était agent communal mais opérait en point emploi. Je suis même étonnée que ce genre de drame ne soit pas plus fréquent. En Allemagne, un chômeur a tué le directeur de son ANPE locale. En France, devant la recrudescence des agressions verbales et physiques, diverses procédures (allant jusqu'à l'interdiction de fréquenter l'agence locale) ont été mises au point. Des formations du type « prévention et gestion des conflits » ou « gestion du stress » sont régulièrement proposées – et suivies. Savoir réagir aux agressions (physiques mais aussi verbales) s'apprend. Les injures sont plus fréquentes que les gifles et presque aussi traumatisantes. Il est prévu que la personne agressive soit… reçue rapidement. Un entretien a alors lieu avec le responsable d'unité. Qui lui rappellera les règles de fonctionnement, le respect des agents et, bien entendu, demandera l'arrêt immédiat du comportement agressif et des menaces ! Sur le papier, c'est fort simple. Le directeur est censé mener cet entretien. Il représente l'autorité, a la responsabilité du site et doit assurer la sécurité du personnel et du public. Ce n'est que justice, après tout : il est aussi le décideur quant aux radiations effectuées, à la base de la plupart des agressions. Le problème, c'est que le directeur en question est souvent absent, ainsi que son adjoint. Livrés à eux-mêmes, les conseillers se débrouillent avec les moyens du bord et en dernier recours appellent les forces de l'ordre.

Pour désamorcer la crise d'un chômeur, rien de tel que de lui montrer celle qui couve dans la tête du conseiller.

« C'est vraiment dégueulasse ! me lance un furibond.

— Oui, vous avez raison.

— C'est vrai ? Vous le pensez vraiment ? »

On lui signale en catimini que des associations de chômeurs existent, qui peuvent, le cas échéant, prêter main-forte et ont besoin de soutien. Mais pour tant de coordonnées délivrées, combien d'associations contactées ? Malheureusement, très peu, voire aucune. Il y a un pas entre s'époumoner sur le clampin de base et faire avancer le débat. Ce pas, peu de chômeurs osent le franchir. Certains se sentent freinés par le risque de perdre leurs allocations, ou d'être harcelés dans leur recherche, contraints d'accepter n'importe quoi. Cette appréhension est récente : avant 2005, elle n'existait quasiment pas. Les chômeurs osaient se plaindre. Le Plan de « cohésion sociale » les a plongés dans l'apathie. Pas tous ! Mais une grande partie y réfléchit désormais à deux fois avant de protester.

Pendant ce temps-là, le Comité d'hygiène, de sécurité et des conditions de travail (CHSCT) veille à la conformité des chaises à roulettes, à l'orientation des ordinateurs, à la présence de stores… À la cafétéria, il déloge une mayonnaise périmée du frigidaire, au grand dam de son propriétaire (certes, elle était inconsommable depuis plus d'un an). Comparativement aux souffrances des agents, les possibilités d'action du CHSCT sont hélas limitées.

Des éléments purement techniques viennent corroborer la thèse du conseiller nigaud et renforcer son statut de bouc émissaire. Les agents apprennent souvent, dans la presse du matin, les nouveautés qu'ils auront à appliquer le jour même. Ils sont assaillis, suite aux mêmes articles, de demandes auxquelles ils n'ont aucune réponse à apporter. Ce qui n'est pas pour dissiper le soupçon de niaiserie qui pèse sur eux. Pire, les chômeurs, concernés par ces nouvelles mesures et ayant tout le temps de les analyser, en maîtrisent parfois les tenants et aboutissants beaucoup plus vite que les conseillers eux-mêmes, et ne se privent pas de le leur faire remarquer. Petite vengeance sociale : c'est de bonne guerre…

L'angoisse du conseiller le soir au fond du box… Trente personnes ont défilé, dans l'espoir d'un morceau d'activité. Aucune n'a eu gain de cause. Beaucoup de chômeurs ont dit l'injustice, la colère, mais plus souvent la tristesse, l'incompréhension, le découragement. Certes, les assistants sociaux, les urgentistes sont confrontés à une misère bien plus criante. Mais ils ont encore parfois la possibilité d'agir sur cette détresse. Ils sont, de plus, reconnus comme « bienfaiteurs », ils font le bien… L'agent ANPE n'a pas de baguette magique, pas de levier pour changer l'ordre des choses. Il n'est qu'un « tampon social ».

7. *« Faites ce que je dis, pas ce que je fais »*

Assistants sociaux et contrôleurs : d'aucuns choisissent d'emblée entre ces deux versants du métier. Et subissent le reste. Il est rare que les deux vocations coexistent. Dans les faits, la schizophrénie règne en maître. Bourdieu parlait de « sociologues de gouttière », au contact de la détresse, du côté des faibles… « J'applique les règles », entend-on souvent. Ce qui mène parfois au drame, quand les règles deviennent inhumaines. Et ce qui relève du scandale quand on ne se les applique pas à soi-même.

Quelques conseillers nourrissent une tendance fâcheuse : celle de ne pas appliquer à leurs proches les mêmes règles qu'aux chômeurs inconnus. Le même qui n'hésite pas à contraindre dès l'inscription, à imposer des offres peu reluisantes, à ne pas laisser de temps au chômeur nouveau-né, s'assurera lors de l'entretien de sa fille qu'elle soit bien reçue, par un conseiller compréhensif, à l'écoute, soucieux de son actualité réelle. Au besoin, il préviendra son collègue : « Elle ne cherche pas vraiment pour l'instant, elle veut reprendre ses études. » Tel directeur d'agence particulièrement zélé colle au train des chômeurs de sa circonscription et inscrit son fils dans une autre agence, à une adresse fictive, pour qu'il soit tranquille et mène à bien un projet un peu long, qui ne rentrerait pas dans les cases de la nouvelle ANPE. Un directeur d'agence aurait même continué à pointer après avoir pris ses fonctions, cumulant son salaire avec les allocations Assedic… Comme dans d'autres secteurs d'activité, les plus filous sont rarement tout en bas de l'échelle. Sans tomber dans ces attitudes prohibées, on peut céder à la tentation du « petit plus ». Une aide appuyée, à une personne connue. Pas de sauf-conduits, de passe-droits, mais une attention particulière, un comportement plus avenant, au motif qu'il s'agit de la voisine, du père d'un copain, du fils du garagiste. Le sourire réapparaît subitement, à la fin d'une journée éprouvante, parce qu'on reçoit une tête connue. C'est déjà une injustice pour ceux qui ont précédé.

Autre défaut majeur du conseiller, qui instaure un traitement à deux vitesses : la tendance à s'aplatir devant le chômeur haut de gamme. Le cadre qui perçoit 100 euros par jour est souvent respecté du conseiller. Particulièrement s'il est conseiller juridique, donc au fait de ses droits. Celui-là n'est jamais tracassé, ses dix-huit mois d'inscription ne gênent personne. Pour peu qu'il en impose physiquement, ait de la prestance, un beau costume, il est assuré de ne pas passer plus de dix minutes dans le box lors de l'entretien obligatoire. Mal à l'aise, le conseiller ne saura pas quoi proposer, ignorera les spécificités de recrutement de cette branche, les réseaux à activer, lectures à suggérer et probabilités d'embauche. Il se débarrassera au plus vite du chômeur qui n'en a pas l'air. Les agences « spéciales cadres » existent, mais elles sont cantonnées aux grandes villes. En province, les cadres au chômage sont donc reçus par des conseillers lambda.

Parfois, je ne peux pas m'empêcher de modifier les profils rédigés par les collègues. La ponctuation est souvent intempestive et malveillante. C'est fou comme un signe de ponctuation redondant est lourd de sens : « Vous ne cherchez qu'un mi-temps, dans le secteur de la formation !!! » Les sous-entendus osent se montrer au grand jour, aidés en cela par le décret du 2 août : « Vous préférez chercher de manière autonome… »

L'aigreur des conseillers pousse souvent ceux-ci à maltraiter les chômeurs au lieu de rejeter les consignes iniques qu'on leur sert. Ils font le choix de reporter leur amertume sur ceux qui ne peuvent rien dire, parfois par jalousie pure et simple : « Ben quoi, il a droit à trente-cinq jours de congés par an, c'est normal. C'est pas parce qu'il travaille pas, qu'il faut qu'il s'habitue à avoir plus de congés que ceux qui travaillent !... » À force d'être pressé comme un citron, le conseiller envie inconsciemment le chômeur et oublie la question du revenu, qui fait toute la différence.

Un « homme de ménage » est, par exemple, radié pour refus de prestation. Il a pourtant prévenu, il ne peut pas participer au stage de remobilisation. Motif : il s'occupe de sa mère, très âgée, impotente, grabataire. S'il s'absente pendant un mois et demi, sa mère restera seule à mariner dans son lit. « Ah oui, mais vous touchez 440 euros par mois, vous devez être apte à reprendre immédiatement un emploi ! » Le conseiller qui rétorque ça a été RMiste, est issu d'une famille aisée. Il percevait son RMI comme d'autres leur argent de poche. Écœurement.

Dans la même liste, un chômeur sous tutelle. Son adresse ne figure même pas dans le fichier ! Il est domicilié dans une association de tutelle. Son référent lui transmet les informations toutes les semaines, du moins celles qu'il est en état de comprendre. Radié lui aussi. Radier, c'est nier l'existence, ne plus voir. Facile de se défausser : « On n'est pas assistantes sociales. » Ils sont nombreux à avoir peur de l'autre, de la différence.

À ceux qui penseraient tout de même que contrainte et chômage font bon ménage, que « c'est pour leur bien »… comment aimeraient-ils, eux, être accueillis, quelle position souhaiteraient-ils que leur conseiller adopte ? Qu'ils n'aillent surtout pas s'imaginer qu'ils sont à l'abri ! Personne ne l'est. Études brillantes, postes à responsabilité, talent ou volonté de fer n'immunisent pas contre la réalité d'un chômage endémique. Manuel, intello, prêt à tout, même combat.

Parmi les chômeurs aussi, il y en a qui ne savent pas. Qui s'inscrivent en vous disant : « Je sais que c'est provisoire. On me la fait pas, à moi ; qui cherche trouve. Ceux qui restent au chômage, c'est qu'ils ne cherchent pas vraiment. » Avec ceux-là, c'est simple. Le temps qui passe suffit, à lui seul, à leur prouver combien ils étaient dans l'erreur. Avec d'autres, il s'agira d'éducation populaire. Telle jeune fille, écœurée que « son » entreprise ait fermé alors qu'elle réalisait de jolis bénéfices, sera persuadée que « c'est la faute du maire ». J'entame la discussion : « Vraiment, vous croyez que c'est la faute du maire si la société a déménagé pour le Maroc ? » J'essaye, tout doucement, de poser un petit caillou, puis deux, pour lancer la réflexion vers d'autres pistes. Beaucoup de chômeurs se trompent de colère. À l'accueil, un tonitruant : « Je vais me mettre au RMI, on me donnera tout ! » Là encore, une seule méthode, expliquer, et quand la goutte d'eau fait déborder le vase, se lâcher : « Mais allez-y, faites donc, puisque c'est un statut si intéressant. » Rappeler que percevoir le RMI implique de n'avoir perçu aucune ressource pendant trois mois. De rencontrer régulièrement une assistante sociale pour faire état de ses grandes misères et petits bobos. Que la somme, astronomique, est de 433 euros mensuels au 1er janvier 2006. Que chaque centime perçu en plus vient en déduction du montant versé par la CAF. Avec cette gentille dame, pour qui l'horizon semble bien bouché : « De toute façon on sait bien, vous et moi, à qui on doit tout ça… », je ne peux qu'attendre la suite, acquiescer au hasard… Aussi ma petite dame finit-elle par se lâcher en toute confiance : « Si y avait pas tous ces bougnoules »… Et je suis censée ne pas donner mon avis, ne pas parler d'histoire, ne pas raisonner ? Être conseiller nécessite beaucoup de sang-froid. Un sourire, une phrase (« Vous tenez des propos qui me choquent et sont interdits par la loi, madame ») peuvent ramener l'entretien sur les rails, mais guère plus.

8. *Revendiquer ou abdiquer*

Certains n'ont de syndicat que le nom, occupés qu'ils sont à serrer la main du directeur général, avant de lui glisser à l'oreille le nom d'un ou deux pions à faire avancer sur l'échiquier. La plupart des syndicats se battent pour faire avancer les droits des conseillers, ou plutôt pour ne pas les voir trop reculer. On peut déplorer que le sort réservé aux chômeurs laisse froids les syndicats majoritaires. Lors de la mise en place du suivi mensuel des chômeurs, fin 2005, la direction générale de l'ANPE a refusé de recevoir les syndicats lors d'un déplacement à Montpellier, préférant déléguer cette tâche à un adjoint en charge des ressources humaines. Lequel a refusé de discuter avec des chômeurs (notamment du MNCP, Mouvement national des chômeurs et précaires, et d'AC ! Agir ensemble contre le Chômage). SUD [11] et la CGT [12] ont alors refusé à leur tour de participer à la discussion, considérant à juste titre que les chômeurs étaient les premiers concernés par le suivi mensuel. En janvier 2006, FO-CGT refusait les conditions du suivi mensuel, SUD en contestait le principe même. L'UNSA [13] approuvait, tout en souhaitant plus de moyens.

Le taux de syndicalisation oscillerait entre 12 et 15 % à l'ANPE [14], soit une proportion bien plus élevée que dans les autres secteurs, toutes professions confondues. Est-ce toujours pour les bonnes raisons ? De nombreux conseillers n'accordent jamais un regard, encore moins une seconde de leur temps, à l'activité syndicale, mais s'insurgent quand il arrive une injustice à leur précieuse petite personne. « Comment ? Vous, les syndicats, vous ne faites rien ! » La méconnaissance du milieu syndical est effarante. Certains conseillers s'imaginent que le fait d'adhérer à une organisation syndicale offre du temps libre. Ils ne réalisent pas que le syndicalisme est au contraire mangeur de temps et représente un investissement important.

---

11. SUD : Solidaire Unitaire Démocratique.

12. CGT : Confédération Générale du Travail.

13. UNSA : Union Nationale des Syndicats Autonomes.

14. Chiffres présumés, basés sur les déclarations des différentes organisations syndicales.

Plus préoccupés par les questions de chauffage que de chômage, certains syndicats se sont fait une spécialité des détails techniques. Frais de déplacement à augmenter, achat de chaises qui tournent et qui roulent, leurs interventions sont un inventaire exhaustif de ce qui fait hurler le Medef. Pourtant il y aurait beaucoup à dire au niveau du statut des conseillers. Le droit du travail s'applique étrangement pour les agents. Le CIF (Congé individuel de formation) est quasiment inaccessible faute de financement. Le congé parental est beaucoup moins intéressant que dans le privé : l'absence à temps plein est impossible, sous peine de voir son poste « diffusé » comme étant à pourvoir et de changer de lieu de travail au retour. Sur bien des aspects, le droit n'est pas respecté.

Quant aux grèves qui ont lieu régulièrement, il existe un moyen très simple de les tuer dans l'œuf. Bien qu'elle ne soit pas utilisée qu'à l'ANPE (hélas), il est bon de rappeler la méthode. Sur trente conseillers, vingt sont grévistes ? Pas de problème, on ouvre quand même. À dix. Dans des conditions épouvantables pour les agents non grévistes, d'ailleurs. La même agence, « pour des raisons de sécurité », n'ouvrira pas en dessous de quinze personnes présentes lors des congés annuels. Ce prétexte, qui permet de refuser des congés aux agents et de les maintenir sous pression (« On n'est pas assez nombreux le 14 août, il faut que vous soyez là »), disparaît en cas de grève. Étrangement, quand il s'agit de briser un mouvement de protestation, les conditions de sécurité ne sont plus respectées aussi scrupuleusement.

On peut aussi déplorer l'attitude des médias face aux mouvements syndicaux. Les manifestations divertissantes sont les seules à attirer leur attention. Quand un cabinet de placement australien est venu « concurrencer » l'ANPE dans le Nord/Pas-de-Calais, les adhérents du SNU [15] ont manifesté déguisés en kangourous. Là, des caméras se sont déplacées.

Sans les costumes, on peut parier que les conseillers ne se seraient jamais vu offrir cette tribune.

Les mots de l'ANPE, un langage codé pour signer l'appartenance

Jargonner permet d'amoindrir, de dissimuler. Le recours forcené au code renforce l'idée d'une bulle, d'un monde à part, auquel les non-initiés, le commun des chômeurs notamment, ne peuvent rien comprendre. Assister à une réunion de service, pour les nouveaux adeptes, est toujours un grand moment de solitude, suivi d'une franche rigolade. L'atmosphère est rendue quasiment sectaire par l'emploi incessant d'abréviations. L'ELP est en AZLA avec le DALE ? L'Équipe locale de pilotage est en Animation de zone de libre accès avec le Directeur d'agence locale. En gros, les sous-chefs sont à l'accueil avec le chef. Masquer la réalité des choses permet de les rendre moins dures à exécuter, plus vivables. Mais cette façon de s'exprimer contribue aussi à déshumaniser l'ambiance de travail. « DE » pour chômeur, ça fait tout de suite plus classe. De

15. SNU : Syndicat National Unitaire.

quoi sourire, si on oublie que ces sigles issus du management à l'américaine cachent des choses parfois inutiles, sinon nuisibles. Les DE font des ECCP, la RE prime sur la ZT...(les chômeurs font des évaluations de compétences et capacités professionnelles, les visites en entreprise priment sur le travail en « zone technique ») ; on peut toucher l'ARAF en allant à l'AFPA (Aide à la reprise d'activité des femmes ; Association pour la formation professionnelle des adultes)...

Dans le même ordre d'idée, sévissent les néologismes. À l'Agence, rien n'a d'effet sur rien. Mais le travail « impacte » *les chiffres. Les conseillers* optimisent. L'efficience *a remplacé l'efficacité depuis longtemps. Le rapport devient* reporting. *Sauf s'il est rapide : dans ce cas, il se fait* briefing. *Un chiffre ne s'ajoute pas à un total, il vient l'*incrémenter. *Le conseiller doit être* pro-actif *(rien à voir avec le cholestérol). Un peu plus qu'actif ? professionnellement actif ? « Volumétrie » a définitivement remplacé « volume », « toponymie » a supplanté « nom ». Il faut « critériser » les fiches entreprises : les remplir, tout simplement...*

Plus il y a de nouveaux mots, moins il y a de sens. Beaucoup de cadres s'écoutent parler et feraient mieux d'écouter parler les chômeurs. Les aspirants cadres sont les pires. Plus ils emploient le vocabulaire du sérail, plus ils ont de chances d'en faire partie un jour. « Nous travaillons en mode dégradé » : y a rien qui va.

Les métaphores se veulent résolument automobiles : remplir les tableaux de bord mensuels, les feuilles de route, s'assurer de la mobilité des chômeurs, repérer les freins à l'emploi, surveiller les indicateurs... Gageons qu'un mâle, un vrai, est à l'origine de tout cela.

La médecine apporte aussi sa pierre à l'édifice, avec des termes comme « diagnostic », « prescription », « prévention du chômage longue durée », comme s'il s'agissait d'une épidémie, d'une maladie honteuse ou incurable...

Le vocabulaire utilisé n'est pas que ridicule, il est parfois malintentionné. Le « toilettage » du fichier implique-t-il que les chômeurs soient sales ou qu'on les traite comme des animaux ? Certaines directions réclament des conseillers capables « de gérer des stocks ». La notion de « reprise de stock » évoque la réception de chômeurs que l'on n'a pas encore rencontrés. L'« autonomie contrainte » se passerait bien de la référence à l'autonomie, puisqu'elle camoufle la seule notion de contrainte. L'agent d'accueil actif est-il le remplaçant de l'agent d'accueil passif, fraîchement licencié ?

La définition même du métier repose sur une erreur lexicale. Une conseillère ? Pour conseiller quoi ? À qui ? Pour surveiller, interdire, brimer, décliner, refuser... Le « non » est le vocable le plus employé à l'Agence, avec l'expression « c'est fini, ça, c'est plus possible ». La notion de conseil est assez dérisoire. Nos mots cachent nos maux. Agent ou conseiller ? « Agent » a été abandonné, ce mot sonnait trop « fonctionnaire » sans doute, fleurait bon la mollesse et l'apathie. Pourtant l'idée de police qu'il véhicule est assez proche des réalités du terrain.

Le chômeur est-il usager ou client ? Parler de clientèle est particulièrement curieux dans le cas de personnes en recherche d'emploi. « C'est pas important, c'est juste un mot », dixit *un conseiller. La plupart assistent au dérapage sémantique sans bouger un cil (mais vibrent intensément quand on leur suggère que l'étape suivante vers la privatisation pourrait être la fin de leur CDI).*

À l'agence, jamais de réunion avec les chômeurs, mais des « info-coll ». Informations collectives. À ce vocable, je ne trouve aucune signification particulière, aucune volonté sous-jacente. J'ai beau chercher, le mot n'est pas plus court, il coûte la même salive : « In-fo-coll » ; « ré-u-nion ». Ce mot ne sert décidément à rien. Prouver qu'on est à part... ? La cafétéria est ornée d'un écriteau la nommant « espace détente ». On pourrait donc légitimement appeler la salle de réunion « espace crispation ». La « chronophagie » est la seule invention réaliste et respectueuse de la sémantique : le dieu du Temps dévore en effet les conseillers. Les périodes de réception des chômeurs sont des « fenêtres de tir » (!). « La chronophagie impacte l'efficience » : on n'a pas le temps, on ne fait pas le boulot correctement.

Les sigles fleurissent. Un glossaire est distribué aux impétrants pour leur éviter (ou leur permettre ?) de devenir fous. Il démarre par un aveu : « Difficile de lutter contre les sigles, autant les apprivoiser ». Loin de les traquer, pourtant, l'Agence les encourage. Ils permettent d'édulcorer, voire d'occulter la réalité. Bizarrement, dans cet inventaire ne figure pas l'abréviation la plus célèbre, la GL (pour « gestion de la liste ») : « radiation », pour les intimes, autrement dit suppression pure et simple du revenu de remplacement. Concrètement, dans le cas où les allocations fournissent le seul revenu du foyer, la GL se traduit immédiatement par un découvert bancaire, le loyer impayé, les factures idem, l'huissier, etc. Il est tellement plus commode de « pratiquer des GL » que de radier des individus, ou, pire, de supprimer les revenus d'une famille. Faisons l'essai ; au lieu de : « Les enveloppes, là, c'est des

GL3 ? », lançons un joyeux : « Le courrier, c'est des privations de ressources ? » Tout de suite l'ambiance retombe.

Hélas, le choix des mots utilisés pour la rédaction des courriers n'appartient pas au conseiller. Des modèles préexistent, dans l'ordinateur, qui ont été générés au niveau national (il y a probablement assez longtemps, d'ailleurs, leur contenu n'évoluant pas). Le conseiller ne peut qu'y intégrer quelques commentaires laconiques. Tâche douloureuse, en début de carrière ! Envoyer des choses aussi peu cohérentes et incitatives, avec l'espoir d'une réponse intéressante... On finit par s'y faire. « À la recherche d'un emploi, vous avez sollicité le concours de l'Agence (...) ». Quelle élégance ! Tous les chômeurs qui défilent se présentent en effet dans ces termes : « Bonjour, j'ai l'honneur de solliciter votre concours. » « Par conséquent, je vous invite à (une réunion, un entretien individuel...) ». Quelle bonne idée, c'est toujours agréable de recevoir une invitation. Si elle ne présente pas d'intérêt, on peut s'abstenir d'y aller. Et si elle a un caractère sympathique, alléchant, on s'y rend de bon cœur, assuré de passer un bon moment. Dans la mesure où le courrier se termine par une menace de radiation, peut-être serait-il temps de passer à « convocation ». C'est cruel, je sais, mais tellement plus proche de la réalité.

Chapitre 3

Une journée à l'ANPE

> « Les conclusions de l'étude. Des évolutions ont été apportées : pour faciliter l'appropriation de la démarche marketing, la structuration de la méthode est simplifiée. Désormais, elle fonctionne selon un processus itératif en trois étapes qui vont des résultats de la segmentation au pilotage et suivi des plans d'action. D'autre part, les critères de qualification des entreprises évoluent : notamment le critère "fidélité" est remplacé par un critère prenant en compte le caractère non recruteur de l'établissement dans le sens "aucun pouvoir de décision de recruter" [1]. »

J'arrive à l'agence à 8 heures ; j'écoute un peu de musique dans ma voiture, histoire de me donner du courage, du cœur à l'ouvrage, que sais-je. Je vais

---

1. Extrait de « La démarche marketing », brochure interne à l'ANPE.

à nouveau affronter (rencontrer ? accueillir ? renseigner ?) des gens à qui je n'aurai rien de mieux à dire qu'hier. Je remise mes idées sombres et me jette dans l'arène. Une porte dérobée est prévue avant l'entrée en scène. Devant l'agence, la file d'attente est déjà conséquente. Pointage, sensation délicieuse de travailler sur une chaîne où les humains remplaceraient les boulons. Bonjour, collègues. Ils sont *a priori* aussi heureux que moi d'être là.

Plus besoin d'afficher les offres, en 2006. Il y a encore quelques mois, les agents placardaient ce qu'une imprimante avait crachoté pendant la nuit. Modernité oblige, les offres sont dorénavant accessibles sur des bornes Internet. Tant pis pour ceux qui ne sauraient pas s'en servir. Ils sont priés de s'inscrire à l'atelier Internet, même s'ils n'ont jamais touché un ordinateur de leur vie. Informatisées ou pas, les offres sont les mêmes qu'hier, et qu'avant-hier, à quelques exceptions près. Globalement peu lisibles pour un œil non averti, mais qui se soucie des réflexions à ce sujet de nombreux conseillers et chômeurs ? Je m'octroie un petit café avec les collègues. Éviter de parler boulot, le plus tard sera le mieux. On commente le film de la veille, les mots d'enfants, le rhume du dernier.

L'agence n'est pas encore ouverte. On s'assure que tout est à sa place, respecte les normes de la « veille qualité ». Un téléviseur diffuse en boucle des DVD aux noms alléchants : *Les Métiers de la santé*, *Travailler dans le transport*. Quand on attend deux bonnes heures en face de cet écran, ledit dvd devient insupportable, aux dires de certains, qu'on croit aisément. Un pupitre attend le client. Dans les « box » d'entretien, encore appelés « BEC », pour « bureaux d'entretien conseil », les conseillers préparent leur demi-journée « au public ». Théoriquement, le conseiller n'est en « base avant » qu'une demi-journée, pas plus. Base avant ! un terme militaire, pour une pseudo-logique de bataille pour l'emploi et de guerre aux tricheurs... Dans la pratique, certains conseillers passent les trois quarts de leur temps au front.

Avant l'ouverture, je mets en route l'informatique, qui, si elle veut bien fonctionner, fournira des informations sur les usagers (forcément tronquées, partielles, subjectives). Le rideau de fer se lève en grinçant, et c'est la ruée vers l'or. Dans les grosses agences, les chômeurs attendent depuis une heure au-dehors. Ils se précipitent à l'intérieur, dans l'intention d'obtenir le sésame : le précieux ticket numéroté. C'est parfois la foire d'empoigne. Pas toujours, les vacances scolaires autorisent un répit de part et d'autre des belligérants. Bip. 043. La journée a démarré. Certains ont pensé à prendre plusieurs tickets pour les revendre à ceux qui arriveraient trop tard : ça s'est vu[2]. Petit boulot, comme un autre.

1. *Base avant*

Les conseillers positionnés « au public » y resteront jusqu'à 12 h 30, la plupart du temps sans s'autoriser la moindre pause (les chômeurs s'en

2. Vu dans une grosse agence de la région PACA.

apercevraient et le scandale ne serait pas loin). Écouter pendant quatre heures non-stop la détresse et le découragement, c'est pesant. Très pesant.

J'ai convoqué ce matin des « actu PAP » : actualisation de projets d'action personnalisés. Je n'ai en réalité convoqué personne, la machine s'en est chargée pour moi. Cependant, mon nom apparaît sur la feuille, donc c'est tout comme. L'entretien conseil a lentement mais sûrement muté pour devenir un entretien de contrôle. Auparavant destiné à faire le point, repérer les failles éventuelles, redynamiser, il a désormais pour vocation de flairer le mou, deviner l'amorphe, dépister le déprimé. Objectif : le recaser coûte que coûte, ou le radier.

N° 43, donc. Celui-ci ne sait pas ce qui l'attend. Il a une vieille image de l'Agence, on lui aura peut-être raconté des choses, en tout cas il débarque comme une fleur et ne doute pas un instant de voir sa demande satisfaite. J'ai donc la lourde tâche de lui saper le moral. « J'ai un projet de formation ; je veux devenir héliciculteur. J'ai déjà toutes les infos, je suis pré-inscrit, j'ai passé les tests, il n'y a plus qu'à monter le dossier de financement. J'ai le matériel, des acheteurs potentiels… etc. » Il a sous le bras un mille-feuille administratif. D'abord, faire appel à l'étymologie (racine grecque, latine ? Ah oui, les escargots ! Ce gars veut élever des escargots !) pour ne pas avoir l'air idiote. Et, gentiment, faire comprendre à ce monsieur que son beau projet est, dans l'état, irréalisable. La formation nécessaire, qui ne dure que quelques mois, ne sera financée par personne. Après l'étonnement, l'héliciculteur contrarié se fâche. D'abord contre moi, forcément. Alors que je n'ai rien contre son dessein. « Mais qui est responsable de ça ? » Politiquement correcte, je lui réponds d'abord suppression des fonds. « Qui a supprimé les aides à la formation ? » Il repart avec les coordonnées du ministère de l'Emploi, du président de région, et son espoir déçu.

N° 44, bouffée d'oxygène : un chômeur éveillé ! Il est convoqué, donc présent. Mais il connaît les tenants et aboutissants du système, n'attend rien de particulier, sait quoi dire. Il refuse de se laisser faire, connaît ses droits. Il me plaint ! « Vous faites un métier difficile. » Un humain face à un autre humain, avec qui sourire, refaire le monde, voire rire franchement si le contexte s'y prête : gare aux voisins qui épient… aujourd'hui ça va, la direction est en balade… Avec lui, ce sera malheureusement vite fait aussi. Il sait que je ne lui suis d'aucune utilité. Il sait même que j'en souffre ! Il me parle de l'association qu'il a créée, qui lui prend du temps. Enfin en voilà un qui se sent exister sans travail, quel bonheur. Je lui rappelle de taire son bénévolat, interdit aux indemnisés ! Nous nous séparons bons amis. En début de carrière, il est courant (et agréable) de s'entendre demander son nom par des chômeurs bien renseignés, bien traités, et donc satisfaits. Ils veulent pouvoir tomber à nouveau sur le même conseiller compréhensif, à l'écoute. Le temps passe. Un matin, le conseiller se réveille et réalise que personne n'a demandé son nom depuis longtemps. L'écœurement a fait son office, il est devenu un conseiller comme les autres.

Nº 45 : À « PAPer » (intégrer dans le « PAP », pour les intimes), une auxiliaire de vie, Claire. Elle s'occupe de personnes âgées à domicile. Chaque matin, elle prend soin d'une mamie, fait la cuisine, le ménage, la causette. Un boulot humain, qu'elle a accepté après s'être rendu compte qu'elle ne retrouverait plus de poste de secrétaire. « Adaptation au réalisme du marché », ça s'appelle. Claire reste inscrite, puisqu'elle préférerait un CDI à temps plein. Elle sait aussi, hélas, que son contrat est un faux CDI. La mamie n'est pas éternelle, les CDI d'auxiliaire de vie sont forcément des CDD. Et puis un petit reliquat d'Assedic complète ses 500 euros de salaire. Alors, tous les mois, Claire est « invitée » à se présenter à l'ANPE pour prouver ses recherches et sa motivation. Ce genre d'invitation précise : « Au cas où vous ne donneriez pas suite, je serais conduit à ne plus vous considérer comme demandeur d'emploi » ; ça ne se refuse pas. Alors, Claire donne suite. Elle se fait remplacer auprès de la mamie, prend sa voiture, fait douze kilomètres, se présente, attend longtemps. Bien que convoquée, elle n'est pas reçue à l'heure dite : c'est rarissime. Trop de monde, trop d'imprévus. Claire prend son mal en patience et, une fois dans le box, s'étonne.

Je lui demande :

« Alors, quoi de neuf depuis la dernière fois ?

— Rien. Tout est déjà dans mon dossier. Je travaille à mi-temps. C'est très dur de trouver autre chose, surtout qui corresponde avec mes horaires actuels. Je déclare à l'Assedic tous les mois, j'envoie ma fiche de paie. Je préfère bosser chez les vieux qu'en structure : nettoyer chaque mamie en huit minutes, escarres comprises, merci bien. Ces maisons de retraite, c'est des mouroirs.

— Je comprends. Voyons voir, est-ce qu'il n'y aurait pas une autre offre d'auxiliaire de vie dans votre zone de recherche ? Aaaaaah, non. Il y a bien celle-ci, mais elle impose de faire deux heures le matin et deux l'après-midi, ça ne va pas aller. »

Je consulte la base de données pour me donner une contenance, mais je le sais bien qu'il n'y a rien pour elle ! À la fin de la journée, j'aurai fait ça vingt fois, le coup de la recherche infructueuse dans un domaine déjà visité.

« Mais vous savez, je regarde, sur Internet. Je les ai vues, les offres, hier. Et puis j'ai passé des annonces, ma mairie est au courant de ma nouvelle profession, j'ai contacté les associations d'aide à domicile, elles ont toutes mon CV. »

Trouver quelque chose à dire. Il faut, d'abord, donner à cette dame l'impression qu'elle ne s'est pas une fois de plus déplacée pour rien. Ensuite, trouver quelque chose à *écrire* dans son dossier. L'Assedic consulte les fichiers des chômeurs, se plaint à l'occasion des redondances de préconisation, d'un trimestre à l'autre. Ils ne se débattent pas avec la réalité de l'emploi, ça se voit ! Pour écrire une phrase suffisamment incitative, un outil a été créé, qui recense les différentes formules utilisables (le « Guide de l'axe de travail aux actions »). Car il y a obligation pour le conseiller d'utiliser un « verbe d'action ». Par exemple : « mener des enquêtes auprès des entreprises » ; « utiliser le guide "Se servir de ses relations" » ; « exploiter les offres à l'affichage » (le plus courant)… La créativité n'est pas de mise. Alors, le job consiste à vérifier les entretiens précédents et à utiliser une formule inédite. Quelque chose que le chômeur n'aurait pas encore essayé.

« Vous avez Internet, donc. Est-ce que vous êtes abonnée aux offres ?

— Non, je les regarde tous les jours.

— Vous allez vous y abonner. Vous verrez, c'est simple. Vous créez votre espace emploi, votre profil d'offres, et vous recevrez automatiquement à votre adresse mail les offres qui vous correspondent.

— D'accord… »

Claire a été sympa, elle n'a pas ajouté « si ça peut vous faire plaisir ». Avec certains chômeurs, les plus énervés, le conseiller explique carrément qu'il n'a pas le choix, qu'il doit proposer une action toute fraîche, sous peine de risquer des remontrances de sa direction, qui passe en revue des entretiens régulièrement. Attention, tout de même, à ne pas les énerver trop, les chômeurs. À trop dévoiler les coulisses, on court le risque qu'ils exigent de rencontrer la direction maintenant, parce que « c'est un scandale ». Stop, arrêtez, c'était pour rire ! Pas maintenant !

Claire s'en va. Au moins, on a fait vite. « Au revoir, à la prochaine. » Ironie amère, ne pas répondre sur le même mode, surtout pas.

N° 46. Un monsieur bouleversé : « J'ai reçu ça ; alors, je voudrais conserver ma dignité, vous voyez. Je suis au chômage mais je suis quelqu'un. J'ai refusé une offre de plongeur. Je viens d'entamer mes droits Assedic ; j'ai demandé à bosser dans une zone de cinquante kilomètres autour de mon domicile, et en plus je suis serveur. On m'envoie faire la vaisselle dans un restau à une heure de chez moi ! Et quand j'ai expliqué par courrier pourquoi je n'y allais pas, on m'a répondu par une autre offre de plongeur ! J'ai trois enfants ; j'estime avoir le droit de ne pas bosser à une heure de chez moi en horaires découpés ! » Celui-là repart avec les coordonnées d'une association de défense des chômeurs, et l'adresse de la direction générale de l'ANPE.

La fin de l'entretien est assez cocasse :

« Je vous remercie de m'avoir réconforté.

— De rien. Mais vous savez, ce n'est pas réciproque ! »

N° 47. Cette jeune femme déménage pour reprendre un poste. Elle va quitter la région. Elle connaît l'existence de l'« aide à la mobilité géographique » et s'enquiert de son montant, de ses droits à ce sujet. Là, il s'agit de marcher sur des œufs. Le montant de l'aide est de 1 916 euros. Autant dire qu'on ne l'annonce que lorsqu'on est certain que la personne va en bénéficier ! Par une étrange logique, seuls les chômeurs indemnisés y ont accès. En fin de droits, on perçoit l'ASS, et dans ce cas l'aide au déménagement n'est plus que de 760 euros… C'est pourquoi je louvoie, je tergiverse, pendant que mon écran peine à arriver à la page « allocations ». Ouf ! ARE, Allocation retour emploi. C'est le moment d'annoncer la très bonne nouvelle. Roulement de tambour.

« Alors, sur présentation de votre futur contrat de travail en CDI, vous percevrez cette aide d'un montant de 1 916 euros. »

Yeux écarquillés :

« Combien ?

— 1 916, oui, je sais, ça aide… Vous savez, vous aurez tôt fait de les dépenser entre la caution, le nouveau loyer, les transports, le déménagement. Pensez à garder tous les justificatifs. »

En voilà au moins une qui quitte mon bureau le cœur content. Je me sens moi aussi rassérénée, allégée des tracas de l'héliciculteur qui, mine de rien, est resté dans un coin de ma tête.

N° 48, blabla habituel : « Quoi de neuf depuis la dernière fois ? » Je devrais me méfier de cette phrase ; un jour une dame m'a répondu : « Mon mari est mort. » Mais c'est plus fort que moi, des automatismes s'installent, à répéter sans cesse la même démarche curieuse.

« Je vais peut-être aller travailler à la cave, mon beau-frère va y nettoyer les cuves. Alors en octobre, ils feront éventuellement appel à moi.

— Ok, … mais c'est dans six mois. »

La même chose a déjà été inscrite dans son dossier. Comment savoir s'il s'en contente ou si ça le désole. C'est un quarantenaire bourru, pas du genre à raconter sa vie. Qui suis-je, pour lui couper les vivres, sur la base d'un doute ? Pour le contraindre, parce que sa tête me reviendrait moins que celle de son prédécesseur ?

« Ils nous baladent », disent certains conseillers. Oui, ils nous baladent d'espoir en espoir, se baladent eux-mêmes, au gré de ce qu'on leur promet… Souvent on a envie de leur demander d'être francs ! Dites-le-moi… que vous ne cherchez pas : vous le savez bien, ce qu'il en est ! Dans votre branche, à votre âge, dans cette ville, il n'y a pas d'espoir. Le chômeur joue un rôle, il ne peut pas être franc. Il est très souvent inquiet, parfois terrorisé ! Le conseiller, lui aussi, n'est qu'un protagoniste. Il n'a pas participé à l'écriture du texte, ni à la mise en scène. Il lui est interdit de s'exprimer en son nom, de donner le début d'un avis, de s'engager sur le terrain de la conversation… Les deux marionnettes, chacune de son côté du guichet, font leur numéro. Personne n'est dupe.

N° 49. Avant de recevoir les gens, on a parfois le temps de regarder le dossier. On peut se préparer aux coups durs et cas insolubles (« J'ai perdu ma famille dans un accident »), mais aussi activer quelques a priori. Celui-ci perçoit en un jour d'allocations ce que d'autres gagnent en un mois : je ne risque pas d'être submergée par le récit de ses problèmes financiers (ni par l'émotion). À l'inverse, celle-ci a suivi un « accompagnement social », ça va être difficile… Pour celle-là, je croyais avoir vu ce qu'il fallait voir. Aide-ménagère, pas d'Assedic, première inscription, elle habite le bout du monde, pour simplifier…

Galère en vue. Et quand elle se présente, tiens ! amusant, je n'avais pas fait attention à l'âge. C'est une vénérable mamie, la soixantaine bien tassée. Elle s'occupait de son (très) vieux papa qui vient de mourir. Endeuillée et au chômage en prime, c'est le lot des auxiliaires de vie. Chaque fin de contrat est un décès ou au moins une entrée définitive à l'hôpital. Le cas compliqué devient simplissime : « Vous demandez la dispense de recherche d'emploi » ; « Contactez la CRAM [3] pour la retraite ».

Je jette un coup d'œil à l'accueil. Les petits font des coloriages : il y a des mamans prévoyantes. Ce monsieur a l'air très sympathique mais donne de grands coups de pied dans son walkman, tombé au sol. L'attente est longue, source de stress, mais, dans son cas, elle ne doit pas être seule en cause. Bon, pour ce qui est de se changer les idées, ce n'est pas un tour à l'accueil qu'il aurait fallu faire, plutôt un tour dehors.

N° 50. Celle-ci n'attendait absolument rien de son passage, sinon la validation nécessaire à la poursuite des Assedic, 25 euros par jour. Je ne peux décemment pas laisser repartir les gens avec une feuille qui dise : « Nous consultons les offres ce jour, aucune dans votre secteur » (ni même dans les secteurs annexes, soit dit en passant). Alors on biaise. Pour elle ce sera : « demander la gratuité des transports urbains ». Il y a aussi « faire le décompte de vos annuités en vue de la retraite » ; « tâcher d'obtenir le

3. Caisse Régionale d'Assurance Maladie.

nombre de dates nécessaires à la ré-obtention du statut d'intermittent ». Un tas de petites phrases préconçues, bien pratiques en cas d'absence totale de solutions. Qu'ils soient venus pour quelque chose ! Ça frise l'obsession, dans mon cas. Certains conseillers ne s'en soucient absolument pas. Ils sont une minorité, heureusement. À la fin de l'entrevue, qu'elle ait été provoquée par une convocation ou initiée par le demandeur, il faut con-trac-tu-aliser. En clair, remettre un feuillet. « Ça, c'est le contenu de l'entretien qu'on a fait aujourd'hui ; c'est pas un scoop » (sont écrites, des choses que le chômeur vient de nous apprendre). « Mais comme ça, vous savez ce qu'il y a dans la machine, vous concernant. » Le document recense les actions à entreprendre, les objectifs à court terme. Le conseiller doit le signer et le remettre à son interlocuteur. Comme nous ne sommes plus à un paradoxe près, il est permis d'ajouter : « Ce dossier vous appartient, vous pouvez à tout moment accéder à ces informations pour les modifier » (respect de la loi Informatique et Liberté oblige). Pourtant, si le chômeur venait expliquer qu'il ne souhaite plus être maçon, ce serait refusé par 80 % des conseillers : « Il va pas profiter des allocs, alors qu'il y a du boulot dans sa branche ! »

C'est rarement aussi simple. Le ras-le-bol dû à dix années d'expérience pénible devrait être entendu. Le refus d'être payé au SMIC quand on est très expérimenté ou qualifié, idem. La crainte d'être traité comme du bétail, itou. À appliquer le principe « il sait le faire, il n'a qu'à y retourner », on risque de dévier rapidement vers « il pourrait le faire, il est en bonne santé, il n'y a pas d'autre boulot de toute façon, donc il le fera ». Ceux qui prônent cette démarche sont-ils prêts à se l'appliquer à eux-mêmes, à l'appliquer à leurs proches ? Les responsables de ce genre de trouvailles ne risquent guère d'être concernés. Leur progéniture est en général téléguidée vers de plus hautes sphères, vers des postes de décideurs, plus que d'exécutants. Elle ne craint pas de faire partie des charrettes de licenciés, ni des chômeurs contraints à embrasser une nouvelle profession.

Tiens, le système informatique ne fonctionne plus. Branle-bas de combat à l'accueil, où les jeunes filles distribuent les tickets. L'accès aux offres, au fichier des demandeurs est impossible. On reçoit en priorité celui qui vient de loin. Les chômeurs locaux sont priés de repasser. Les demandes urgentes seront satisfaites en priorité, pour autant qu'elles puissent l'être. J'ai dans l'idée que ça marcherait beaucoup mieux sans écran, sans infos, sans rien de définitif, d'acquis à l'avance. Quand c'est en panne (souvent), le dialogue s'installe, mieux, on va à l'essentiel, on zappe les cases à cocher et on va aux préoccupations des gens.

N° 51. Je prends en note les informations, que je saisirai plus tard, quand l'informatique aura repris des couleurs. Et si je trouve le temps. Dans la « conclusion d'entretien », j'écris : « Vous financez vous-même votre formation, à hauteur de 160 euros par mois car aucune des structures contactées n'a accepté de prendre en charge les frais de formation ni d'hébergement. » Histoire que cette dame ne soit pas, en plus, soupçonnée de sommeiller. J'ai très envie d'ajouter : « Depuis janvier 2006, vous êtes convoquée tous les mois, et tous les mois vous nous dites la même chose, à savoir : "Je prépare le CAP que je finance moi-même." Pour nous dire ça, vous faites quatre-vingt-huit kilomètres aller et retour, non remboursés évidemment. Vous êtes ravie. » Envie de déraper ! D'écrire la vérité ! De se lâcher, de sortir de ce carcan infâme où tous ne sont que des numéros, avec une lettre au bout…

Difficile, parfois, de ne pas craquer et rejeter sur l'autre le poids des protocoles administratifs, des convictions abandonnées, des espoirs envolés. C'est souvent de part et d'autre du guichet que la souffrance s'est installée. On s'échange alors de bons tuyaux pour penser à autre chose. L'un dit le manque du travail, le besoin d'être attendu quelque part tous les matins. L'autre dit le tourment du travail, la bataille perdue d'avance, la contribution aux trucages, au vaste canular…

À l'accueil, une conseillère est contrainte d'annoncer : « Revenez la semaine prochaine, il n'y a plus de place. » Elle sait pertinemment que, d'ici la semaine prochaine, l'individu aura probablement été radié, pour date limite de présentation dépassée. Que faire d'autre ? Les bureaux sont pleins, les temps d'entretien déjà réduits au strict minimum. Pour éviter une radiation, ici parfaitement abusive, on peut faire soi-même des heures supplémentaires, se coltiner en plus du reste tout ce qui ne rentre pas dans un planning boursouflé. Ou se faire mal voir par ses collègues en empilant les tickets sur leur bureau…

N° 52, un couple s'est présenté « sur le flux » deux heures avant. Il me reste un peu de temps, je vais essayer de m'occuper d'eux. La femme, indemnisée, vient d'être radiée : non-présentation à entretien obligatoire. Elle n'avait pas reçu la convocation lui demandant d'être là. Il faudra un jour tirer au clair ces histoires-là. Dans toutes les agences de France, tous les jours, arrivent furieux des chômeurs qui n'ont pas reçu la convocation, pas davantage l'avertissement avant radiation qui suit. Mais la décision de radiation en recommandé, celle-là, ils l'ont eue. Sont-ils tous de joyeux fumistes rêvant de se faire radier ? Le mystère plane. Je vois difficilement quel intérêt ils auraient à agir de la sorte. Dans le cas du couple, la première question à élucider n'est pourtant pas celle-là. Ce qui frappe chez eux, c'est d'abord l'odeur. Insoutenable. Ces deux jeunes gens (la quarantaine à eux deux) n'ont vraisemblablement pas approché une savonnette depuis très longtemps. Je regrette très vite d'avoir élargi mon planning à leur cas. Ils sont un couple, visiblement amoureux, capable d'essayer de démêler des embrouilles administratives. Pourquoi une telle négligence ? On voudrait nous faire croire qu'un atelier « Communiquer par son image » va arranger ça ? ou alors faut-il inventer l'atelier « Communiquer par son odeur » ? Comme si ce genre de problème ne relevait pas d'une grande misère généralisée, et pouvait se régler avec un cahier d'exercices. La détresse cachée derrière tout ça ne se résout pas à l'ANPE, encore moins à coups d'atelier. Elle n'est d'ailleurs probablement pas due qu'au manque d'emploi. Mais elle empêche assurément d'en trouver un. Cercle vicieux.

Dans le cas de nos amoureux, je parviens à régler la question, ici purement administrative, par une communication officielle avec l'Assedic. La jeune fille obtient le droit de se réinscrire. Il faut savoir que la procédure de radiation repose toujours sur deux personnes au moins. Ainsi, la responsabilité est diluée : le conseiller décide puis transmet à l'agent du « pôle appui ». Le premier n'a pas toujours conscience de son acte, puisqu'il ne va pas jusqu'au bout. Le second ne fait qu'exécuter.

Après le passage de ces deux jeunes, une employée vient vaporiser une bombe « désodorisante, désinfectante, bactéricide », c'est écrit dessus. J'ai tendance à trouver ce geste-là particulièrement dégradant, comme si on voulait évincer la moindre trace de leur existence. Et s'ils avaient oublié quelque chose, qu'ils revenaient à ce moment-là ? Et les autres chômeurs, assis là, qu'est-ce qu'ils en pensent ? Ça ne les choque pas ? Un trentenaire s'exprime haut et fort : « Ça pue, ils sont dégueulasses. » Il en va des chômeurs comme des conseillers, toutes sortes d'humains sont représentés.

N° 53. Cette femme a été contrôlée et menacée de sanction. Il lui faut mettre « plus d'enthousiasme dans sa recherche ». Or, elle sort timidement d'une dépression. Le contrôle de l'ANPE peut précéder ceux de l'Assedic et de la Direction départementale du travail et de l'emploi. C'est la DDTE, ici, qui fait pleurer cette dame dans mon bureau. Elle perçoit l'ASS, 440 euros ! et la fonctionnaire lui a dit : « Vous vous rendez compte, tout cet argent que vous touchez sans rien faire ? Il va falloir vous bouger davantage. » La moutarde menace de me sortir des narines. Quel crime les chômeurs ont-ils commis pour être soupçonnés à ce point ? Ils n'ont plus de travail. Ou ils n'en ont tout simplement jamais eu. Beaucoup n'ont jamais connu ça : un travail régulier, stable, un endroit qui réclame une présence quotidienne. Des jeunes, bien sûr, mais aussi des mères de famille qui arrivent sur le marché après avoir élevé leurs enfants. Celle-ci n'a même pas cette chance, elle habite la campagne, aide son mari qui vivote d'une petite exploitation. Je suis furieuse du traitement qui lui a été infligé, mais obligée de taire ma colère, ou de l'exprimer à demi-mot.

N° 54, il veut être radié. Ce sera l'entretien le plus rapide de la matinée. Annuler une demande est le seul acte qu'il soit possible de faire d'un seul clic. Toutes les autres manipulations nécessitent de valider l'acte, voire de re-valider. Étrangement, l'annulation d'inscription est ultra-rapide. Au revoir monsieur.

Cette case libérée, je reçois une « imprévue ». Elle me tend la main, une main toute rigide que j'ose à peine serrer. Reconnue « TH », travailleur handicapé, elle ne peut rien porter, ne peut quasiment pas se servir de ses doigts. Elle est femme de ménage et a 54 ans. Trop jeune pour la dispense, trop vieille pour trouver un emploi quel qu'il soit. Si je note dans le dossier qu'elle est inapte, elle sera radiée. La procédure de visite médicale d'inaptitude est longue et fastidieuse. Rien ne dit qu'à l'issue, cette dame aurait un droit quelconque. Elle touche 13 euros bruts par jour.

Depuis dix-huit mois, chaque visite est l'occasion d'un soigneux délayage : « Vous demanderez à la CRAM de décompter vos trimestres pour la retraite… Vous demanderez l'allocation équivalent retraite… Vous serez prochainement dispensée… » Toujours le remplisage, à vocation presque humanitaire ! Exercer comme conseiller développe l'imagination. Nous sommes traducteurs de vie réelle en langage administratif sombre et pénible.

Aujourd'hui, des entretiens « pour faire le point », demain, des inscriptions. Les tout nouveaux arrivants sont rares. En général , ils reviennent, après un contrat précaire. D'affreux réflexes voient le jour chez nous, les conseillers : chouette, une ré-inscription ! C'est moins de blabla, on va juste mettre à jour le profil, vite fait… résorber la file d'attente plus vite, aller manger à l'heure ! C'est moche mais c'est humain. Le conseiller peut certes terminer sa journée à 17 heures, un luxe rare. Mais il démarre à 8 heures. Ce qui donne neuf heures de présence continue dans une ANPE, à ne pas évoquer autre chose que le travail. À midi, les agents se restaurent sur place, faute de temps, et parlent boulot. Ils évoquent leurs chômeurs, leurs patrons, s'engueulent, démêlent des problèmes au passage. Pour la détente, repasser.

En général, j'expédie la pause déjeuner, justement parce qu'il est difficile d'y parler d'autre chose que de travail. Le nôtre ou celui qu'on aide les autres à trouver. Aujourd'hui, pour me changer les idées, je fais un tour chez le pizzaïolo où j'ai mes habitudes. En tant que (petit) patron, il est client de l'agence, en pense sûrement quelque chose, et pas forcément du bien. Il ignore ma profession. J'ai réussi à éviter soigneusement le sujet. Ce jour-là, pas d'autres convives, ma part de pizza au four, la question m'est posée. Je ne peux plus reculer. J'annonce la couleur, d'un ton désinvolte :

« Je travaille à l'ANPE.

— ???

— Personne n'est parfait. »

La surprise passée, il me raille gentiment :

« La dernière fois que je suis venu, ça remuait pas mal à l'accueil. Vous devriez installer une cible et des fléchettes. »

Je cherche comment lui expliquer, en peu de mots… Et une idée me vient :

« Tu sais… c'est comme si toi, tu te tenais là, sous ton enseigne "Pizzas-Kebabs-Frites". Quelqu'un vient et te commande une pizza. Tu lui réponds : "Ah non, on n'en fait pas." Il opte pour un kebab, tu lui dis que tu n'en fais pas non plus. "Alors des frites ?" Là, tu soupires, tu lui rétorques : "Franchement, vous êtes le vingtième depuis ce matin, je vous assure qu'on n'a rien de tout ça." Ajoute à ça qu'il n'y a pas d'autres marchands de pizzas, qu'il est obligé de venir chez toi. Imagine aussi qu'il a fait la queue pendant deux heures. Tu vois l'ambiance ? Nous, c'est comme ça, tous les jours. »

Je crois que j'ai marqué un point, mes arguments ont fait mouche. Et puis on a ri un peu, c'est toujours ça de pris.

Retour à la pointeuse, 13 h 15. Inversion des rôles, les « avant » passent à l'arrière, les « arrière » montent au front.

2. *Base arrière*

Je me replie dans ma tranchée avec mon barda, je change d'alliés et d'univers. Je vais répondre aux employeurs, enregistrer leurs offres, s'il y en a.

Premier appel, un notaire. J'informe quant aux aides financières à l'embauche. Je suggère qu'une personne qualifiée ne se paie pas au SMIC. J'accorde ou refuse l'éligibilité aux contrats aidés, suivant que le chômeur est aux abois, prétend l'être, rentre dans les bonnes cases ou pas. Je dois ainsi déclarer éligibles des chômeuses longue durée, restées inscrites pendant l'éducation de leurs enfants. Par contre, d'autres chômeuses, vivotant d'un mi-temps chez McDonald's et en réelle difficulté, sont exclues du système des contrats aidés, condamnées à attendre une année pour en bénéficier. Le temps de commencer à classer la documentation reçue, sans en lire une ligne, deuxième appel. J'ai en ligne une mairie :

« J'ai reçu la liste des demandeurs d'emploi de ma commune : bon, alors il y en a un qui n'habite pas vraiment ici, et une que j'ai déjà vue partir tôt le matin et rentrer tard le soir.

— Oui madame, il est permis de sortir de chez soi quand on est inscrit au chômage. Quant à ce monsieur qui n'habite pas vraiment dans votre commune, il va sans doute nous communiquer prochainement son changement d'adresse. De toute façon, il ne pourrait pas percevoir une allocation dans deux endroits différents.

— Ah, mais alors vous n'allez rien faire ?

— Non, madame. Au revoir. »

Certains de nos partenaires ont la nostalgie des années quarante. Cette conversation permet au moins une chose : éviter de positionner des gens trop fragiles sur les postes de cette mairie, en lien avec l'interlocutrice en question. Ce genre d'appel est certes rare, mais pas étonnant. Les collectivités locales peuvent en effet recevoir la liste des demandeurs d'emploi de leur circonscription. Tous les mois, un courrier nominatif et confidentiel établit la liste des demandeurs d'emploi inscrits dans la commune (article L 311-11 du Code du travail). Pour chacun d'entre eux, la mairie accède aux nom, prénom, adresse et état de l'indemnisation. Ainsi, les maires peuvent « proposer en priorité les opportunités d'emploi dont ils ont connaissance, identifier les administrés à qui ils souhaitent attribuer des avantages sociaux, établir des statistiques de l'emploi [4] ». Inutile de dire que les mairies n'ont pas vocation à proposer en priorité des emplois à qui que ce soit, encore moins à choisir sur listing les futurs bénéficiaires d'avantages sociaux !

La base arrière est aussi l'occasion de remplir une paperasse invraisemblable, générée par les entretiens effectués le matin même. La délivrance d'une aide oblige à des justifications, qui s'avèrent parfois un rien tatillonnes… Obtenir un contrat aidé suppose de fournir un contrat de travail, un relevé bancaire, autant de pièces qui nous parviennent sous les formes les plus extravagantes. Je tente, au milieu de tout ça,

4. Relevé sur www.anpe.fr.

de gérer mes offres en cours. Je dois présélectionner les candidatures de comptable pour un garagiste. Elles se bousculent, sur papier, par mail, c'est le déluge. Il faut refuser ou accepter, parfois en quelques secondes. Se demander si la pratique de tel logiciel de comptabilité peut remplacer celle qui est demandée par l'employeur, le tout en n'étant pas comptable soi-même. C'est de la haute voltige.

Une base nautique me réclame un animateur sportif spécialisé en canoë et souhaite qu'on procède à une évaluation des postulants. C'est possible, mais, là encore, quelle paperasse ! Je renvoie aux calendes grecques.

Je retourne les candidatures non conformes aux souhaits de l'employeur. Elles sont nombreuses. Pour un « bac exigé », nombre de CAP tentent leur coup (sans espoir aucun). Le temps passé à renvoyer ces candidatures inadéquates ou parvenues trop tard est très long. Pour gagner du temps, quelqu'un a eu la brillante idée du coupon-réponse. 2 cases à cocher : origine et motif du refus. Difficile de faire plus impersonnel. Le chômeur voit simultanément s'agrandir sa collection de coupons-réponses et s'éteindre ses espoirs de réinsertion. Plus laconique, plus inhumain, c'est une balle dans la tête (encore qu'on sache en général à qui on la destine).

Trois cases à cocher maximum, une adresse à écrire, poster. Ni signature ni salutations, fin de non-recevoir. Il reste la possibilité (non prévue par les Gentils Organisateurs) d'utiliser le verso pour expliquer les raisons du refus. Le courrier utilisé précédemment était certes bateau, mais poli.

Il y a un mythe à faire tomber : celui du conseiller qui ne transmet pas le CV à l'employeur, et ne le restitue pas non plus à son expéditeur. Une fois pour toutes, il faut que cela se sache : le conseiller n'a ni coffre, ni chambre secrète où dissimuler les candidatures qu'il volerait aux chômeurs, juste pour leur casser les pieds et les empêcher de trouver du travail.

Le conseiller a obligation de transmettre si le profil est le bon, de renvoyer si ce n'est pas le cas. Quand un chômeur ne reçoit jamais de nouvelles de sa candidature… c'est qu'elle a été adressée à un employeur indélicat, qui n'a pas jugé utile de répondre. Opération qui prend du temps, mais qui est le minimum du respect dû aux candidats.

Par contre, le tort de l'ANPE est souvent de restituer les CV très tard. Trois semaines après l'envoi, le chômeur reçoit sa demande en retour, assortie du fameux coupon-réponse, précisant : « offre annulée ». Légitimement, il se dit : « Ce conseiller est un incapable ! Il a laissé traîner mon courrier, alors bien sûr ! » Si le poste brigué était intéressant, la colère est inévitable. Or, quand le courrier est arrivé, l'offre n'était certes pas encore annulée mais déjà « suspendue » : l'employeur avait déjà atteint son quota, reçu de nombreuses candidatures, mais n'avait pas encore pris sa décision. Le conseiller consciencieux ne veut pas retourner les candidatures. Il préfère vérifier que l'employeur a bien procédé au recrutement et n'a plus besoin de personne. Cet excès de bienveillance provoque une colère sur trois à l'accueil (les deux autres tiers étant dus à l'attente démesurée et aux soucis psychologiques).

Je recueille une offre d'assistant(e) social(e). L'association propose un CDD de douze mois mais ne peut s'offrir que 18 heures hebdomadaires. Je rappelle à l'employeur que, s'il pourvoit l'offre avant la date prévue d'actualisation, il faut qu'il nous rappelle pour qu'on l'annule. Il ne jouera sûrement pas le jeu, faute de temps. Je le sais, tant pis. Beaucoup d'employeurs préfèrent également répondre que la place est prise, plutôt que de décliner la proposition d'un chômeur. Ils n'osent pas dire non, ou évoquer les raisons de leur refus. Ils nous laissent donc nous débrouiller avec les recalés, pas contents du tout, qui nous agonissent d'injures : « Elle est périmée, votre offre, j'ai vu l'employeur avant-hier, le poste était pourvu. Et vous continuez à la diffuser ! »

Je saisis et « rapproche » : c'est le terme employé pour désigner la recherche de candidats dans le fichier, à qui on adresse la proposition, au cas où ils ne la verraient pas.

Coup de fil d'une boîte d'intérim. Je botte en touche, ravie : ce n'est pas ma filière.

Annoncée au téléphone, une société réputée pour ses problèmes à répétition, avec les chômeurs et les conseillers. Tout le monde s'empresse d'être occupé ailleurs, c'est le jeu. Cette fois-là, je m'y colle.

« Allô, j'ai un CIE[5] qui est rompu aujourd'hui, je voudrais connaître la marche à suivre.

— Bonjour monsieur, alors ce CIE est rompu à l'initiative de ?

---

5. Contrat initiative emploi.

— Euh, de moi, l'employeur. Cet employé, c'est M. X, il était catastrophique, il a commis des erreurs épouvantables qui nous ont coûté très cher. Donc, vous comprenez, je ne veux pas rembourser les primes. Ce serait un comble. J'ai jamais vu un livreur aussi lamentable.

— Je vois. Avez-vous pu vous en rendre compte avant la fin de la période d'essai ?

— Oui, oui, ça ne fait pas encore tout à fait trois mois qu'il est là *(sic)*, mais je vous assure M. X, c'est une catastrophe. Il faut l'empêcher de se réinscrire chez vous !

— ??? Alors, pour la question de la rupture de contrat, il suffit d'adresser un recommandé au salarié, si vous êtes encore dans la période d'essai, aucun souci. Il suffit de respecter la procédure légale. Par contre, pour ce qui est de la future inscription au chômage de M. X, je regrette mais nous n'allons pas pouvoir prendre en compte votre demande.

— Vous ne vous rendez pas compte, il est absolument incapable, il n'est pas livreur, ce n'est pas possible.

— Vous savez, lors de l'inscription, il a dû nous faire part d'une expérience dans la livraison. De plus, les fichiers sont régulièrement mis à jour, les demandeurs d'emploi évalués en entreprise.

— Mais je ne veux pas qu'il perçoive des Assedic ! C'est trop facile, alors il travaille deux mois chez nous, et il touche des allocs après !

— Tranquillisez-vous, monsieur, il ne suffit pas de travailler deux mois pour ouvrir des droits. M. X ne percevra rien qui ferait suite à des cotisations payées par lui lors de sa période chez vous. Par contre, s'il lui restait des droits avant son contrat, il les reprendra là où il les a laissés, c'est normal.

— Non, ce n'est pas normal, je ne veux pas qu'il touche des Assedic, ni qu'il soit inscrit comme livreur. Alors, vous n'allez rien faire, vous êtes vraiment des incapables ! »

Etc., etc. La discussion s'éternisera jusqu'à ce que, lassé, le directeur de la société me raccroche au nez. Je l'aurais volontiers fait avant lui, mais je n'en ai pas le droit.

Deux heures après, une collègue reçoit une ex-salariée de la même entreprise. À la question « Vous n'êtes pas restée chez Truc & Bidule ? », elle s'entend répondre : « Ah non, je veux bien faire des sacrifices pour bosser, mais je ne suis pas une esclave. Je n'accepte pas qu'on me parle comme à une merde, passez-moi l'expression. »

Ce genre d'employeur finit toujours par une menace : se passer des services de l'Agence. Hélas ! il ne la met jamais à exécution. « Bouffeur de primes », comme on l'appelle, il fera toujours appel à l'ANPE. Pour la gratuité du service, pour les profils présentés (quoi qu'il en dise) et surtout pour encaisser les juteux avantages.

Je planifie mes visites en entreprise, prévues la semaine suivante. Nous « sortons » beaucoup trop peu. Pourtant, ce n'est pas déplaisant, d'aller sur le terrain, repérer les postes à pourvoir dans le futur, constater de visu que telle machine nécessite certaines compétences, telle autre un savoir-faire précis. Discuter de vive voix avec les chefs d'entreprise permet de casser l'image d'Épinal, de montrer qu'un conseiller n'est pas forcément le mollusque rivé à son fauteuil qu'ils imaginent. Mais aller au-devant des entreprises suppose du temps, pour prendre des rendez-vous, pour se renseigner sur la boîte, pour apporter des propositions ! Arriver à l'improviste, en ne sachant pas exactement ce que fait l'entreprise, pour qui, comment ; n'avoir rien à leur suggérer qui soit un tout petit peu personnalisé, c'est catastrophique : il vaut mieux rester au bureau.

Un employeur m'écrit : « Recevez ci-joint le contrat en bon uniforme »… Je rigole, j'en fais profiter une collègue qui, comme moi, bourdonne dans la ruche. Elle m'informe de l'exaspération d'un monsieur, ce matin, qui se plaignait d'avoir été « irradié » !… Le bêtisier, s'il ne fait pas toujours preuve d'un grand respect pour les gens, a au moins le mérite de détendre l'atmosphère.

Contrôle Qualité

L'heure tourne, mais il me faut passer quelques minutes sur le « Contrôle Qualité ». L'ANPE n'échappe pas à la règle. Toute entreprise, organisation, employant un peu plus de deux personnes participe désormais à cette joyeuse autocongratulation. Chaque agence veille donc au respect des dix-neuf engagements qualité. Bien sûr, un organisme indépendant vient une fois l'an vérifier la véracité des belles courbes, tableaux colorés, jolis schémas. Le temps perdu à additionner le nombre de chômeurs ravis d'être venus et à soustraire les mécontents est un temps précieux, volé à… la qualité du service rendu. Quand tous les conseillers de France déclarent manquer de temps face à l'ampleur de la tâche, on persiste à organiser des manifestations où, après avoir stressé toutes les équipes et fait planer le doute sur la qualification de l'agence, on finit par trouver que tout est conforme et fêter ça dans la joie et la bonne humeur. À ce jour, aucune agence n'aurait subi de refus de qualification ou de certification.

Les objectifs chiffrés peuvent concerner :

– la collecte d'offres, on peut le comprendre ;

– la satisfaction des offres : il est déjà plus difficile de tabler sur l'hypothétique présence en fichier de personnes adéquates ;

– les évaluations de chômeurs : objectif facilement réalisable, puisqu'on ne leur demande jamais leur avis, mais très mangeur de temps entre les convocations, les passations de marché avec l'organisme évaluateur, etc. ;

– les bilans de compétences, les ateliers, les accompagnements : il faut, par avance, savoir combien de chômeurs auront besoin de tel ou tel outil ! Preuve s'il en était besoin qu'on adapte le chômeur à l'établissement et non l'inverse. Bien sûr la prévision est légitime, dans une institution qui gère autant de monde. Mais elle devrait rester un cadre souple, jamais imposer une contrainte de traitement des personnes.

Lors de la certification par l'AFAQ (Association française pour le management et l'amélioration de la qualité), les directeurs étaient prévenus des dates et des lieux de passage des contrôleurs. L'identité des contrôleurs (« auditeurs ») et les modalités de réalisation étaient connues. Difficile de mal faire ! La veille qualité oblige à « déclencher des actions correctives » quand on diagnostique un « écart » (un problème). « Ne bluffez pas, tout est lu, notamment les enquêtes », nous disaient les directions. Mais oui, c'est d'ailleurs pour ça qu'on élimine les mauvais questionnaires et qu'on écrit nous-mêmes les manquants.

La qualité, c'est ce qui permet au chômeur qui téléphone de connaître le prénom de celui qui décroche. « ANPE, Valérie, bonjour. » Si Valérie décroche avant la cinquième sonnerie, elle est au point. Le summum du ridicule a été atteint en 2005 avec les campagnes qualité mettant en scène le client mystère. Ce contrôleur des contrôleurs téléphonait un peu partout. L'agent décrochait et entendait alors quelques bips joyeux, suivi d'une voix métallique s'enthousiasmant : « Vingt sur vingt, vous êtes au top ! » L'histoire ne dit pas ce que récitait le robot en cas d'échec (décrochage après la cinquième sonnerie) : je n'ai pas eu vent de ce type de cas. Il faut dire que les coupables n'ont pas dû s'en vanter. Comme si l'important était de décrocher immédiatement, et pas d'apporter une réponse satisfaisante ! Il semblerait que la veille qualité et son corollaire consternant de rapidité soient en perte de vitesse à l'Agence. Compte tenu de l'ampleur des dégâts prévisibles dus au suivi mensuel, mieux valait en effet ne pas surcharger les agents.

Pour éviter aux indicateurs qualité de virer au rouge écarlate, les offres non qualifiées doivent être pourvues en moins de deux semaines (entre la création de l'offre et son annulation). Or, il est fréquent que ce délai ne puisse être tenu. L'employeur (par nature occupé) peut mettre plus de temps à faire son choix, le personnel s'avérer difficile à recruter. En plein hiver, un poste de cantonnier au SMIC pour un mois ne fait pas rêver grand monde. Consigne est donc donnée de transformer le balayeur en personnel qualifié, laissant ainsi un mois à l'offre pour trouver preneur... Cela ne fait de tort à personne, argue-t-on. Cela fausse juste une fois de plus les chiffres. C'est le cercle vicieux des chiffres arrangés. Si on arrive à tenir des objectifs intenables, l'année suivante ils sont encore pires... Ainsi, on peut voir des zones sinistrées proclamer fièrement cent trente chômeurs longue durée. Sans vergogne, quand les industries ont toutes fermé les unes après les autres, que la dernière charrette date de deux ans, et que par conséquent tous les ex-salariés sont chômeurs longue durée !

En réunion d'encadrement : « On est à 27,44, la cible est à 30, les variations entre agences sont importantes. On a quand même des sacrées marges (...) On traîne un reliquat à moins de 1 %... Attention quand même, on a une excellente activité de mise à disposition d'ateliers, le taux de réalisation est supérieur à 30 %, mais en interne il est trop bas. Les CIE sont consommés à 35 %. » Mais on travaille avec des humains ! Pas avec des codes-barres. À force de ne raisonner qu'en pourcentage, la réalité du chômage passe complètement à la trappe.

La journée touche à sa fin. Je pense déjà au lendemain. C'est le répit, pas de réception l'après-midi. Mais je me demande si je ne préfère pas recevoir les gens plutôt que d'assister à la sacro-sainte « réunion de service ». Une fois par semaine, on n'échappe pas à la réunionnite, qu'elle ait pour prétexte les « plans d'action » (objectifs de l'année), la qualité, ou tout bonnement les chiffres (plus d'accompagnés, moins d'ateliers..., moins de chômeurs longue durée l'an prochain, plus de licenciements économiques).

Pensent-ils ce qu'ils disent ? Nous prennent-ils pour des idiots, ou le sont-ils eux-mêmes ? Ces questions doivent se poser également en entreprise, après les prises de parole hiérarchiques, je présume. La seule solution est de se munir de protège-oreilles virtuels. C'est un sport ! Les adeptes du zen y parviennent sans doute mieux que moi. De temps en temps, un mot sort du lot, me saute aux oreilles, aïe, « radiations », des mots-clefs font tilt… Vite, penser à autre chose, prendre l'air inspiré. Dans le pire des cas, prendre la tête dans les mains, position dite du désespéré (plausible) et appuyer discrètement sur ses tympans. Le silence ainsi obtenu, s'évader mentalement, établir la liste des courses, le programme du week-end.

Plusieurs lignes de conduite s'offrent au conseiller en réunion. La tentative d'absence, donc, mais aussi la résistance. Point par point, tenir bon, ne pas céder. C'est vite épuisant quand on est seul. Le trublion de réunion marche mieux par deux. Il est plus difficile de lui clouer le bec, s'il se sent soutenu par un comparse. Il faut mesurer les risques : prendre la parole pour réfuter les méthodes en cours, c'est non seulement se faire prendre en grippe par la direction, mais surtout renvoyer aux collègues silencieux leur lâcheté, leur condescendance, leurs actes… Il y a de plus en plus de CDD, de moins en moins de possibilités de soutien… Et la hiérarchie, bien formée, est capable de faire émaner des conseillers eux-mêmes les pires consignes. Question directoriale : « Il faut harmoniser nos pratiques. Ne pas être disponible le matin avant 9 heures pour cause de conduite d'enfants à l'école : est-ce un problème ? Comment agissez-vous ? » Le collectif commence à évoquer tranquillement la faute. L'avantage de l'harmonisation des pratiques, c'est qu'elle permet la déshumanisation généralisée. Tout le monde fait les mêmes choses, sans se poser de questions.

« On n'a plus le droit de chercher un mi-temps, alors ? C'est devenu impossible ? Interdit ? »

Poser cette question permet de reporter le débat, de gagner un peu de temps. Il faudra rester vigilant : sous un autre angle, l'histoire de l'harmonisation ressortira un jour ou l'autre.

Plus tard, après que le sujet de discorde aura été délayé dans d'autres choses : « Je vous rappelle que l'atteinte des objectifs garantit la prime d'intéressement. » Les objectifs en question : la baisse du nombre de chômeurs longue durée ! Ces objectifs sont perpétuellement à la hausse, d'année en année : en 2093, les conseillers viseront probablement 400 % de chômeurs longue durée en moins.

Parfois, il pleut des félicitations. Mais comme les conseillers, en majorité, les savent dues à des choses nuisibles, ça ne leur fait même pas plaisir. Quand certains s'inquiètent des chiffres obtenus, à qui on peut faire dire n'importe quoi, ce n'est pas toujours pour de bonnes raisons : « On n'en fait pas trop, au moins ? »…

« L'objectif chômeur longue durée de plus de deux ans était de 1 841. Résultat : 1 924. Donc, une augmentation de 4,5 %. Il faut être vigilants. »

Des petites icônes rigolent quand le chiffre est bon, pleurent quand il est mauvais. Il faut que le conseiller lambda comprenne vite sur quel bouton appuyer !

Variante : le soleil brille sur les chiffres satisfaisants ; les nuages s'amoncellent sur les échecs.

« Nous devions faire 1 429 CIE, nous en avons fait 1 426. 99,8 % de réussite. Sur les moins de 25 ans, on est bons. Résultats 18 523, sur 19 844 prévus. C'est un sujet de satisfaction : 106 % de réussite ! » Comment pourrait-il en être autrement ? Les titulaires d'un Contrat initiative emploi ne perçoivent rien et ont compris l'inutilité du suivi. Ils abandonnent.

En matière de direction, il y a différents modèles :

– Les pas politisés pour deux sous : « Dites-vous que vous êtes agent ANPE, payé par l'État pour mettre en œuvre. Après, si ça profite à quelqu'un, tant mieux ! »

– Les grands naïfs : « Le monde comporte des inégalités, que l'Agence corrige », « Les fermetures d'entreprise, c'est une idée reçue ».

– Les francs du collier : « Placez les demandeurs d'emploi comme vous placeriez des photocopieurs, vous devez être des commerciaux », « Le rôle des associations est de préparer les chômeurs au grand marché libéral » (à un employeur qui s'inquiétait de la valse des salariés dans les associations loi 1901, au fil des contrats aidés, et de l'impossibilité de conserver un permanent), « On est incontournables pour faire baisser le chômage, pourtant Borloo était étonné qu'on y arrive », « Il y a une bonne gestion de la liste que vous faites, ceux qui ne doivent pas être inscrits n'y sont pas, ceux qui ne cherchaient rien n'y sont plus, c'est une bonne intervention de l'ANPE » (à propos des chiffres en baisse).

– Les publicitaires : « L'Agence c'est comme les Galeries-Lafayette, il s'y passe toujours quelque chose », « Notre actionnaire, c'est l'État », « Vous êtes des soldats de la République ».

– Les rigolos, qui s'étonnent et s'extasient sur des chiffres qui ne font que baisser… alors qu'ils les ont eux-mêmes commandés à la baisse ! Ils félicitent, remercient, s'émeuvent presque, s'écoutent surtout. Leurs propos résonnent dans le vide, rebondissent d'agent en agent, sur les murs des salles de réunion, pour retomber au sol dans un silence assourdissant.

– Les presque diplomates : « On a besoin de fiabiliser le fichier. Les demandeurs d'emploi sont mieux dans les catégories qui leur conviennent (…), il ne nous appartient pas de dire ce qui serait un vrai ou un faux travail. »

À la fin de la journée, toutes ces têtes défilent, vertige, tourbillon. Qu'on ait été inutile, soit. C'est gênant, on ne s'y fait jamais vraiment. Mais, après tout, des tas d'autres métiers sont inutiles, si on y réfléchit deux secondes. En fait, le plus dur, c'est la capacité de nuisance de l'activité de conseiller. Le cul entre deux chaises, entre conseil et surveillance.

La cadence est souvent infernale. Dans les grosses agences urbaines, on reçoit jusqu'à quarante chômeurs par jour. Une première inscription se bâcle souvent en vingt minutes, un entretien de mise à jour en dix minutes… Comment prendre en compte le besoin de chacun dans ces conditions ?

Enfin, c'est l'heure : rentrer chez soi ! Les conseillers qui subissent cette cadence infernale ont besoin d'une structure familiale ou amicale solide pour tenir le coup. Le conjoint tient lieu de confessionnal, il permet de crever l'abcès, d'évacuer une partie du stress. Il a intérêt à avoir de la patience et des épaules carrées. Les conseillers isolés souffrent particulièrement.

Arrivée à la maison, je ne me rappelle plus les noms. À part un ou deux par semaine, avec qui des liens particuliers vont se tisser, je me rappelle les *cas*, pas les identités. Il est le licencié économique, elle est la prof de français vacataire. C'est même effrayant, de réaliser à quel point on oublie vite ces êtres humains qui se sont confiés, épanchés, livrés.

Multipliées par cinq, ces journées deviennent une semaine où la satisfaction du devoir accompli est mince. Les chômeurs recasés durablement sont rares et ne viennent que rarement remercier les agents. Les cadeaux sont d'ailleurs parfaitement interdits, mais tellement rares qu'on s'empresse de les accepter. Carte de vœux, artisanat maison, bouteille de vin parfois !… Il ne s'agit pas de remercier pour un passe-droit, mais pour une qualité d'écoute, une considération, une ténacité dans le montage d'un dossier difficile.

Un boulot ingrat, mais un boulot. Donc pas le droit de se plaindre.

Chapitre 4

« Prescrire », contre la maladie du chômage

> « Les ressources disponibles sont insuffisantes :
> – réduire l'intensité des actions auprès des catégories non prioritaires de préférence ;
> – supprimer certaines actions prévues dans les plans d'action ;
> – sélectionner les entreprises prioritaires dans chaque sous-catégorie : les plans d'action seront appliqués en priorité à ces entreprises [1]. »

Les agents « prescrivent », c'est ainsi qu'on nomme leur mission. Ils distribuent, en fonction de la gravité, des ateliers (petit rhume), des accompagnements (grosse bronchite), des accompagnements sociaux (phase terminale). Pas de pilule miracle, pourtant. Les taux de réussite de ces prestations sont à

1. Extrait de « La démarche marketing ».

relativiser. Toute « sortie pour emploi » n'est pas définitive.

« Pour aider les demandeurs d'emploi dans leur recherche, l'Agence propose également des services en fonction de leurs besoins : de la prestation-coup de pouce comme les ateliers de recherche d'emploi aux accompagnements renforcés de trois mois avec un conseiller référent. » Au départ conçues pour aider, ces prestations deviennent des bouche-trous, passages obligés, prétextes à radiations.

Concrètement, quels outils le conseiller peut-il proposer au chômeur ? Le rayon prestation est bien achalandé. Faute d'emploi, on joue à faire semblant. Si un accompagnement peut être indispensable à un jeune un peu paumé, un atelier imposé a l'utilité d'un cautère sur une jambe de bois. Tout n'est pas à jeter, loin de là. De la métaphore médicale, plutôt que la prescription, on devrait retenir le précepte : « D'abord, ne pas nuire. »

En libre accès, les outils pratiques sont complètement obsolètes. Une seule et unique cabine téléphonique par agence est à disposition des chômeurs. Le temps de communication est bridé : pas plus de six minutes. La zone d'appel est délimitée : pas plus de quelques kilomètres autour de l'agence. Cette « cabine » n'en est d'ailleurs pas une car elle n'offre aucune confidentialité : il s'agit en fait d'un simple combiné fixé au mur. Pratique, pour appeler un employeur, au milieu de la foule.

Il n'existe aucune prise en charge financière des frais de recherche, notamment des envois postaux, qui représentent pourtant un budget important. Idem pour les photographies d'identité, obligatoires pour certaines offres.

Les photocopieurs ont en commun, sur tout le territoire, d'être obsolètes voire en panne. Quand ils fonctionnent, ils donnent des copies de très mauvaise qualité, parfois barrées d'un très vendeur « ANPE », qu'un agent bienveillant aura placé sous la vitre. On peut douter de l'efficacité de la méthode. Elle dissuade en effet de photocopier des CV, mais n'empêche aucunement de dupliquer recettes de cuisine ou page des sports. Il est arrivé aussi que le photocopieur public soit tout bonnement retiré, au motif d'un budget papier trop élevé. Après avoir dépensé 2,4 millions d'euros pour changer de logo, il faut savoir faire des économies… Certaines jeunes femmes, elles-mêmes précaires, employées à l'accueil n'hésitent pas à dénoncer les chômeurs qui photocopient le bulletin de leur gamin. Mais ne voient aucun inconvénient à dupliquer les horoscopes de leurs copines.

La notion de réalisation de CV est, elle aussi, totalement délaissée. La rédaction est certes encadrée : pour réfléchir au contenu, des heures d'atelier. Mais pour prêter main-forte côté technique : rien. Les chômeurs s'équipent de plus en plus, résolvent eux-mêmes la question de la frappe. Depuis des années, ce service informatique réclamé à cor et à cri est rendu sous la forme du « Rédac'CV ». Une caricature d'ordinateur, couplé à un ersatz d'imprimante, à faire hurler de rire cabinets de placement et agences d'intérim réunis. Des informaticiens au chômage se penchent parfois avec curiosité sur la bête : ils en tirent sûrement des conclusions, qu'ils ont la délicatesse de ne pas nous livrer. Un musée du Logiciel accueillerait volontiers cette chose surannée, qui a pour but de simplifier la frappe du CV aux néophytes. D'un écran à l'autre, l'utilisateur est invité à entrer ses nom, prénom, adresse, expérience, formation. La mise en page est immuable et épouvantable. Dès le début de la frappe, apparaît un sympathique avertissement : « Attention, si vous restez plus de trente secondes sans toucher au clavier, l'ordinateur retourne automatiquement au début et votre saisie est perdue. » Et on s'étonne que des débutants, émus, renoncent à l'utiliser. L'intranet des vingt-trois mille agents est, lui, très performant. Il s'agit donc bel et bien d'une volonté de laisser l'outil dans cet état. Sous prétexte d'autonomisation, le conseiller ne peut pas non plus réaliser le CV du chômeur à sa place. De ce fait, les conseillers n'en font quasiment jamais. Ils en voient défiler, ça oui, des torrents. Mais certains seraient incapables d'en créer un.

1. *Formation : comment ça (ne) marche (pas)* [2]

C'est peut-être le plus grand scandale qui existe actuellement dans les locaux de l'ANPE. Le personnel non seulement n'y est pour rien, mais est le premier à le condamner. Il devient impossible de suivre une formation lorsqu'on est chômeur. Mettre à profit une période d'inactivité forcée pour

2. Cf. annexe p. 267.

se perfectionner ou apprendre un nouveau métier, voilà qui ne semble pourtant pas idiot. À l'heure où l'on stigmatise l'apathie, la fainéantise dont feraient preuve les chômeurs, on oublie de préciser que la plupart d'entre eux réclament des formations qu'ils n'obtiennent jamais. Pourquoi ? Parce que les stages sont créés et financés en fonction des besoins du patronat. Besoins réels ou supposés. L'épanouissement des salariés sur leur futur lieu de travail n'intéresse personne, pas plus qu'un début de qualification des masses besogneuses.

« Monter une AIS pour garder l'ARE, établir une AFF dérogatoire pour aller au bout de la formation, faire une DAF pour les frais si on est très chanceux. » Si ce charabia ne vous décourage pas, vous allez pouvoir entamer le parcours du combattant. Définir un plan de formation est devenu une usine à gaz (pour rebuter chômeurs et conseillers ?). On a assisté à une quasi-suppression généralisée. Seules subsistent les formations menant aux métiers en tension et des actions non qualifiantes, purement occupationnelles.

D'année en année, la possibilité de formation se réduit à vue d'œil. Seuls les métiers considérés comme « en tension » par l'Assedic sont accessibles. Il faut donc qu'ait émergé un besoin non satisfait du côté des employeurs pour que la formation ad hoc soit prise en charge. Dès que le souhait s'éloigne des demandes *officielles* du marché, les aides éventuelles s'envolent. Dans le meilleur des cas (si le chômeur veut devenir maçon, par exemple), il continuera à percevoir ses allocations et sa formation ne lui coûtera rien.

La mort du SIFE, Stage d'insertion et de formation à l'emploi, a marqué le début de la fin. Abrogée par la loi de « cohésion sociale », cette mesure destinée aux chômeurs en difficulté était relativement souple et pouvait s'adapter aux souhaits de formation spécifiques des chômeurs. D'une durée moyenne de 150 heures, ce stage permettait par exemple à une secrétaire de maîtriser un logiciel précis, requis pour un poste, sans passer quatre mois à apprendre en plus traitement de texte et tableur, déjà connus. Personnalisée, l'action se déroulait sous forme de modules articulés selon les besoins de l'intéressé, se déroulant pour partie en entreprise. Bien sûr, avec une prise en charge horaire de 3 euros, on n'allait pas bien loin. Mais c'était tout de même mieux que rien. En bricolant le volume horaire, on parvenait à faire financer quelques actions. Cette dernière marge de liberté accordée aux conseillers s'est envolée. Désormais, tout financement, même partiel, d'un stage implique de se référer à une liste de métiers, souvent définie en dehors de toute logique de terrain.

Ces listes de métiers ôtent au conseiller toute possibilité de choix, d'appréciation quant à un profil particulier. Elles sont établies d'après les déclarations des employeurs, parfois fantaisistes. Il suffit qu'un employeur ait fait état dans les interrogations téléphoniques BMO (Besoin de main-d'œuvre), de cinquante postes d'ostréiculteur pour que la cote de ce métier remonte rapidement dans la liste régionale.

Le SAE, Stage d'accès à l'emploi, a été supprimé dans le même temps. Officiellement, pour cause de décentralisation de la formation aux conseils régionaux. Mais les régions finançaient déjà leurs propres stages. Rien n'a donc été ajouté ; au contraire, une grande partie de l'offre a disparu. Les avenants formation dans le cadre du Contrat initiative emploi ont également trépassé en 2005 (mais continuent à être vantés dans le prospectus « Simplifiez-vous l'embauche ! » du ministère de la Cohésion sociale). Toutes ces mesures permettaient d'envoyer les chômeurs en formation. Insister sur les besoins du marché sous-entend que les formations étaient jusqu'à présent attribuées en dehors de toute logique. Or, peu de cours de macramé ont été financés via l'ANPE. Le conseiller, quand il avait les cartes en main pour octroyer les formations, n'en profitait pas pour financer n'importe quoi. Il était déjà tenu de vérifier l'adéquation avec le projet global. Inclure dans une formation collective régionale un module d'ostéopathie équine n'aurait pas de sens. Par contre, le financer à une personne déjà qualifiée dans le domaine équestre, soucieuse de préparer l'installation de son centre et de le rentabiliser par le biais de cette spécialité, peut être judicieux. Le conseiller avait alors toute son utilité. S'en tenir aux besoins exprimés par les employeurs, c'est prendre énormément de risques au niveau de la création d'entreprises dans les années à venir. Beaucoup de petits projets sont devenus grands, dans des secteurs où aucun besoin ne se faisait sentir. Réserver la formation à l'élite capable de la financer est plus qu'une injustice, c'est une bêtise incommensurable. L'État semble avoir fait une croix sur ses forces vives et oublié que la créativité existe dans toutes les catégories socioprofessionnelles.

Depuis la mort du Contrat de qualification, le Contrat de professionnalisation rogne lui aussi sur la formation. Jusque-là, 25 % du temps de travail étaient obligatoirement consacrés à la qualification. Ce n'est plus le cas. L'action n'a plus à être qualifiante. Le jeune concerné n'acquiert plus nécessairement un diplôme homologué.

Financer une formation coûte tant d'énergie et de temps que certains conseillers abdiquent devant l'ampleur de la tâche. Au risque de refuser de manière illégitime « de toute façon, ce sera non. Autant dire non tout de suite ». Peut-être une étude attentive de ce cas aurait-elle permis, après moult tergiversations, une prise en charge partielle ? Globalement, hormis les stages AFPA [3] et les stages régionaux, point de salut. L'AFPA propose des formations de qualité qui, victimes de leur réputation, nécessitent d'être patient (les listes d'attente sont longues) et mobile (différentes spécialités existent, aux quatre coins de la France).

La reconversion professionnelle est désormais quasi impossible. Au plan national comme régional, c'est une catastrophe. Acquérir un diplôme est doublement une épreuve, au premier stade presque insurmontable, le financement. Il semblerait que l'on veille à dresser une masse laborieuse, ouvrière et peu regar-

3. L'AFPA (Association pour la formation professionnelle des adultes) est menacée de centaines de suppressions de postes depuis 2004.

dante. La qualification vers des emplois « supérieurs » est utopique.

La profession d'infirmier/infirmière est, par exemple, quasiment inaccessible à un chômeur. La préparation au concours n'est pas toujours prise en charge : des disparités régionales existent. Les heureux lauréats se présentent, fiers d'avoir su mettre à profit leur période de chômage pour se qualifier vers un métier porteur, où on ne connaît pas le repos. Ils sont prêts à se mettre au service d'autrui, savent que les hôpitaux font appel à des infirmiers étrangers. Ils se disent, en toute logique, qu'ils voient le bout du tunnel. Mais un chômeur indemnisé n'est pas assuré de percevoir ses allocations durant les trois années d'études. Alors qu'à la sortie il est certain, sans l'ombre d'un doute, de trouver un CDI dans la structure de son choix. Quelques chômeurs, qui auraient à peine entamé leurs droits, pourront bénéficier d'une permission exceptionnelle et les voir reconduits jusqu'à la fin de la formation. Pour tous les autres, c'est la croix et la bannière. Cet exemple n'est pourtant pas le plus compliqué à résoudre. Quelques mois de bagarre entre un conseiller concerné et une Assedic près de *ses* sous (de nos sous) déboucheront peut-être vers une prise en charge. Aux autres, chômeurs non indemnisés, on dira : « Faites un emprunt, vous êtes sûrs de trouver du boulot en sortant de l'école. » Trois ans de frais représentent une sacrée somme à rembourser, pour démarrer dans la vie active. Espérons qu'il n'y aura pas redoublement, car les études d'infirmière ne le tolèrent qu'une fois sur la totalité du cursus. Un second redoublement, c'est le projet qui s'effondre, une somme astronomique à rembourser et pas l'ombre d'un travail pour le permettre. Espérons aussi que les fraîches diplômées ne se trouveront pas, pour une raison ou une autre, dans l'incapacité de travailler au terme de leurs études.

Admettons qu'un chômeur, via l'AFPA ou les fameux « métiers en tension », ait fini par franchir tous ces obstacles et obtenir une place en formation. Il n'est pas au bout de ses peines. Les frais annexes restent tous à sa charge. La disparition quasi généralisée des frais de transport déguise la baisse des crédits alloués à la formation. Quel chômeur peut se permettre, en gagnant 900 euros par mois, de partir quatre ou six mois dans le département voisin, de se loger, de se nourrir sur place, de payer le carburant, sans grever lourdement son budget ? Triviales questions, auxquelles conseillers et chômeurs sont bien obligés de répondre. Et les frais de garde ? Une aide existe, réservée aux femmes en situation de grande précarité. Elle s'élève à un montant global de 305 ou 460 euros [4], somme évidemment insuffisante pour faire garder le moindre homoncule.

La plupart des demandes sont aujourd'hui insatisfaites sur le plan de la formation. Dans le cadre du RMI existent encore des enveloppes dédiées à l'insertion [5], qui permettent un parcours de formation, mais pour combien de temps ? Les programmes qualifiants relèvent désormais des régions. Les opportunités de formation sont forcément inégales, que l'on

---

4. Suivant le niveau de scolarisation de l'enfant.

5. Et encore, cela dépend du bon vouloir des conseils généraux.

soit strasbourgeois ou perpignanais. Le stage de cordiste n'existera qu'en Rhône-Alpes, celui de métreur en Bourgogne. Breton, vous voulez vous former à un métier que seul le Languedoc-Roussillon a mis à son programme ? L'unique solution est de tomber sur un conseiller peu scrupuleux et d'avoir un ami dans la région en question. Vous déménagerez alors fictivement, vous et vos Assedic. Avec un peu de chance, s'il reste des places, vous serez inscrit sur le stage désiré et irez l'effectuer là-bas, puisque considéré comme languedocien, administrativement. Et on dit que les chômeurs ne font pas suffisamment d'efforts !

Le chômeur doit s'assurer de son indemnisation jusqu'au terme de la formation, mais aussi de la prise en charge du coût de celle-ci. Pour l'indemnisation, un coup d'œil suffit. Si l'on remplit les conditions, on peut être rémunéré par l'État : on devient alors stagiaire de la formation professionnelle. Ou par l'Assedic : les allocations chômage cèdent la place aux allocations formation, à montant identique. Formation jusqu'en septembre, allocation jusqu'en octobre, tout va bien. Deuxième réflexe face à une demande de formation, voir si celle-ci conduit vers un métier prioritaire. Pour cela, éplucher la liste. Cuisinier, maçon, aucun problème. Premier écueil, et non des moindres : si le métier visé ne figure pas sur la liste fatidique, au revoir. Aucun financement n'est possible. Si le métier figure sur la liste, le coût de formation sera pris en charge à hauteur d'un certain pourcentage, variable selon les régions et les métiers (100 %, 40 %...). Encore faut-il prouver que l'action de formation est cofinancée à 50 % par le secteur public ! Le chômeur lambda, qui n'est pas forcément versé dans le langage administratif, réclame alors des devis aux organismes de formation, mentionnant ce fameux cofinancement public. Rappelons à ce stade que certains chômeurs ignorent ce qu'est un cofinancement ou le secteur public. Conseil général, mairie, autant d'organismes assez peu réputés pour distribuer des enveloppes à tout-va et dont ce n'est pas la vocation de toute façon. Cette étape est donc rarement atteinte : victoire de l'Assedic par abandon. Ainsi, les budgets sont habilement restreints et les chômeurs, maintenus délibérément à un niveau de qualification bas. Toujours plus flexibles.

Pour couronner le tout, si on parvient à intégrer une formation, il faut enfin ausculter le type de validation proposé. Quel bénéfice retirer du stage ? Attestations de capacité, de stage, certificats n'ont aucune valeur légale. Le diplôme homologué se fait de plus en plus rare.

J'ouvre une parenthèse se rapportant à la formation des salariés. Le DIF, Droit individuel à la formation, présenté comme une formidable avancée sociale, permet de s'absenter de son entreprise durant… vingt heures par an. De quoi réaliser ses rêves de reconversion les plus fous. À l'heure actuelle, pourtant, le CIF, Congé individuel de formation, n'est pas encore abrogé. Il peut durer jusqu'à un an. Peu de salariés savent qu'ils ont droit au CIF, qu'ils soient en CDI ou en CDD. Or, le CIF CDD se prend au terme du contrat… et donc possiblement lors du chômage. C'est ainsi que les conseillers ANPE se retrouvent à essayer de monter des CIF, ce qui ne relève pas de leurs attributions. On s'arrange avec ce qu'on a. Pour en finir avec la formation, rions un peu. Relevé sur Internet, au sein d'un site vantant les mérites du DIF : « Tous les experts s'accordent à penser que 2005 est une période charnière en matière de formation professionnelle continue. La formation de chaque salarié, tout au long de sa vie, est désormais en train de devenir une réalité. »

2. *À l'atelier, réparations en tout genre*

Les ateliers foisonnent : ils sont au nombre de vingt-sept. Encore appelés « prestations d'appui ponctuel », ils se présentent sous forme de cahiers. Le public illettré ou mal lettré en est donc, d'office, exclu [6]. Un cahier pédagogique fait avancer la réflexion, qu'un cahier d'exercices vient compléter. Les phases de « travail autonome » alternent avec le « travail aidé ». La méthode n'est pas bête, elle s'avère juste inadaptée. L'activité a lieu dans une salle où se pressent une dizaine de chômeurs, issus de milieux différents, de professions différentes, travaillant sur des thèmes différents… Dans le même groupe d'atelier, on peut ainsi rencontrer un chômeur qui a pour projet de créer un gîte rural (atelier « Vérifier son projet et préparer sa réalisation ») et un carreleur qui réalise son premier CV. Un ingénieur en environnement qui prospecte et veut « cibler ses

6. À part « Mon CV », thème spécifique pour « un public maîtrisant peu l'écrit ».

entreprises », une vendeuse de chaussures qui doit rédiger une lettre de motivation. Un manutentionnaire qui veut apprendre à utiliser Internet (oui ! cela aussi s'apprend dans un cahier), plus un ou deux qui n'ont pas compris pourquoi on leur avait demandé de venir et ont oublié leur convocation. Bon courage.

L'animateur peut être un conseiller ANPE ou un sous-traitant. Dans les deux cas, s'il veut prendre son rôle au sérieux, il doit avoir de la patience. Nombreux sont les conseillers qui distribuent les cahiers, annoncent : « Je suis dans le coin si vous avez besoin de moi », et retournent à leurs petites affaires, par ailleurs souvent urgentes.

Quand l'atelier est sous-traité, il doit être animé par une personne formée à la méthode pédagogique ANPE. Cette formation est organisée par l'Agence et son coût est à la charge des prestataires. Ceux-ci sont tenus de respecter le cahier des charges et les outils de l'ANPE. Une session d'atelier coûte à l'Agence 102 euros.

« L'atelier apporte aux demandeurs d'emploi une réponse rapide à un besoin précis, pour les aider à réaliser les travaux préparatoires à leur retour à l'emploi : organisation de leur recherche, réponse aux offres, recherche d'offres sur le marché ouvert et le marché caché, etc. [7] »… Lors des deux heures d'atelier, le chômeur réfléchit donc à un point précis de sa recherche, au sein d'un groupe d'environ huit personnes. Le but avoué est de permettre l'acquisition de la méthode, pour mener ensuite, de façon autonome,

7. *In* Cahier des charges.

les actions nécessaires. Le chômeur apprend à réaliser mais ne réalise pas.

« L'atelier peut être prescrit par les conseillers ANPE (…) Les demandeurs d'emploi peuvent également se positionner eux-mêmes. » Dans les faits, il est extrêmement rare qu'un chômeur sollicite l'agence en vue de participer à un atelier. L'inscription à l'atelier est à sens unique. Malgré les vingt-sept thèmes existants, les bénéficiaires d'un premier atelier ne réclament guère pour découvrir les suivants. Cette inappétence est un symptôme inquiétant.

Plusieurs grands thèmes sont abordés : « Je bâtis mon projet professionnel », « J'organise ma recherche d'emploi », « Je recherche des offres d'emplois et j'y réponds », « Je démarche les entreprises ». Quelques grands classiques, incontournables et imbattables, surnagent au milieu d'une quantité d'autres activités très rarement mises en œuvre. La tête de liste est sans conteste « Rédiger un curriculum vitae ». Celui-là a prouvé son utilité, même si on peut déplorer que le chômeur sorte de ces deux heures d'intense réflexion… sans CV. Selon les agences, des prestataires de service compatissants munis d'ordinateurs portables se chargent en catimini de la réalisation. Il arrive que le personnel précaire assure la frappe. Le thème « Rédiger une lettre de réponse à une petite annonce » est assez bien exploité, ainsi que « Préparer un entretien d'embauche ». Les appuis concrets à des situations vécues sont plus facilement considérés comme utiles.

D'autres sujets sont des variantes allégées des bilans de compétences. Ils ne recueillent à ce titre qu'un succès mitigé. « Identifier ses atouts pour son projet professionnel » est un mini-bilan effectué en deux heures, peu avantageux puisque le BCA (Bilan de compétences approfondi [8]) permet la même chose en plus fouillé.

Un atelier a pour vocation officieuse la désillusion ; il s'intitule : « Créer son entreprise, pourquoi pas ? » Le conseiller y a souvent recours pour dissuader le futur créateur d'un projet farfelu. Cet atelier ne donne aucun conseil pratique en matière de création d'entreprise et n'intéresse pas les créateurs potentiellement valables. La prestation sert donc à rappeler aux joyeux drilles que créer une entreprise nécessite d'investir du temps, de l'argent et de faire preuve d'une organisation sans faille. Le chômeur créatif est ainsi invité à donner son avis sur les phrases suivantes : « Quand on est patron, on travaille quand on veut » ; « Quand on est patron, on gagne beaucoup d'argent », et à « Prendre connaissance d'exemples de personnes qui n'ont pas réfléchi ».

« Organiser son projet de création d'entreprise » entre, lui, dans le vif du sujet, mais sa cote de popularité est faible. À un stade avancé de réflexion, le créateur a besoin d'informations chiffrées : montant des aides, budget prévisionnel, étude de marché… Autant de démarches irréalisables en deux heures, au sein d'un groupe. Nous envoyons donc ces chômeurs-là vers un partenaire spécialisé en création d'entreprise, qui ne fait que ça et sait le faire. Dommage : encore un pan du métier dont on aurait aimé se charger et qui

8. Voir plus loin « Les bilans de compétences ».

nous est interdit, faute de temps pour se renseigner et transmettre l'information.

« Rechercher et choisir sa formation » est un atelier parfaitement inutile, puisqu'on ne finance quasiment plus de formation. Dans les rares cas où cela s'avère possible, le chômeur se sert de l'accompagnement projet pour mener à bien sa recherche de stage. Mais la plupart du temps, il a choisi sa formation en fonction d'un financement possible, principal critère de sélection.

Les autres contenus d'ateliers sont des prétextes. Ils permettent au conseiller de proposer, voire d'imposer, et au chômeur de participer au remplissage de son dossier.

« Utiliser le téléphone dans sa recherche d'emploi » est un de ceux qu'on n'ose pas prescrire, de peur que l'interlocuteur se fâche (« Vous me prenez pour un débile ? »). Il s'agit de donner son avis sur « Peu importe d'où je téléphone et comment je suis installé ». Le même livret suggère : « Ne racontez pas votre vie au téléphone. »

Certaines des prescriptions sont inutilisées car inutilisables : ce serait donner le bâton pour se faire battre. Dans « Chercher un emploi avec ses relations », le piston, décrypté, retrouve ses lettres de noblesse. « Réussir son intégration dans l'entreprise » est curieusement peu usité. Les chômeurs, une fois placés, ne fréquentent plus l'Agence : étonnant ?

« Communiquer par son image », que j'ai déjà évoqué, vise souvent à faire comprendre au chômeur que quelque chose cloche dans son allure générale. Cette femme a fait une teinture capillaire deux ans auparavant : sa chevelure est donc bicolore (avec beaucoup de jaune). Ce jeune homme a gardé du mouvement punk une somptueuse crête. Dans le premier cas, la pauvreté interdit tout recours au coiffeur, dans le second, il s'agit d'une attitude délibérée : en quoi un atelier viendrait-il changer quelque chose ? Les chômeurs qui négligent leur aspect extérieur ou l'orientent vers une désocialisation ne « guériront » pas grâce à l'atelier. Ils relèvent d'autres cercles de suivi. La proposition de cet atelier-là est tout à fait exceptionnelle.

Il y a des ateliers presque réussis. « Se familiariser avec les épreuves de sélection », par exemple. Les chômeurs se préparent aux tests à passer avant l'embauche : bonne idée. Il est par contre regrettable de ne pas proposer d'exercices à effectuer réellement. Le cahier n'en comporte que quelques-uns, occupé qu'il est à gloser sur la logique de ces tests, leurs conditions d'utilisation…

Les « objectifs opérationnels » sont définis à l'avance : il faut réaliser 10 000 ateliers par an dans tel département. Et s'arranger, donc, pour que 10 000 chômeurs aient besoin de participer à un atelier CV, lettre de motivation, ou « Identifier ses atouts ». Quels que soient leurs besoins réels ! À force de rabâcher les techniques de recherche d'emploi, on est obligé de constater une certaine efficacité de l'Agence. Les chômeurs savent souvent rédiger leur CV, leur lettre. Quand ce n'est pas le cas, on le leur apprend. Ils ont rarement besoin d'y revenir. « Remplir » les ateliers peut donc devenir difficile.

À la fin de l'atelier, l'animateur fait le point avec chaque participant, évalue le résultat atteint et identifie les actions à entreprendre. Il remplit et fait signer la fiche de résultat. L'ANPE contrôle la qualité du service. Une fiche technique jointe au cahier des charges précise le résultat attendu.

Les indicateurs sont le nombre de bénéficiaires par atelier, le nombre de personnes dont l'objectif a été atteint pour le thème choisi. La prestation atelier n'est payée que quand quatre chômeurs au moins y ont participé. En dessous de quatre, le prestataire s'est déplacé pour rien. Les absences sont donc particulièrement redoutées côté organisation.

« Heureusement, ces ateliers ont un avantage : ils fonctionnent encore, pour le moment, sur la base du volontariat. » Cette phrase, écrite en novembre 2005, est déjà périmée. En février 2006, les ateliers programmés pour tenter d'endiguer le flot du suivi mensuel sont absolument obligatoires.

3. *Remobiliser les troupes*

Les chômeurs de longue durée doivent être redynamisés, motivés… culpabilisés ? Ces personnes dites « très éloignées de l'emploi » ont, malheureusement, souvent de « bonnes » raisons de l'être. On rencontre parmi eux les accidentés de la vie. Au sens physique du terme (travailleurs handicapés) mais aussi moral : personnes dépressives, endeuillées, souffrant d'alcoolisme… Elles se redynamisent en compagnie de chômeurs « conjoncturels », dépassés par la logique du système. Ces stages ont lieu en groupes, animés par un prestataire – formateur (précaire lui aussi, mais parfois grassement payé). Si la dynamique communautaire peut aider ceux qui s'isolent dans leur chômage, elle inhibe par contre de nombreuses personnes qui ne souhaitent pas partager les raisons de leur inactivité. Il faut entendre les conseillers présenter lors de l'« info-coll » (comprendre « réunion ») les buts du stage :

« Vous êtes inscrits depuis deux ans ; vous percevez l'allocation de solidarité ; il y a donc des freins à votre reprise d'emploi. »

Et ce, devant quarante personnes qui ne se connaissent pas, mais se découvrent donc de chouettes points communs ! Oui, il y a des freins à leur reprise d'emploi et pas n'importe lesquels : il n'y a pas assez d'emplois. Restent donc sur la touche les moins « employables », c'est mathématique. Sortent en priorité du fichier les plus mobiles, les plus qualifiés, les moins étrangers, les plus beaux, les plus gentils, les plus malléables aussi. Mais il est impossible d'évoquer ça lors du grand raout destiné à remplir le stage. Sortir de cette réunion à l'ANPE sans avoir accepté ledit stage, c'est une radiation quasi assurée. Négocier un accompagnement individuel, à la limite, peut éviter le pire. Même si on en a déjà suivi un six mois auparavant. Rappelons que ces stages s'adressent en particulier aux « ASS », c'est-à-dire aux individus percevant l'Allocation spécifique de solidarité. Elle vient après les Assedic classiques, en fin de droits. Elle s'élève à la somme astronomique de 440 euros mensuels.

Fin 2005, un plan général ASS a été lancé, dans toutes les ANPE de France, pour éradiquer ce mal : des chômeurs payés à vie ! Coûte que coûte, il a fallu les intégrer à une remobilisation. Comme force de persuasion, un système d'incitation financière. Dans certains cas, suivant sa situation initiale (handicapé, parent isolé) et surtout la période travaillée durant sa vie antérieure, le chômeur peut voir son allocation majorée d'environ 200 euros *pendant le stage* (un mois et demi). Et ça ne se refuse pas ! Même si on ne voit pas du tout l'intérêt de la manœuvre, on participe plus volontiers. Voilà donc le stage rempli et confié à un prestataire extérieur, vieux routard de l'accompagnement, qui en a vu et en verra d'autres.

Ont intégré ces réjouissances : Lucien, ex-chauffeur routier. Il a perdu un bras dans un accident. Abdel, la cinquantaine, ne parle que très peu le français. Robert, ancien pompier, se remet difficilement de plusieurs opérations chirurgicales, les évoque toutes et dans le détail pour justifier de sa situation de chômeur. Lucille, infirmière, s'est fait retirer son permis et on devine aisément pour quelle raison. Josette ne travaille qu'un quart du temps. Elle a arrêté l'école à 13 ans et fait des ménages. Avec quelques autres, ils vont se voir tous les jours, 35 heures par semaine, pour se prêter gentiment au jeu. Chercher du travail, en groupe. Se motiver, en groupe.

Après presque deux mois de remobilisation, on procède au bilan. Trois personnes sont sorties du stage « pour reprise d'emploi » : deux dames ont trouvé des remplacements pour l'été, un troisième s'est empressé de reprendre une mission d'intérim pour échapper à ce stage dont il ne voulait pas. Lucien n'a pas retrouvé son bras. Peu de pistes s'ouvrent à lui. Le malade chronique reprend la litanie de toutes ses opérations passées, on sent que le moment est proche où il enlèvera sa chemise pour faire toucher les cicatrices. L'infirmière évoque, aussi pudiquement qu'il est possible de le faire devant vingt personnes, les raisons de son nécessaire changement d'orientation. Abdel n'a évidemment pas pu apprendre le français en un mois et demi et ne peut toujours pas passer son permis. Mais il est plutôt content : « J'ai trouvé un travail, 4 heures par semaine : c'est toujours ça que je ne passe pas à la maison avec ma femme. » Rires. Le groupe s'entend bien, c'est déjà ça. Sa consœur Josette a appris à laver les vitres « à l'américaine ». Une ligne de plus sur le CV. Car tous ont effectué des stages (non rémunérés, gratuits pour les employeurs). Étonnant, comme il est facile de *donner* sa force de travail, au lieu de la *vendre*. Seul le salaire fait défaut. Les compétences, elles, trouveraient preneur.

Il existe au moins un bénéfice à ce type de stage ou accompagnement en groupe. Des liens d'amitié se tissent forcément entre stagiaires. Dommage qu'ils ne se tissent pas plutôt sur un lieu de travail ou lors d'une formation qualifiante ! C'est un ersatz de socialisation, qui peut faire du bien à une fraction des participants. À condition d'avoir été volontaire au départ. Le problème, c'est que l'agence leur a souvent forcé la main. Or les stages remplis sous la contrainte sont contre-productifs. Les chômeurs s'y ennuient et entretiennent leur colère, leur aigreur. Autre risque : après le stage, le chômeur peut aussi se sentir encore plus seul.

4. *Accompagner le chômage ou les chômeurs ?*

Quand la recherche patine, quand la reprise d'emploi se fait attendre, quand le courage manque, le chômeur peut avoir besoin d'une aide renforcée. Légitime, le recours à une assistance extérieure devient ridicule quand il est imposé. L'accompagnement est présenté comme un contrat entre chômeur et conseiller. Une fois par semaine, le chômeur rencontre son accompagnateur. L'objectif, c'est l'emploi, par à peu près tous les moyens. L'accompagnement a d'ailleurs pour appellation officielle « Objectif emploi ».

Le conseiller prescrit lui-même les accompagnements à ceux qui en ont besoin. Comme l'atelier, l'accompagnement peut être assuré en interne, par un conseiller, ou sous-traité. Il s'agit bien là d'externalisation des missions. À force de sous-traiter les ateliers, les accompagnements, voire l'accueil physique à l'agence (on a vu des externes distribuer les tickets), que va-t-il rester en interne ? Comment assurer une quelconque cohésion des services ?

De plus en plus souvent, l'accompagnement interne – censé être un contact privilégié, occasion de relancer la machine – se fait… par téléphone. Le peu de temps disponible contraint les conseillers à abandonner cette mission-là aussi. Par ailleurs, il faut avouer que les conseillers se réservent les cas les moins difficiles. C'est humain. Prescripteurs, ils ne s'attribuent pas les cas désespérés. Quitte à suivre de près un chômeur, autant s'assurer qu'il a un minimum d'atouts dans sa manche. Ils confient aux prestataires extérieurs les cas les plus difficiles. Une femme divorcée, avec quatre enfants, handicapée et non qualifiée, a toutes les chances d'être accompagnée par une structure extérieure. L'accompagnement dure « jusqu'à ce que le participant ait accédé à un emploi qui lui convienne »… ou pendant trois mois maximum. Précaution utile, car ça pourrait être long ! Quelques accompagnements internes se décident au coup de cœur : une personnalité attachante, intéressante, avec qui on se trouve des affinités, se verra proposer d'être suivie par le conseiller lui-même.

L'accompagnement externe (sous-traité hors agence) répond à un cahier des charges qui impose des « sorties positives » : c'est ainsi qu'on nomme les reprises d'emploi ou entrées en formation. Le prestataire rend des comptes sur les contrats obtenus, avec le risque de pressurer d'autant les chômeurs. L'objectif est atteint si le bénéficiaire reprend un emploi en CDI de 78 heures mensuelles minimum (logique), ou en CDD de plus d'un mois, toujours de 78 heures (risible). On comprend que les prestataires fassent le forcing pour dégoter un contrat, fût-il de cinq semaines à mi-temps.

Le cahier des charges précise encore que l'objectif est, pour le chômeur, « un emploi durable, qui

Annexe 7.2

PRESTATION D'ACCOMPAGNEMENT

FICHE DE COMPTE-RENDU

Cette fiche doit être établie pour chacun des participants

Nom du bénéficiaire		Organisme :
[redacted]		[redacted]
Suivi pédagogique du référent	**Nombre**	**Commentaire éventuel**
Nombre de contacts avec le bénéficiaire	11	
Nombre d'entretiens avec le bénéficiaire	11	
Nombre de prestations complémentaires déclenchées (ECCP, EMT, atelier ...)	—	
Autres démarches (ex : contact avec organisme de formation)	1	
Nombre d'entretiens d'informations obtenus par le bénéficiaire	1	
Nombre d'entreprises contactées	20	
Nombre d'entretiens d'embauches obtenus par le bénéficiaire	4	

Prestation à reconduire OUI ☐ NON ☒

Si l'accompagnant ne recase pas son chômeur,
il doit au moins prouver qu'il a tout essayé.
Mais trouver un emploi reste difficile,
même quand on s'y met « à plusieurs ».

corresponde à ses compétences, à ses aspirations et aux besoins de recrutement des entreprises » *(sic)*. « Objectif emploi s'adresse aux demandeurs d'emploi qui présentent dès l'inscription, ou ultérieurement, des risques de chômage de longue durée, ont besoin de l'intervention active d'un référent, d'un appui dans la durée. » Dans la réalité, il s'adresse à tous ceux qui n'ont pas retrouvé d'emploi après quelques mois d'inscription et devient presque obligatoire.

« Les difficultés rencontrées par ces demandeurs d'emploi peuvent être notamment dues à un décalage entre leur profil, l'emploi recherché et les besoins du marché. » Et peut-être à l'absence d'emploi, aussi ? Cela ne vient à l'esprit de personne.

La prestation Objectif Emploi Individuel doit « aider chaque bénéficiaire à trouver un emploi *en cohérence avec* son profil et *le marché de l'emploi* » ; il faut « définir la stratégie de sa recherche *et élargir sa cible si besoin* » ; « rechercher et se faire proposer des offres d'emplois : *l'abonnement aux offres d'emplois et le dépôt du profil en ligne sur anpe.fr sont obligatoires* » ; le chômeur doit « organiser un suivi de ses démarches pour *analyser les écarts et s'ajuster* », n'en jetez plus... Les allusions à une nécessaire adaptation au marché ne se cachent plus, on en trouve à chaque coin de mot.

« À l'issue de la prestation de service, *si le chômeur est toujours à la recherche d'un emploi*, le référent assure un entretien de bilan pour évaluer les acquis de la prestation, identifier les atouts, et le cas échéant les obstacles qui restent à surmonter. Sur cette base, le référent définit les actions à mener pour que le bénéficiaire *retrouve rapidement un emploi* et rédige, en accord avec le bénéficiaire, le bilan d'accompagnement sur l'imprimé prévu à cet effet. » Les actions à mener pour retrouver rapidement un emploi… ça laisse rêveur… Si seulement on avait une idée de ces actions à entreprendre. La mesure des résultats est réalisée à l'issue de la prestation et trois mois après. Chaque prestataire doit assurer, à l'issue de la prestation, le retour à l'emploi d'un pourcentage précis de bénéficiaires accompagnés. Les indicateurs de résultats sont la reprise d'emploi, le nombre d'entretiens d'embauche obtenus et le nombre de mises en relation réalisées sur des offres. Jusqu'ici, le conseiller ANPE menant un accompagnement interne n'a pas d'objectif chiffré à tenir, mais les choses sont sur le point de changer.

Le cousin OPI, Objectif Projet Individuel, propose la même chose, mais remplace la quête de l'emploi par celle de la formation. OPI et OEI coûtent chacun environ 500 euros à l'ANPE.

En interne, les conseillers redoutent l'accompagnement qui s'éternise. Le chômeur qui y croit dur comme fer. Qui fonde beaucoup d'espoir dans la chose. Il appelle tout le temps, croit que des miracles vont survenir. Il y a aussi celui qui se fâche, pense que le conseiller fait mal son boulot quand les résultats ne suivent pas. Des histoires d'amitié peuvent naître en accompagnement. Douze rendez-vous rapprochés donnent l'occasion de sentir un courant passer.

Le « Club des jeunes chercheurs » est une variante de l'accompagnement, réservée aux nouveaux chômeurs. L'exemple ci-dessous date de quelques années, quand l'époque n'était pas encore aux radiations à tout-va. Une conseillère présente la prestation à sa « bande de jeunes ». Notamment, elle insiste sur le fait que tous les métiers sont représentés. Chaque jeune démarchera les entreprises pour vanter les mérites d'un autre jeune, issu d'une branche différente. Elle conclut par : « À l'appel de votre nom, vous vous levez, vous nous dites si oui ou non vous êtes intéressé par ce stage et pourquoi » ! Après quelques acceptations formulées du bout des lèvres par de jeunes gens déboussolés, l'un d'entre eux finit par se lever et annonce : « Non, je ne suis pas intéressé. Je ne me sens pas capable de vanter les mérites d'une horticultrice, pas plus que je ne souhaite qu'elle vante les miens en tant que secrétaire. Je peux sortir ? Au revoir. » Quel plaisir de voir un chômeur gripper ainsi la machine. Cette attitude est inimaginable aujourd'hui ! Le risque de radiation encouru serait trop important. À la limite, les chômeurs expliqueraient leur refus par écrit, donneraient de multiples justifications, réclameraient un reçu…

5. *Les bilans de compétences*

Quand un chômeur a le sentiment d'être arrivé à un carrefour professionnel et ne sait pas quel chemin emprunter, une seule solution : le bilan de compétences. L'objectif du BCA, Bilan de compétences approfondi, est de « permettre au bénéficiaire d'analyser sa situation et de réorienter son projet *à court*

FORMATIONS CONVENTIONNEES Assedic

IDENTIFICATION

INTITULE DE L'ACTION : SENIORS CADRES

ORGANISME FORMATEUR (celui qui dispense la formation, même s'il n'est pas signataire du marché)
Raison Sociale : [redacted]

Numéro SIRET : [redacted]
Sigle : [redacted]

Adresse postale : [redacted] BP :

CP : [redacted] Ville : [redacted]

Téléphone : [redacted] Fax : [redacted]

Adresse physique : (si différente de l'adresse postale)
CP : Ville :

DESCRIPTION

Objectifs pédagogiques :

- Favoriser le retour à l'emploi des « SENIORS Cadres » dans les entreprises régionales ou hors région en travaillant sur l'élaboration d'un portefeuille de compétences qui permettra de faire émerger soit l'opportunité d'une VAE, soit une expérience réelle sur une niche d'emploi, soit encore un besoin spécifique de formation permettant d'élargir ou de modifier le projet professionnel.
- Former les « SENIORS Cadres » aux nouvelles technologies de l'information et de la communication.
- Reprendre contact avec les entreprises, vendre ses compétences et définir une mission permettant d'effectuer un stage en entreprise
- Maîtriser l'ensemble des mesures spécifiques pour l'emploi liées aux SENIORS

Contenu de la formation :
Basée sur un coaching à la fois individuel et groupe la formation traitera les domaines suivants : langage verbal et non verbal, écrits professionnels, enquêtes professionnelles, tests, bilan personnel et professionnel, analyse du marché de l'emploi, bureautique, Internet, Outlook, TRE, Elaboration d'un portefeuille de compétences

PRE-REQUIS/VALIDATION

Pré-Requis/Connaissances professionnelles :

- Etre âgé de 45 ans à 54 ans au plus
- Etre inscrit à l'ANPE depuis minimum 3 mois et 12 mois au plus
- Personne qui aura exercé des responsabilités dans un statut cadre.

Niveau d'admission souhaité : **IV**

Niveau de sortie : **IV**

Type de validation : Diplôme homologué ☐ **Attestation de stage** ☒ Certificat de compétence ☐
Attestation de capacité ☒ Rapport de Stage ☒

Diplôme préparé :

À chaque âge, un outil (in)adapté.

terme, de faire un bilan de ses expériences, de repérer les éléments transférables à de nouvelles situations professionnelles et *se préparer à une mobilité* vers des emplois supposant un transfert de ses compétences, d'approfondir, réorienter ou valider un projet professionnel (...) ».

Mobilité et court terme sont en effet les caractéristiques de ce nouveau bilan, quand exploration de soi et investigation professionnelle étaient celles de l'ancien bilan de compétences. Avant l'instauration du PARE [9], il n'imposait pas un retour à l'emploi immédiat et respectait les parcours individuels. Sa réalisation s'effectuait au CIBC, Centre inter-institutionnel de bilan de compétences, sous la conduite d'un psychologue du travail diplômé. Passé, présent et futur professionnels étaient passés au crible. Ce bilan permettait de faire le point sur la carrière d'un individu en fonction de ses affinités réelles. Libre à lui ensuite de s'adapter ou pas au marché, il partait au moins en ayant pleinement conscience de ses atouts et handicaps. Une batterie de tests psychologiques et d'entretiens individuels donnait à l'ensemble une vraie cohérence. Accessible aux salariés en cours d'emploi, cette prestation coûtait relativement cher. Il paraissait normal que les chômeurs puissent en bénéficier, à une période clef qui plus est. Si ré-orientation il devait y avoir, elle était alors faite dans les meilleures conditions possibles. La substitution de ce bilan complet par le BCA est regrettable. C'est en effet le PARE qui l'a transformé en Bilan de

---

9. Plan d'aide au retour à l'emploi.

compétences approfondi. Cet approfondissement lui a fait perdre quatre heures… il est passé de 26 heures à 22. Une phase musclée de confrontation avec la réalité du marché du travail lui a été adjointe. Les BCA intègrent de plus en plus la refonte du CV, des lettres de motivation, ce qui ne correspond plus du tout à l'esprit initial de la chose. La notion de projet disparaît, le principe du choix également, au profit de la reprise d'emploi immédiate.

Malgré cela, le BCA demeure encore la prestation la plus proche du chômeur, celle qui s'intéresse le plus à sa personnalité. Il est actuellement remis en cause, justement parce qu'il s'intéresse un tout petit peu trop au chômeur. Sa disparition serait une atteinte supplémentaire aux droits des sans-emploi. Paraphrasant Woody Allen, on pourrait regretter : « Non seulement c'est mauvais, mais en plus, il n'y en a pas assez. » Le « vrai » bilan existe toujours, est prescriptible par l'ANPE, mais uniquement aux salariés ! Les chômeurs n'y ont plus droit.

Cette prestation se déroule sur une période de six semaines. Elle peut être préconisée par le conseiller ou prescrite suite à la demande de la personne elle-même. Preuve de l'intérêt des chômeurs, ils réclament souvent à réaliser ce bilan après en avoir entendu parler par un « collègue ». Suivant le talent de l'accompagnant, il mènera à la découverte de pistes inexplorées ou à une réorientation subie.

Ce bilan comporte des phases de diagnostic, d'investigation et de « confrontation au marché du travail ». La séquence d'investigation s'appuie sur des tests de personnalité, un inventaire du potentiel, le repérage des métiers cibles. Des évaluations de compétences peuvent être réalisées. Les entretiens individuels permettent au bénéficiaire d'identifier ses atouts, d'analyser son potentiel, ses valeurs et intérêts, de déterminer les pistes. On détricote l'« histoire de vie » ; on analyse les diverses expériences passées, centres d'intérêt et motivations ; enfin on effectue des tests de personnalité, d'aptitudes. Un chouia de « TRE », Techniques de recherche d'emploi (sur lesquelles il est impossible de faire l'impasse, même si on les connaît par cœur), et voilà un BCA rondement mené. La séquence confrontation avec le marché du travail est récente et dans l'air du temps. Elle s'appuie sur des méthodes d'enquête, pour découvrir le marché local. « Le bénéficiaire doit rechercher d'autres pistes si nécessaire, jusqu'à ce qu'il trouve au moins deux objectifs d'emploi correspondant à son profil et aux besoins immédiats des entreprises ; ces objectifs doivent aboutir à une réalisation rapide. » Parmi les indicateurs qualité, figure « l'adéquation des cibles d'emploi avec le profil du bénéficiaire et le marché du travail ».

Le référent est responsable de la cohérence des interventions réalisées. Les bilans qualifiés d'irréalistes sont mal vus et peuvent coûter sa place au prestataire incriminé. L'Agence peut tout à fait ne plus faire appel à lui : « L'ANPE se réserve le droit de demander au prestataire le changement des intervenants s'il s'avère que ceux-ci ne donnent pas satisfaction. En cas de refus du changement, l'ANPE pourra ne plus faire appel au prestataire pour la réalisation de futures prestations de service. »

Le Bilan de compétences approfondi effectué chez un prestataire coûte 800 euros à l'ANPE. Bien mené, par une personne qualifiée, ce bilan peut être une étape importante dans une vie, pas seulement professionnelle. Occasion de se découvrir, d'oser, d'aller de l'avant, ou au contraire de faire le deuil d'une époque révolue. Par contre, administré de force par un psychologue autoproclamé, sans méthode ni rigueur, il n'apporte rien et risque même d'ôter toute confiance en soi et en la structure ANPE. 153 100 BCA ont été effectués en 2004 (chiffre ANPE).

Le BCA et l'accompagnement projet sont de plus en plus souvent l'occasion de faire émerger chez le chômeur le besoin de *la* formation existant sur la zone, seule financée. Ça alors. Finalement, toiletteur pour chien, c'est vraiment votre truc. Les couturières se révèlent auxiliaires de vie, les agents de sécurité se découvrent soudeurs. Si telle est leur volonté, c'est formidable. Suivant les prestataires de bilan, on obtient des résultats très différents. Un administrateur de structure culturelle peut subir un forcing effréné pour devenir commercial en électroménager... Nombre d'accompagnements débouchent sur une mise à niveau en informatique. Même si ça n'a rien à voir avec le projet de la personne, c'est toujours bien accepté, par intérêt personnel, pour aider les gosses... En tout cas, ça ne peut pas faire de mal. Un cadre au chômage me raconte : « On m'a remis une BD avec des bulles vides. On y voyait un représentant en aspirateurs faire du porte-à-porte, rétorquer à ceux qui le rembarraient. Il fallait remplir les bulles, inventer les réponses. J'avais beau lui [à la formatrice] jurer que je n'avais rien d'un commercial et que ça ne m'intéressait pas d'en devenir un, elle ne voulait rien savoir. Je pense qu'elle ne connaissait rien à mon métier initial et ne voulait pas l'admettre. » Tous les bilans ne ressemblent heureusement pas à ça. Beaucoup de prestataires parviennent à faire émerger des compétences inexploitées, à redonner confiance.

6. *Autres pilules et produits dopants*

Parmi les autres prestations à mobiliser, il y a l'ASI, Appui social individualisé. On l'utilise quand il existe « d'autres problèmes que l'emploi », comme on dit pudiquement. Il n'est jamais effectué en interne, mais toujours délégué à des accompagnateurs sociaux.

Le conseiller a dans sa petite mallette le GAPP, « Guide d'analyse partagée à la proposition », outil d'entretien, principalement utile au conseiller débutant, pour noter dans quatre cases prédéfinies les éléments caractéristiques de la situation de « son » chômeur. Notamment, « l'absence de soutien familial », « l'aptitude à exercer l'emploi », « la capacité à agir seul » ; autant d'items aisément décelables lors des dix minutes que durent certains entretiens. Les « candidatures sans résultat » sont également stigmatisées. Pour l'ANPE, elles sont forcément signe d'un problème rencontré par le chômeur. Or, les employeurs ne répondent quasiment jamais aux lettres de candidature spontanée. Ils ne réagissent guère davantage – et c'est plus grave – aux réponses à leurs annonces. Accumuler les candidatures sans résultat n'implique donc pas une carence du chômeur.

Beaucoup s'inquiètent :

« Qu'est-ce que j'ai qui ne va pas ?

— Ce n'est pas vous qui n'allez pas bien, madame, c'est le marché de l'emploi. »

Que l'on se rassure, les employeurs ne répondent pas toujours à l'ANPE non plus. Il est très courant de découvrir, après plusieurs appels infructueux, que l'offre à l'affiche depuis dix jours est pourvue depuis une semaine.

Pour permettre au chômeur de mettre un pied dans l'entreprise, on propose l'EMT, Évaluation en milieu de travail. Un employeur accueille dans son entreprise un ou des chômeurs. Il ne les paie pas. L'EMT, c'est tout bonnement un stage, au cours duquel le chômeur ne perçoit rien mais conserve le droit à son éventuelle indemnisation. L'employeur est, lui, défrayé (1 ou 2 euros de l'heure) pour accueillir le chômeur, « vérifier son aptitude au poste » ou lui « permettre d'en découvrir les conditions d'exercice ». L'ANPE montre ainsi sa gratitude pour le temps et l'énergie consacrés à l'intégration dans l'entreprise. Certains jouent le jeu, embauchent même à l'issue du stage. Mais, dans la plupart des cas, le chômeur… travaille. Il est mis en situation, ça lui permet de se rappeler à quoi ressemble un emploi.

Ainsi, des aspirants ASH (Agents de service hospitalier) découvrent régulièrement que ce métier consiste à faire des lits et distribuer des repas. Il arrive même que des EMT soient réalisées dans la restauration rapide ! Histoire, pour l'équipier, de comprendre qu'il faut plonger les frites dans l'huile et empiler les oignons dans le hamburger.

L'intérêt de cette EMT est d'offrir un cadre aux entreprises souhaitant accueillir des stagiaires. Notamment en matière de couverture, vis-à-vis des assurances. Heureusement, le nombre de stagiaires par entreprise est limité. Si une entreprise abusait, le conseiller conserverait la latitude d'attribuer ou pas à l'avenir ce genre de prestations.

L'ECCP, Évaluation des compétences et capacités professionnelles, est toujours imposée. Le volontariat est rarissime. Les chômeurs sont adressés à des centres de formation qui vérifient leurs aptitudes à exercer leur métier. Il nous faut lever les angoisses : expliquer que ce n'est pas un examen, qu'il ne faut pas avoir peur… Mais si la note obtenue n'est pas satisfaisante, le code-métier est changé ! Ces angoisses sont bien légitimes ! Le seul intérêt de ces évaluations est de permettre le glissement d'un métier peu pourvoyeur d'offres à un autre, plus porteur. Et de satisfaire ainsi des employeurs au mépris du chômeur. Seul le chômeur évalué avant d'entrer en formation y trouvera un intérêt, s'il peut ensuite adapter le stage à ses besoins précis.

Les emplois aidés

L'ANPE est chargée de mettre en place les aides publiques destinées à faciliter l'embauche et le reclassement des salariés. CIE, CAE et tutti quanti *créent-ils des emplois ? Ne sont-ils pas plutôt des coups de pouce à des couples employeur-salarié qui se sont trouvés, de toute façon ? Tel plombier a prévu de longue date d'embaucher Gérard. Il attendra que Gérard soit « éligible » à la prime pour le faire. Aucune décision d'embauche ne naîtra donc de cette aide financière. Un « contrat aidé » est un contrat pour lequel l'employeur bénéficie de subsides de l'État. Le principe est de diminuer, par des aides directes ou indirectes, les coûts d'embauche. Ces emplois sont, en général, réservés à des personnes en difficulté sur le marché du travail (définition de l'INSEE). Ils peuvent relever du secteur marchand (c'est le cas par exemple des Contrats initiative emploi) ou du secteur non marchand (par exemple les Contrats d'avenir). Dans le second cas, ils sont le plus souvent conclus par des associations, des collectivités territoriales ou des entreprises publiques.*

Les personnes considérées comme « en difficulté sur le marché du travail » sont celles qui totalisent douze mois de chomâge (dans les dix-huit mois précédents) ; qui perçoivent l'Allocation spécifique de solidarité ou le RMI ; qui sont handicapées... Une dérogation existe, pour celui qu'un conseiller estimerait en grande difficulté, sans pour autant qu'il rentre dans les cases.

Le CIE, Contrat initiative emploi, créé en 1995, est un contrat de travail à durée indéterminée ou déterminée (de 12 à 24 mois), à temps plein ou partiel, réservé au secteur marchand. Le cadeau de l'État va jusqu'à 47 %[10] *du salaire brut pris en charge. Le salaire est exonéré des cotisations patronales de sécurité sociale.*

Pour l'embauche des jeunes, divers contrats spécifiques se sont succédé. Créé par la gauche, l'emploi-jeune durait

---

10. Suivant les régions, taux défini par le SPER, Service public de l'emploi régional.

cinq ans, était réservé au secteur public et à l'associatif. Il permettait l'embauche de jeunes de moins de 26 ans, avec une prise en charge de 80 % du salaire. La droite y met un terme. Elle le remplace par le CAE [11] spécial jeunes, avec prise en charge de 90 % du salaire (pour démarrer, ce taux sera revu à la baisse ensuite). Le contrat dure douze mois, est renouvelable une fois au grand maximum [12] : l'amélioration est très nette.

Le CI-RMA, Contrat d'insertion-Revenu minimum d'activité dure de 6 à 18 mois. Pour l'embauche d'un titulaire de minima sociaux (RMI, ASS, API), l'employeur verse le SMIC et perçoit 425 euros par mois, soit l'équivalent des aides qui auraient été versées au chômeur sans activité. Dans le cas d'un RMIste, l'aide forfaitaire est versée par le conseil général. D'où de grosses frictions entre les conseils généraux et l'État, au niveau des financements. Certains départements (plus accueillants que d'autres ?) voient grossir le nombre de RMIstes et de RMAstes, sans réciproque du côté de la manne gouvernementale.

Le CJE, Contrat jeunes en entreprise, est destiné aux non-bacheliers de moins de 23 ans mais ne prévoit rien en matière de formation. C'est « contrat-destin-besogne » qu'il aurait fallu l'appeler. Non qualifié tu es, non qualifié tu resteras ! Manœuvre, de 20 ans à la retraite, à condition d'y avoir droit un jour. L'employeur perçoit entre 150 et 300 euros par mois, pour embaucher le jeune en question. L'entreprise est censée le former ? En général elle ne

---

11. Contrat d'accompagnement dans l'emploi.

12. La durée varie suivant les régions : le SPER fixe les critères.

forme rien du tout, mais emploie le jeune à des tâches subalternes ne nécessitant aucune formation. Plus vite le jeune a arrêté ses études, plus la prime est importante. Quand le Contrat emploi jeune avait pour défaut de faire embaucher au SMIC des bac + 6, le Contrat jeunes en entreprise favorise l'échec et récompense les sorties du système scolaire.

Les emplois aidés sont-ils à dénigrer ou à louer ? Souvent, seules les primes de l'État permettent d'embaucher un peu. Tellement peu : 20 heures, 26 heures… Parfois au détriment de vrais emplois. Une structure utilisera deux contrats aidés à mi-temps, leur permettant à peine de vivoter, au lieu d'offrir un temps plein à une personne qui s'en sortirait enfin. Les dévoreurs de primes ne sont pas toujours reconnaissants et n'hésitent pas à licencier sans vergogne une fois les dernières sommes reçues.

En cas de délocalisation, le remboursement des aides par les entreprises n'est pas non plus au goût du jour. Dominique de Villepin a ordonné une mission sur « les aides publiques », suite à la décision de Hewlett-Packard, en septembre 2005, de licencier 1 240 personnes en France. Le Premier ministre avait formulé un vœu pieux : voir la société rendre les fonds dont elle avait bénéficié. L'existence d'une « clause de remboursement en cas de délocalisation » n'est pourtant pas pour demain. Rien n'a été décidé dans ce sens.

Les services à distance

L'ANPE modernise ses prestations informatiques. Dorénavant, l'employeur peut enregistrer lui-même son offre d'emploi avec DOL, le Dépôt d'offres en ligne. Plus de contrainte horaire, le patron peut déposer une offre à 3 h 27 du matin via Internet. Certes, cela supprime l'écueil des horaires d'ouverture et la difficulté à joindre un conseiller. Mais toutes les professions ont leurs contraintes horaires. L'intention de joindre une banque par téléphone aboutit souvent à un serveur vocal, voire à un suicide. Et tout le monde trouve cela normal. Qu'importe. L'offre ainsi déposée sera vérifiée puis mise en ligne le lendemain matin par un conseiller (soit une efficacité identique à l'envoi d'un fax nocturne). Quid du rôle de contrôle de l'offre que le conseiller arrivait parfois à assurer ? « Non, monsieur, un maçon qualifié avec dix ans d'expérience ne se paie pas au SMIC… Non, madame, on ne montera pas un dossier d'introduction de main-d'œuvre d'origine étrangère pour une vendeuse en prêt-à-porter, on en a beaucoup ici qui cherchent sans succès… Non, vous ne pouvez pas faire travailler de nuit un jeune de 16 ans en contrat aidé… Non, je ne vous donnerai pas directement les coordonnées des demandeurs d'emploi pour que vous les appeliez… »

Les chômeurs peuvent enregistrer directement leur candidature dans la « banque de profils ». Employeurs autonomes dans l'offre, chômeurs émancipés dans l'inscription : le conseiller interviendra de moins en moins. Subtile façon de préparer sa mise au placard pour cause de privatisation intensive. Avec les services à distance, le rôle du conseiller-médiateur disparaît. L'ANPE s'enorgueillit de posséder le « premier site de l'emploi français ». Une étude a prouvé que « sexe » et « emploi » étaient les deux mots-clefs les plus utilisés dans les moteurs de recherche. Et les webmasters de se congratuler, anpe.fr étant considéré comme la meilleure vitrine en matière de recherche d'emploi. En réalité, contrairement aux idées reçues, les chômeurs cherchent du travail... et visiteraient le site Internet des offres quel que soit son design. Parions qu'un site jaune à pois roses recueillerait les mêmes suffrages.

Recevoir les offres par e-mail est un gain de temps considérable. Surtout pour ceux qui ne souffrent pas de la « fracture numérique ». L'injustice est frappante pour les non-connectés qui se retrouvent complètement sur la touche. Les internautes peuvent en effet s'abonner aux offres de leur choix. L'employeur appelle, passe une offre. Elle est immédiatement saisie sur informatique et envoyée – durant la nuit – sur les boîtes mail des chômeurs ayant un profil correspondant. Elle est également adressée par courrier aux chômeurs classiques : prévoir le délai postal à l'aller et au retour pour la réponse. À profil équivalent, celui qui postule par écrit est lésé. Le chômeur connecté, lui, renvoie sa candidature à l'employeur à J + 1. L'employeur a donc une première volée de postulants à J + 1, et la seconde à J + 3 (au mieux). Deux jours de retard au moins sur le concurrent moderne. Deux jours qui risquent d'aboutir à un refus, pour « offre suspendue ». Indéniablement, la rapidité augmente, mais l'inégalité de traitement s'accroît tout autant. N'en déplaise à notre président, que ces choses émeuvent particulièrement. « Vous êtes mis au courant immédiatement de l'existence d'une offre qui vous concerne » : à chaque fois que je prononce cette phrase, je pense aux chômeurs qui n'ont pas d'accès Internet, ou d'ordinateur... D'ailleurs, je n'explique pas l'abonnement aux offres aux non-connectés. Pas folle, je pose la question avant. Certains me répondent : « Alors, si ma bécane plante pendant une semaine, tous les bons plans me passent sous le nez, en somme ? » C'est un peu ça.

Le temps gagné est surtout du temps de conseiller. Beaucoup moins de retours de CV à gérer, les télécandidatures sont à l'écran, transmises en direct. La sélection est par contre beaucoup moins fine : sans CV, nous manquons d'informations et le risque de mécontenter les employeurs est d'autant plus grand. Un bon point toutefois : l'économie de papier. À l'échelon national, c'est une vraie gabegie ; des feuillets sont utilisés pour y inscrire deux chiffres et jetés aussitôt. Le recyclage n'intéresse personne et surtout pas la direction générale, qui ne lance rien dans ce sens. Le mettre en place au niveau local est possible, à condition d'accepter de passer pour un(e) original(e). Les télécandidatures aident surtout à atteindre l'objectif de « 50 % d'offres réalisées avec présélection des candidats », ce qui serait difficile voire impossible avec la méthode classique.

Dans la panoplie de l'agent moderne, il y a aussi le SCAM, Service de contacts automatisés multimédia. Ce service permet au conseiller de contacter jusqu'à 15 000 personnes en 60 minutes (!), par fax, SMS, e-mail ou message vocal (la douce voix est robotisée, pas de quoi fantasmer). Tout cela continue à ne servir à rien, voire à nuire, mais « ça fait jeune ». Le suivi personnalisé en prend pour son grade ! 15 000 d'un coup… mais la modernité est assurée. Proposer des offres, confirmer un entretien, c'est tellement plus chic par mail. À quand la radiation en langage SMS : « Je vou radi 2 la list D demandeur denploi » ? Les « services à distance » seront-ils les fossoyeurs de l'Agence ?

Chapitre 5

Des « partenaires » voyous ?

« Le travail temporaire a vocation aujourd'hui à participer activement au grand enjeu du problème de l'emploi. »

Rémi Jouan,
secrétaire national de la CFDT

« Les entreprises de travail temporaire, en usant de pédagogie, ont convaincu les employeurs de recruter des seniors sans risque social, en passant par le statut de l'intérim. »

Robert Rochefort,
directeur du CREDOC

Le conseiller ANPE travaille en collaboration avec des structures qui ne demandent qu'à le manger tout cru et n'ont pas d'états d'âme quant aux humains qu'ils « gèrent ». Assedic, intérim, cabinets de placement, la prétendue fin du monopole recouvre un partage inégal du gâteau. Ce qui est rémunérateur va au privé, le reste étant de toute façon financé par l'État. Comme pour tous les autres services publics : santé, énergie, éducation… les prétendues refontes du système ne cherchent plus à masquer la privatisation future. *A contrario*, les principaux concernés, les chômeurs, n'interviennent à aucun maillon de la chaîne des partenaires.

1. *L'Assedic, donneur d'ordre*

L'Assedic (« Association pour l'Emploi Dans l'Industrie et le Commerce ») recueille les cotisations et indemnise les chômeurs. Sa gestion est paritaire : assurée par des représentants des employeurs et des salariés. Les fonds proviennent de leurs contributions. Le chômeur indemnisé bénéficie des cotisations précédemment versées, quand il s'assurait contre le risque de chômage (ô combien élevé par les temps qui courent). Il faudrait peut-être songer, du reste, à cesser de cotiser : le revenu de remplacement devient tellement difficile à percevoir ! L'assurance chômage abandonne l'idée du chômage pour se focaliser sur le concept d'assurance. Cotisez, cotisez, il en restera peut-être quelque chose quand le « risque » deviendra réalité…

Depuis 1997, l'inscription administrative des chômeurs a été déléguée à l'Unedic [1]. Enregistrement, calcul et versement du revenu se font donc auprès

---

1. Unedic : Assedic + GARP, Groupement des Assedic de la Région parisienne.

d'elle, l'ANPE se chargeant du reste : le retour à l'emploi. En 2001, pour faire passer la pilule du PARE et de son contrôle accru, la dégressivité des allocations avait été supprimée. À l'époque, les partenaires se réservaient le droit de rétablir la dégressivité en cas de besoin. Même si peu de monde l'avait remarqué, compte tenu de la faible lisibilité du libellé. L'esprit « assurance », déjà, sévissait. Des allocations toujours plus courtes, un peu plus de pression chaque fois. Le retour de la dégressivité est maintenant agité comme un repoussoir. Il permet d'amollir les velléités de protestation, à chaque tentative de renégociation de la convention d'assurance chômage.

L'Assedic procède également à des contrôles de la recherche d'emploi, « de manière aléatoire ». Les entretiens s'ajoutent à ceux de l'ANPE, en vue de dépister le chômeur heureux. Une chômeuse, qui venait de passer deux concours de la fonction publique, avait brillamment réussi l'un d'entre eux, d'un niveau très élevé. Son contrôleur Assedic l'a menacée d'une coupure dans ses allocations si elle ne mettait pas un peu plus de bonne volonté. Le SCRE, Service de contrôle de la recherche d'emploi (des Directions du travail), agit, lui, « au hasard ou sur dénonciation ».

L'Unedic, association de loi 1901, emploie 14 000 salariés de droit privé, contre 23 000 contractuels sous statut public à l'ANPE. Le rapport Marimbert s'était penché en 2004 sur « le rapprochement des services de l'emploi » et suggérait déjà une « coopération renforcée » entre les deux organismes. Les quelques maisons de l'emploi créées en 2005 en sont les prémices. Concrètement, les conseillers ANPE n'ont presque aucun contact avec leurs alter ego des Assedic. Il n'est pas rare que l'ANPE ait interdiction de contacter l'Assedic pour résoudre un problème, voire qu'elle ne dispose d'aucun numéro de téléphone pour le faire ! En cas d'urgence, la seule solution est alors de passer par le numéro réservé aux chômeurs pour leur inscription. La réciproque n'est pas vraie, toutes les ANPE ayant un numéro de téléphone (même s'il faut parfois être patient pour obtenir le bon correspondant).

Des courriers portant le double en-tête des établissements sont envoyés aux chômeurs, sans que l'ANPE en soit informée. S'il peut y avoir confusion entre les deux organismes, leurs missions sont pourtant foncièrement différentes. D'un côté, l'administratif pur jus et la comptabilité ; de l'autre, l'emploi, les manières d'y parvenir. Or, les conseillers ANPE tiennent à cette notion de conseil, et voient en l'Assedic le comptage, la gestion, l'attribution, le contrôle. Le rapport Marimbert le suggérait déjà : « Le déclenchement d'un processus de fusion risquerait d'être vécu comme un facteur de déstabilisation plutôt que de mobilisation, et pourrait détourner les énergies de l'objectif prioritaire » ; « Il est clair que la fusion comporterait un risque élevé de polémique à l'échelon national et de troubles dans le fonctionnement des services ».

Jean-Pierre Revoil lui-même, directeur général de l'Unedic, l'avouait en 2005 : « Nous sommes une entreprise privée disposant d'une responsabilité de service public, mais l'ANPE et ses sous-traitants ont un savoir-faire opérationnel, notamment en matière d'appréciation des profils des demandeurs d'emploi, dont nous ne disposons pas. » Le vrai obstacle à la fusion n'est pourtant pas celui-là. « Un deuxième obstacle réside dans la disparité des statuts sociaux et notamment des *rémunérations des agents* des deux institutions. À cet égard, les données qui nous ont été fournies par les deux directions générales nous ont permis d'évaluer au moins à 30 % l'écart moyen de rémunération entre les catégories de personnel en contact avec le public (...). Le surcoût annuel d'une fusion, dans l'hypothèse très vraisemblable d'un alignement du régime des agents de l'ANPE sur celui de l'Unedic s'élèverait au minimum à 200 millions d'euros par an [2]. » *Exit* donc la fusion, au moins sous cette forme-là : aligner ces nantis de fonctionnaires sur les contrôleurs du privé reviendrait beaucoup trop cher ! La langue de bois prévoit donc à la place un « rapprochement pragmatique et opérationnel avec le régime d'assurance chômage ».

Si l'unification a finalement lieu entre ANPE et Assedic, il y a fort à parier que le nivellement s'opérera par le bas, au détriment des conditions de travail des deux parties et surtout des conditions de suivi des chômeurs. Preuve de la place accordée à l'humain : le feu tricolore que les agents Assedic ont sous les yeux durant leurs entretiens. Vert, ils sont dans les temps. Orange, ils dépassent la moyenne prévue. Rouge, ont-ils affaire à un cas particulier ? Prenant le temps du conseil, ils sortent des limites. Arrivée immédiate

2. Rapport Marimbert.

du chef local qui fustige le coupable et accélère le mouvement. C'est ce genre de climat que le personnel de l'ANPE veut éviter. L'Assedic paie mieux que l'Agence, environ 30 % de plus, et pourtant les transfuges sont rares. Cela va peut-être changer : « Quitte à faire le boulot de flic, autant avoir le salaire ad hoc ! » Pour intégrer le personnel de l'Assedic, il suffit d'adresser CV et lettre de motivation et de renoncer à la stabilité de l'emploi.

Côté chômeur, par contre, le sésame, c'est la « feuille jaune » (même si elle n'est pas forcément jaune). Elle permet de calculer les cotisations versées et de délivrer les « allocs ». L'Assedic épluche alors les bulletins de paie et ouvre éventuellement des droits. Elle traque les fins de contrat volontaires déguisées. Des employeurs complaisants licenciaient pour incompatibilité d'humeur, permettant aux chômeurs de bénéficier des indemnités : fini. Les fautes graves ne sont pas toujours si graves… Un boucher a mis en vente de la viande périmée. Oups. Faute, licenciement, allocations : il passe inaperçu auprès des Assedic. Mais à l'ANPE, il me confie en rigolant :

« Le patron pouvait plus me garder, je lui coûtais trop cher avec l'ancienneté, et moi j'avais besoin de vacances, pensez, dix ans à soulever des carcasses ! Alors on s'est mis d'accord. »

La vision manichéenne du chômeur planqué et de l'employeur qui se désole ne tient pas toujours. Pas plus d'ailleurs que celle de l'employeur tortionnaire et du chômeur asservi. Certains agents, ANPE comme Assedic, renseignent les salariés angoissés avant même qu'ils relèvent de leurs services :

« Non, ne démissionnez sous aucun prétexte, même s'il vous met la pression : vous n'auriez aucune allocation. C'est ce qu'il veut, ne rentrez pas dans son jeu. S'il ne vous veut plus, il doit vous licencier, et alors vous serez couvert. »

Certaines pratiques aberrantes font craindre le pire… Les salariés travaillant trois saisons d'affilée au même endroit voient leurs allocations réduites de moitié. Au saisonnier qui s'ignore, inscrit trois fois d'affilée en septembre, l'Assedic applique une règle de calcul différente, pour minorer son allocation. L'Assedic espère, par ce biais, empêcher les entreprises de faire appel à un système préjudiciable pour l'équilibre de l'assurance chômage : embaucher les salariés six mois sur douze, les laisser vivre des allocations le reste de l'année, les ré-embaucher, et ainsi de suite… L'intention est louable, mais pourquoi le chômeur devrait-il, lui, être sanctionné ? Généralement, il ne trouve pas d'autre contrat qui lui permette d'être employé le reste du temps. C'est bien l'employeur qui fait tourner deux employés sur un seul poste. Pourquoi le chômeur en ferait-il doublement les frais ? Parfois, l'employeur lui-même n'y est pour rien. Son entreprise est tout bonnement fermée en morte saison (montagne en été, plage en hiver). Même avec la meilleure volonté du monde, il ne peut pas faire appel à son salarié durant cette période. Qu'importe, le principe de saisonnalité est appliqué, le chômeur privé de son dû. Concernant les postes de serveur ou de cuisinier, on peut à la limite comprendre que d'autres pistes puissent être trouvées ailleurs. Mais les employés non qualifiés sont mangés à la même sauce. Employé saisonnier à la plonge, vous avez un patron fidèle ? Espérons que vous en trouverez un second durant votre chômage, sinon votre allocation risque l'amputation.

Confortable, la situation de chômeur ? Quand le versement des allocations dépend du bon vouloir d'employés qui se contredisent, annoncent un jour une somme, le lendemain une autre ? Quand le montant escompté, prévu le 5, n'est toujours pas viré le 25 du mois ? Les personnes travaillant à temps partiel font l'effort de sortir du chômage et sont les plus pénalisées. Calculer leur complément de salaire n'est pas une sinécure… Un chômeur, inquiet de ne voir rien venir, découvre stupéfait que la somme allouée les mois précédents n'aurait pas dû l'être.

« C'est un indu, monsieur. Il va falloir rembourser.

— Mais… c'est vous qui avez calculé ça.

— Eh bien, on s'est trompés. En fait, vous n'aurez aucun complément. »

Il insiste, rappelle, parle avec un autre agent : « Vous avez bien droit à ça, je vais régulariser. » Tombé dans la quatrième dimension, le chômeur se débat dans un imbroglio administratif : « Je savais que c'était pénible, mais à ce point-là ! Et dire que certains prétendent que le chômage est un choix ! »

Après de pareilles mésaventures, les chômeurs sont légitimement tentés d'abandonner leur activité partielle.

Ces pratiques de l'Assedic influent directement sur le quotidien de l'ANPE. Je me rappelle une dame âgée de 63 ans qui ne pouvait pas être dispensée de recherche. Elle travaillait à temps partiel, faute de retraite ou d'allocation suffisamment décente. Or ce travail occasionnel empêche la dispense : son complément d'allocation ne lui serait plus versé. Elle était donc convoquée régulièrement. Vision inquiétante, ces sexagénaires qui fréquentent l'agence. L'ANPE de demain ? La question de la reprise d'un emploi partiel est complexe. Mal renseignés, les chômeurs risquent de perdre de l'argent. S'ils dépassent un certain plafond, ils ne touchent plus aucun complément et gagnent moins en travaillant qu'en restant chez eux. Pour éviter cela, un cabinet spécialisé dans le portage salarial[3] a eu le cynisme de mettre en ligne sur Internet une leçon sur « Le portage et l'Assedic », qu'on pourrait intituler « Comment profiter un maximum de ses indemnités pour ne pas réclamer trop de salaire au patron virtuel » ! Ce sont les mêmes têtes pensantes qui réclament des indemnisations plus courtes, voire inexistantes…

L'activité bénévole est incompatible avec « les actes positifs de recherche d'emploi à temps plein » (et donc avec l'indemnisation). Un pompier bénévole a failli être radié pour ne s'être pas présenté à une convocation. Arrivé le lendemain, il a expliqué (et prouvé) être occupé à l'extinction d'un feu de forêt particulièrement menaçant. Il a fallu biaiser : son activité, ô combien socialement importante, ne rentrait pas dans les cases.

---

3. Portage salarial : forme de travail hybride, proche de l'intérim, où l'employé paie les frais de sa propre mise à disposition, et non l'employeur.

L'Assedic en 2006 est décisionnaire à plus d'un titre, dans le traitement des chômeurs. Un directeur d'unité Assedic intime l'ordre du grand nettoyage ? Le directeur de l'ANPE s'empresse d'obéir. « Je me suis fait un violoncelliste » : joie ! Il a radié un chômeur dont le métier n'avait pas l'heur de plaire.

Le système informatique est déjà en partie commun. L'Assedic accède à la plupart des informations, proteste de ne pouvoir accéder au reste : « On veut pouvoir contrôler les recherches d'emploi. » Si l'Assedic procède au contrôle et que le conseil n'a plus lieu d'être, l'ANPE n'a plus beaucoup de jours devant elle. En 2006, les systèmes informatiques se rapprochent encore, jusqu'à constituer un DUDE, Dossier unique du demandeur d'emploi. Le super-logiciel Geode[4] étant mort-né, l'ANPE va – étonnamment – se rabattre sur Aladin, le système des Assedic. On ne sait pas si la lampe magique à trouver du travail sera livrée avec.

2. *Les agences intérimaires, une vraie concurrence ?*

Recourir à l'intérim n'est officiellement possible que dans quelques cas précis : accroissement temporaire d'activité ; remplacement d'un salarié en cas d'absence ; emplois à caractère saisonniers ; remplacement de chef d'entreprise ou d'exploitation… C'est-à-dire pour effectuer des tâches qui ne sont

4. Voir p. 205, « Marchés juteux ».

pas liées à l'activité normale et permanente de l'entreprise[5].

Règle d'or de l'intérim, ne jamais refuser une mission, quelle qu'elle soit. Inscrit chez le marchand de travail, le chômeur peut ne se voir rien proposer pendant un an. Au bout d'un an et un jour, l'agence l'appelle, un jeudi à 18 heures. Une mission démarre le lendemain à 6 heures, à trente kilomètres de chez lui. Durée : inconnue. « Peut-être une semaine, peut-être plus. » Il doit accepter sans hésiter, sous peine de signer son arrêt d'intérim. Les intérimaires savent bien qu'ils seront exclus, s'ils refusent une mission. Être sous contrat ailleurs n'excuse rien, au contraire : il s'agit d'être fidèle à sa « boîte d'intérim ». Ces agences ne soignent que leur personnel qualifié. Électriciens, infirmières sont précieux, on ne les bouscule pas. Les manœuvres et manutentionnaires sont traités comme du bétail, les secrétaires débutantes, ignorées : « On vous appellerait s'il y avait quelque chose. » L'intérim n'a pas vocation humanitaire ou sociale. Une fois le fichier rempli, l'employeur satisfait, il refuse tout bonnement les chômeurs qui se proposent : « On a ce qu'il nous faut. » Quand le service public inscrit cinquante secrétaires et propose un poste, l'intérim se contente des plus qualifiées et rejette les autres. Il refuse d'inscrire les personnes « inemployables », au contraire bien sûr du Service public de l'emploi. L'objectif du profit est-il compatible avec la notion de placement des personnes les plus éloignées du travail ? Et les employeurs de se

5. Code du travail, article L 124-2.

gausser : « L'intérim propose de meilleurs profils que vous ! » L'intérim n'est pas astreint à la réception de tous les chômeurs. « Ils sont tellement plus rapides. » Ils travaillent avec nos fichiers. Les agences d'intérim travaillent avec la même matière que l'ANPE : elles démarchent les mêmes employeurs, recueillent les mêmes offres. Au niveau de la qualité de l'accueil, elles ne sont pas forcément mieux réputées que l'ANPE.

Les agences d'intérim sont considérées comme des employeurs : elles passent des offres auprès de l'ANPE. Une convention est même signée avec le Syndicat professionnel des entreprises de travail temporaire (SETT) dont l'objectif est de « développer une collaboration active avec l'ANPE, afin de favoriser l'insertion et la réinsertion des demandeurs d'emploi ». Depuis cette convention, les agences intérimaires n'hésitent plus à traiter l'ANPE en larbin. Un vendredi, midi. Sachant pertinemment que l'agence est fermée le vendredi après-midi, pour réunion, une intérimeuse m'appelle, hautaine :

« Je suppose que si je vous demande un soudeur pour lundi… ?

— Ah effectivement, ça va être dur, je ne vous promets rien, je vais faire de mon mieux. »

Challenge ! Envie de rabattre le caquet à la dame, aussi, pour être franche. Je procède au « rapprochement » téléphonique. J'appelle quatre ou cinq soudeurs : deux sont joignables, disponibles, ont la qualification nécessaire et acceptent l'intérim. Je leur dis de se présenter directement là-bas avec la paperasse nécessaire. Il s'est écoulé une heure depuis le passage de l'offre (et je commence à avoir faim). Je pars déjeuner avec la satisfaction du devoir accompli.

Lundi, je fais le « suivi » : le point sur les offres en cours. La mission était urgente, j'appelle la boîte d'intérim : « Non, l'offre a été annulée par l'employeur. » Déception ! Pour les chômeurs, pour moi. Jusqu'à ce que je comprenne, en recevant par hasard un chômeur positionné sur l'offre en question. Il s'est présenté (étonné, car déjà connu de leurs services) et s'est entendu dire : « On voulait juste savoir s'il y avait de nouveaux soudeurs sur le marché. » La blague arrive une fois, pas deux. Au coup de fil suivant, j'entasserai la demande urgente sur la pile, par ordre d'arrivée.

La boîte d'intérim :

« Je voudrais les coordonnées directes des chômeurs, pour leur proposer un travail. »

L'ANPE :

« Les coordonnées ?

— Oui, les numéros de téléphone.

— C'est impossible, ça, madame, je suis désolée.

— Ah, mais à l'agence de Machinville, ils le font.

— Sans doute, mais c'est interdit. »

Alors, d'un ton sec :

« Très bien, je vous passe ma directrice. »

Comme si elle avait un pouvoir émollient sur mes missions d'agent ANPE !

« Bonjour madame, vous n'êtes pas au courant visiblement, mais nous avons passé un accord au niveau national, et vous êtes censée collaborer avec nous, en tant qu'employeur.

— Bonjour madame, je suis parfaitement au courant et je sais aussi que, malgré ce nouveau cadre, la Commission nationale de l'informatique et des libertés continue à m'interdire de divulguer à l'extérieur les coordonnées personnelles des demandeurs d'emploi tant qu'ils ne m'y ont pas autorisée. »

Ouf ! j'y suis allée un peu au bluff, elle aussi, mais je parviens à imposer une fin de non-recevoir. Je ne sais plus si la CNIL y est pour quelque chose, mais le fait est que nous avons ordre de rejeter toute demande d'information émanant de l'extérieur : avocats, notaires, banques, entreprises de travail temporaire…

Théoriquement, les entreprises de travail temporaire peuvent déposer des offres de mission dans les conditions suivantes :

« Un contrat de travail doit être conclu avec la société d'intérim, pour chaque salarié temporaire, dans les deux jours ouvrables suivant la mise à disposition chez un utilisateur (entreprise). »

« Un contrat de mise à disposition du salarié sera conclu entre l'utilisateur (l'entreprise) et la société d'intérim. »

« Le travail temporaire est donc caractérisé par l'établissement d'une relation triangulaire. »

Les ETT [6] ont trois types de relations avec l'ANPE. Elles sont d'abord clientes de l'Agence (avec plus de 500 000 offres de missions d'intérim transmises). Elles sont également prestataires de l'Agence (par exemple, pour des missions de bilans de compétences !). Enfin, certaines sont partenaires de l'Agence

6. Entreprises de Travail Temporaire.

pour la réinsertion des chômeurs de longue durée… Depuis le 1er janvier 2006, l'ANPE a lancé une nouvelle campagne d'habilitation des ETT leur permettant de devenir prestataires, pour des services d'appui individualisé ou d'accompagnement renforcé. On confie à des multinationales le soin de s'occuper des RMistes et chômeurs longue durée !

Lors d'un « Forum du travail temporaire » en 2005, Bernard Gazier, professeur d'économie, a déclaré : « Les entreprises aussi bien que les personnes ont à la fois besoin de flexibilité et de stabilité. » Denis Gautier-Sauvagnac, vice-président délégué général de l'UIMM[7] et membre éminent du Medef, a ajouté : « Il convient de fluidifier le marché du travail, en permettant des allers et retours, avec, autant que possible, une sécurisation des parcours professionnels. » Sécuriser en fluidifiant, flexibiliser en stabilisant… N'est-ce pas un tout petit peu paradoxal ?

On tente toujours de saupoudrer le discours libéral d'une pincée d'humanisme : « Rien de pire, que de laisser des gens démunis devant la recherche d'emploi. À cet égard, le travail des ETT, depuis vingt ans, est tout à fait remarquable : un grand nombre d'intérimaires sont parfois mieux protégés et mieux suivis que certains salariés en entreprise. » La coupe est pleine…

Le problème, c'est que les offres passées par l'intérim sont souvent complètement « bidon ». Pratique courante, auprès de toutes les ANPE. Le conseiller qui recueille l'offre ne peut que subodorer

7. Union des industries et métiers de la métallurgie.

l'entourloupe. Il connaît les entreprises, réceptionne lui aussi les offres d'emplois. Il flaire donc l'absence de travail réel derrière cette demande. Il n'a qu'un moyen de s'en assurer : veiller aux retours des chômeurs. Généralement écœurés d'avoir fait le déplacement jusqu'aux boîtes d'intérim pour s'entendre dire : « C'est pour remplir le fichier au cas où. » De même, lors d'un entretien avec un chômeur inscrit en intérim, lui proposer une offre dans la maison qui l'emploie un mois sur deux. Le gars est bien au courant, lui, qu'ils n'ont besoin de personne à cette période. Et qu'on recrute en prévision du moment où il jettera, lui, l'éponge. Comment dénoncer ces pratiques, quand l'ANPE en a parfois de similaires ?

L'intranet, bible du conseiller, recommande de poser les questions suivantes : Quelle est la mission proposée et dans quelle entreprise ? Quelle est la qualification demandée ? Quelle est la durée de la mission proposée ? Or l'agence d'intérim refuse la plupart du temps de communiquer l'identité de l'employeur réel, ou louvoie : « J'en ai plusieurs qui me demandent ce type de qualification. » À de très rares exceptions près, les conseillers en charge de l'intérim savent bien qu'ils n'auront aucune réponse précise à ces questions. L'expérience les amène donc à ne plus les poser. Et pour cause ! Ces prétendues missions n'existent souvent que sur le papier et permettent d'intégrer au fichier des agences d'intérim les nouveaux venus sur le marché de l'emploi qui leur auraient échappé.

C'est un tel secret de polichinelle que la rubrique « Intérim » de l'intranet précise : « L'ETT doit communiquer à l'Agence la raison sociale et l'adresse de l'entreprise utilisatrice. L'Agence doit s'assurer que les offres de mission qui lui sont communiquées par les ETT sont effectives et ne visent pas à la constitution d'un vivier de candidatures. Dans l'hypothèse d'un dépôt direct par l'entreprise d'une offre d'emploi déjà traitée par une ETT, l'Agence n'enregistrera pas l'offre. Inversement si l'entreprise nous a sollicités auparavant, l'Agence n'enregistrera pas l'offre provenant de l'ETT. »

Depuis quelque temps, l'agent ANPE se console en constatant que l'intérim peine autant que lui à recueillir des offres. Au bord du même marigot saumâtre, ni l'un ni l'autre ne peuvent pêcher grand-chose.

Les défenseurs de l'intérim vantent les primes versées pour précarité qui permettent à certains, qualifiés, de naviguer de poste en poste, de rompre la monotonie tout en encaissant des chèques dodus. Mais, pour une mission d'intérim voulue, combien de temporaires contraints ! L'intérim soi-disant choisi est à rapprocher du temps partiel choisi des caissières. L'intérim, c'est dans le vent, puisque c'est privé. Vu à la période d'Halloween sur la porte d'une agence : « Vous cherchez un CDI, un CDD, entrez », les lettres de CDI et CDD dégoulinant de sang… Évidemment, là, l'ANPE ne peut pas lutter.

Qu'on se rassure, le public en galère nous sera laissé : personne n'en veut. « Employable » ? Un vilain mot, qui correspond à une vilaine réalité. Le marché actuel n'offre pas la plus petite place à ceux qui se trouvent en marge. Les travailleurs handicapés de la catégorie C, reconnus par la médecine comme souffrant d'un handicap « grave et définitif ». Les personnes placées sous curatelle, protégées par la loi du fait de capacités réduites. Il peut s'agir de malades mentaux, de personnes âgées, de personnes dépendantes. Que l'ANPE prendra toujours en charge, en tant que service public de l'emploi. À qui l'intérim ne proposera rien, excepté lors d'opérations de communication très médiatisées. La fin du monopole prête à sourire, tant il reste de chômeurs dont le privé n'a que faire. Cela n'empêche pas de trouver parfois dans ces agences du personnel humain, contraint à appliquer les règles d'un jeu qui n'en a plus que le nom.

3. *Les cabinets de placement, premiers bénéficiaires des plans sociaux*

Le rapport Marimbert de 2004 proposait que « l'Unedic et l'ANPE mettent au point ensemble une méthodologie de recours à des prestataires privés garantissant une coordination des conditions d'appel à ces prestataires ». Une fois l'intervention de l'ANPE ébranlée, la logique concurrentielle s'installe et les organisations patronales passent ainsi à l'action sur le marché de l'emploi. Le secteur lucratif est invité à faire du profit sur le chômage.

Les cabinets spécialisés dans le recrutement doivent leurs « taux de placement » à la contrainte exercée sur les demandeurs d'emploi. Ces champions de la com' font le même boulot que l'ANPE, la paperasse en moins, le chômage en moins, la réception sur le flux en moins et surtout avec beaucoup moins de chômeurs. L'entreprise a en général une antenne spécialisée en « outplacement », qui a suggéré, conseillé, organisé les licenciements en amont. Payés par les licencieurs (en général gavés de bénéfices colossaux), ils se composent une tête de circonstance et s'attellent à la tâche : recaser des gens qui viennent parfois de passer vingt ans à coller des semelles. Il est permis de penser que le principe est complètement amoral. Les prédateurs n'agissent pas autrement.

Ces pros du post-emploi n'hésitent pas à faire travailler l'ANPE et sollicitent même des passe-droits, comme l'éligibilité à des contrats aidés pour leurs poulains. Pourtant, les chômeurs dont ils s'occupent sont souvent en préavis, pas encore licenciés officiellement, et donc encore moins chômeurs longue durée ! Accepter de laisser ces derniers prendre la place de chômeurs réels, c'est contribuer à augmenter les résultats de ces cabinets plus que douteux. Certains conseillers n'ont pas saisi les tenants et aboutissants de la question. Flattés de l'intérêt qu'on leur porte, ils coopèrent. Les directeurs se gargarisent de partenariats fructueux avec ces professionnels de la délocalisation.

Un cabinet australien exerçant depuis peu en France raconte sur son site Internet de belles histoires, à dormir debout, émouvantes en diable. « À 31 ans, Nell n'avait jamais travaillé, ne savait ni lire ni écrire et avait passé sa vie dans une caravane avec sa famille. Avec le soutien étroit d'un conseiller, elle a appris l'alphabet, les bases de la lecture et de l'écriture, a retrouvé confiance en elle et a décroché un emploi à plein temps. » Ça se passe de commentaires ! Le seul but d'un cabinet privé est la rentabilité de l'action : quelle structure aurait commandité qu'on portât autant d'attention à cette jeune fille ? « Jim, la quarantaine, s'était mis à l'écart de la société et vivait dans une cabane. Il est demeuré en contact avec notre bureau local par le biais de messages laissés pour lui à la soupe populaire locale. Grâce à un soutien attentionné, Jim dispose désormais d'un logement digne de ce nom ainsi que d'un emploi satisfaisant. Chanelle, âgée de 20 ans et mère d'un enfant, n'avait jamais travaillé et avait une très mauvaise image d'elle-même. Elle était sans logement et victime de violences conjugales. Nous lui avons trouvé un logement adéquat et l'avons orientée vers un psychothérapeute. Nous l'avons accompagnée de façon très intensive. Aujourd'hui, elle est intégrée et travaille dans un cabinet dentaire. » L'ANPE n'a rien compris : le placement privé, c'est l'avenir ; les cabinets qui s'en chargent sont d'une pureté angélique. L'abbé Pierre, l'assistante sociale et le ministère entier de la Cohésion sociale peuvent aller se rhabiller, ils sont remplacés au pied levé. Le même cabinet, pour recruter un de ses propres directeurs, demandait de décrire en anglais ce qu'on ressent quand on mange un citron, quand on entend une alarme, quand on voit un éléphant, le tout face à un « psychologue ». Tout s'explique ! Je ne tiens pas particulièrement à défendre le recrutement externe de l'ANPE, mais le QCM interroge tout simplement sur l'emploi, le droit du travail, la relation à autrui…

À la recherche d'informations sur un cabinet de recrutement, filiale d'une agence d'intérim (on reste en famille), je tape son nom dans un moteur de recherche sur Internet. Ça ne s'invente pas, je tombe immédiatement sur des conseils de boursicoteurs : « Vous avez l'action en portefeuille : conservez. »

Certaines entreprises sévissant dans le domaine de l'emploi n'exercent que sur Internet. L'une d'entre elles s'autodéfinit comme « Guide d'achat des services et de l'équipement de l'entreprise » et propose d'« accompagner les dirigeants d'entreprise pour trouver immédiatement les meilleurs fournisseurs ». Dans la même rubrique, on trouve les fournisseurs de main-d'œuvre, mais aussi « comment bien choisir son mobilier de bureau » et « les meilleurs prix de distributeurs de boissons chaudes ». C'est dire la place de l'humain dans ce système dégradant. La secrétaire de direction la moins chère, à côté des photocopieurs et des promos sur les dossiers suspendus : un idéal de société.

Ces boîtes proposent aussi leur aide aux entreprises pour recruter ; exactement le même service que l'ANPE en somme… À ceci près : elles facturent 4 000 euros HT l'employé en CNE. Le salarié est-il un élément d'équipement de l'entreprise, ou un service ? Un autre célèbre cabinet propose la « prestation CNE », qui comprend « diffusion de l'offre d'emploi dans la presse et sur le site Internet du cabinet », sélection des candidats, entretien d'évaluation. Délicate attention, le tarif augmente en fonction du niveau hiérarchique du recruté. De 4 000 euros pour un employé, on passe à 7 000 euros pour un cadre. Prochaine étape, la réhabilitation de l'esclavage ? Le CNE étant strictement réservé à tout le monde, on se demande ce que la prestation « recrutement CNE » peut offrir de plus qu'un recrutement lambda. S'agit-il de vérifier que les candidats acceptent la période d'essai de deux ans et soient mûrs pour l'exploitation ? Il suffit de préciser dans l'offre : « Contrat nouvelle embauche ». « Avantages : Vous profitez d'un contrat souple, d'une prise en charge totale de votre recrutement jusqu'aux entretiens de présélection. Une offre packagée au meilleur coût ! »

Le cabinet de recrutement « accompagne en toute confidentialité et cela à travers un processus de qualité ». Le boulot de l'ANPE, la gratuité en moins. Il prétend disposer d'une CV-thèque de 1 200 000 CV et propose des « contrôles techniques et pratiques » : diplômes, références, casier judiciaire (est-ce légal ?), compétences linguistiques, savoir-faire professionnel. Si l'ANPE ne devait pas passer son temps à des tracasseries paperassières, elle pourrait ne se consacrer qu'à cela. La « validation comportementale, étude de l'adéquation entre le candidat et l'entreprise » laisse songeur. Ce cabinet va jusqu'à promettre un recrutement « réussi ou non facturé » ! En plus, il garantit pendant six mois le recrutement, en s'engageant à remplacer le candidat recruté en cas de rupture anticipée. L'assimilation du salarié à une cafetière électrique est complète. Le facteur humain a totalement disparu de la notion de ressources humaines. Une publicité annonce : « 50 % moins cher qu'un cabinet classique. Aucun acompte, ni frais de dossiers ou d'annonces à verser. Vous êtes facturé uniquement à l'intégration du candidat. Des agences en régions pour vos recrutements dans toute la France » (si c'est le nombre d'agences qui importe, l'ANPE en compte plus de 900).

Un cabinet se dit « spécialisé dans les domaines techniques, commerciaux, financiers et transverses (RH, informatique, juridique et fiscal, services généraux, communication…) ». Spécialisé en tout, en somme. Le même avoue gérer 30 à 40 missions de recrutement par mois : tout est dit. Il donne de précieux conseils : « Pour combler un poste, trois possibilités : recruter, promouvoir en interne ou externaliser le poste. » Sympathique suggestion, la sous-traitance, que les salariés en place ne manqueront pas d'apprécier à sa juste valeur !

La diffusion d'annonce sur Internet est présentée comme un atout phénoménal. Une annonce coûte 350 euros hors taxe, trois annonces 900 euros, dix annonces 2 500 euros… Sur anpe.fr, c'est gratuit et l'employeur peut rédiger son texte lui-même s'il le souhaite.

Dans la même veine, on n'hésite pas à vanter la « force de vente supplétive » : « Disposez d'employés sans embaucher ! Pas d'embauche. Pas de charges sociales. Récupération de la TVA sur l'ensemble des prestations. Prix de la prestation : à partir de 1 500 euros HT par mois. »

Autre avancée sociale considérable, les enchères inversées, pratiquées sur Internet. D'une immoralité achevée, le principe est simple. Celui qui saura brader le mieux sa force de travail a des chances d'emporter la mise : un travail, proposé aux enchères. L'emploi est offert au moins regardant, pour un même poste. Cette sympathique méthode a vu le jour en Allemagne et s'est exportée en France en 2005. Même le Medef aurait fait savoir qu'il n'était pas favorable à ce nouveau procédé de recrutement. Pour accentuer l'idée de bétail, il est possible de trier les candidatures par prix demandé. Toutefois, le système a des inconvénients. Tout bêtement, le SMIC en montre les limites. La plupart des propositions atteignent rapidement le prix plancher de 8,03 euros de l'heure. Preuve, s'il en était besoin, que des tas de gens sont prêts à ne rien monnayer, à se contenter du minimum, à travailler au rabais. Dommage que les penseurs à l'origine de ce nouvel outil n'aient pas eu vent de cet état de fait. Une justice ? Sur le premier site français consacré à cette foire aux pauvres, le premier CV déposé proposait les services d'un « diplômé grande école, spécialisé dans la gestion et l'application des plans sociaux, recherchant un poste dans une entreprise pour l'optimisation des charges salariales et l'externalisation. » Un spécialiste du licenciement, occupé à se reclasser, ça ne réchauffe pas le cœur, mais la boucle est bouclée. Personne n'est à l'abri.

Toujours sur Internet, arrivent les sites de recrutement entièrement automatisés. La force de ces produits-là résiderait dans l'absence de médiateur (supposé bouché, comme à l'ANPE). Le principe est simple : automatiser la mise en relation entre recruteurs et candidats. Mais ce système fonctionne toujours sur le déclaratif. Les candidats disent être diplômés, qualifiés, expérimentés. Il n'existe aucune garantie de la véracité des profils, si ce n'est la confiance qu'on a dans le postulant. Recruteurs et candidats utilisent le même logiciel, les premiers pour saisir leurs critères, les seconds pour y répondre. Mais en quoi la qualité y gagnerait-elle ? La rapidité peut-être… encore que l'absence de critères définis laisse le champ libre aux salaires flous, lieux de travail non précisés, absence d'infos sur le poste. C'est donc bien à un moteur de recherche qu'on confie le soin d'apprécier la pertinence des candidatures. Cela donne une idée de l'image des conseillers ANPE. On leur préfère des machines, forcément dépourvues de logique et d'humanité.

Le « job dating » est né sur le principe du « speed dating » amoureux, avec à peu près autant de succès à moyen terme. Sept minutes pour convaincre, non pas une belle, mais un employeur potentiel. Le concept est déjà relativement écœurant. D'un côté, les chômeurs aux abois tentent, avant le coup de cloche fatidique, de montrer le meilleur d'eux-mêmes ; de l'autre, les dominants se font une moderne publicité, gratuitement. Dans le documentaire *L'Agence* tourné par Yves Riou et Philippe Pouchain [8], un chômeur subissant la chasse infernale au mieux-offrant ne trouvait rien de mieux à faire que de créer un job dating. Las, son ANPE n'en a pas voulu. Comble de ces mascarades : des entreprises de nettoyage y participent. Sept minutes pour convaincre, à l'oral, qu'on est l'ennemi juré de la saleté ?

---

8. 2005, France 5/P. Prod.

Job dating à [redacted]

Organisé pa[redacted], en partenariat avec l'ANPE, [redacted] un job dating s'est déroulé dans les salons du Stade [redacted] le 14 novembre dernier, dans le cadre de la 9ème semaine pour l'emploi des personnes handicapées.

Sélectionnés par l'agence, [redacted] 23 candidats reconnus travailleurs handicapés par la COTOREP et **inscrits dans les métiers du tertiaire, de la maintenance informatique et du nettoyage** ont participé à des entretiens de 12 minutes, pour faire tomber les préjugés, mettre en avant les compétences, convaincre un employeur.

Au préalable, dix candidats ont été au préalable positionnés sur deux ateliers ANPE : Préparer un entretien d'embauche et mettre en valeur ses savoir-faire et ses qualités. Sur une journée, un apport théorique et pratique (simulation d'entretien) leur a été dispensé par un prestataire de l'agence.

Durant les deux heures, 96 entretiens ont été menés.

D'autres entretiens ont été effectués par la suite et à ce jour des recrutements sont en cours.

Une expérimentation qui, après bilan sera certainement reconduite, tant les premiers échos émanant des entreprises et des candidats sont positifs.

Entreprises participantes : [redacted]

L'entretien d'embauche classique vous stressait ?

Découvrez l'entretien-éclair : 7 minutes pour convaincre et montrer le meilleur de vous-même.

Marchés juteux

L'agence Euro-RSCG a conçu en 2004 un nouveau logo pour l'ANPE, qui a coûté la modique somme de 2 millions d'euros (selon la direction). Pour les syndicats de l'ANPE, c'est plutôt à 3,5 millions d'euros qu'il faudrait estimer la chose. Par ailleurs, toute la charte graphique a été revue, mais aussi les équipements des 1 000 points emploi : des peintures extérieures, intérieures, à la papeterie (volumineuse !). Somme à ajouter aux frais de logo, uniquement destinés, eux, à l'agence de communication. Pendant ce temps, le nombre d'agents reste insuffisant, les photocopieurs sont hors d'usage. J'ai souvenir d'une facture concernant deux cache-pots, par ailleurs très laids, mais aux nouvelles couleurs de l'agence, avoisinant les 700 euros. Pour couronner le tout, ce visuel a été présenté lors de joyeux séminaires réunissant tous les agents. En PACA, cette petite sauterie a eu lieu… au Casino du groupe Partouche, tout un symbole. 1 500 agents ont été conviés à admirer cette espèce de yin/yang rouge et vert, pendant qu'au-dehors les futurs recalculés se battaient pour récupérer leurs droits.

Geode[9]… 120 millions de pertes

La refonte du système informatique de l'ANPE, confiée au consortium Atos-Hewlett Packard-Unisys a démarré en 2000, après quelques années de réflexion intensive. Après des tests fin 1999, le déploiement dans le réseau des agences locales était prévu en 2002, puis 2003, 2004…

9. GEstion Opérationnelle de la DEmande.

Finalement, en 2005, il a été purement et simplement abandonné, après dix ans d'un travail pas franchement désintéressé. La direction de l'ANPE a décidé de « suspendre » le programme Geode, selon l'euphémisme employé. Gérer 5 millions d'inscriptions par an nécessite, certes, un outil un peu pensé. Dans ce cas, pourquoi abandonner, si près du but ? Le super-logiciel était-il obsolète avant d'être utilisable ? La bête était surtout terriblement inefficace. Notons que ce système – surnommé « l'Arlésienne » par les agents – a été concocté par une entreprise tout ce qu'il y a de plus privé. Qu'à cela ne tienne, les agents se rabattront sur Aladin, le programme des Assedic. Geode et Aladin utilisaient deux univers applicatifs différents. Choix techniques diamétralement opposés, aucune concertation préalable : il était impossible de fondre en une seule les deux logiques. Bizarre, vous avez dit bizarre ? Ça n'a coûté que 100 millions d'euros.

Entre 23 et 100 millions d'euros de perdus, selon les sources des organisateurs ou de la police. L'ANPE a donc renoncé à son nouveau jouet. Geode a fini par ne pas tourner rond.

4. *Où sont les associations de chômeurs ?*

Curieusement, les mieux placés pour parler du chômage ne sont jamais consultés. Dans les agences, l'information concernant la défense des chômeurs est cantonnée à une feuille, placardée dans un coin de préférence et absente dans la plupart des cas.

Les associations de chômeurs servent la cause d'une grande partie de la population (près d'une personne sur cinq, rappelons-le). Ces « syndicats » de chômeurs ont parfois des difficultés à fédérer leurs membres, à mobiliser. Les chômeurs viennent de tous les horizons, ont des profils variés. Il est d'autant plus ardu de réunir sous une même banderole l'ancien cadre et l'ouvrier du textile. Quant à se rapprocher des conseillers ANPE… les associations ont déjà du mal à marcher main dans la main avec des salariés classiques…

MNCP, APEIS, AC !, la CGT-Chômeurs luttent contre le chômage, la précarité et les exclusions. Pionnier, le Mouvement national des chômeurs et précaires (MNCP) est né en 1986. Objectif : la défense des droits des chômeurs et des précaires (indemnisation, formation, transports, accès à la culture…). L'Association pour l'emploi, l'information et la solidarité (APEIS) a vu le jour en 1987 pour « lutter contre le non-respect des droits des chômeurs et en particulier la non-attribution par les Assedic des aides matérielles du fonds social auxquelles les chômeurs pouvaient prétendre ». Elle se veut « poil à gratter social ». Le cas d'AC ! est particulier. Cette association a été créée en 1993, notamment par une conseillère ANPE, Claire Villiers. AC ! (Agir ensemble contre le Chômage) s'est fait connaître par les « marches contre le chômage » et fonctionne en réseaux. La CGT-Chômeurs, quant à elle, appelait au rassemblement fin 2005 devant le ministère de la Cohésion sociale pour réclamer l'abrogation des ordonnances sur l'emploi – et notamment du Contrat nouvelle embauche – ainsi que l'octroi d'un revenu d'un minimum de 1 100 euros aux chômeurs. Le syndicat dénonçait la mise en place par le gouvernement

« d'un arsenal répressif qui permettra une augmentation massive des radiations des demandeurs d'emploi des listes de l'ANPE ».

Vendanges forcées

Pour dénoncer les opérations visant à imposer des offres, les associations de chômeurs n'ont pas de mots assez forts : « STO », « bagne », « réquisition forcée »… Lors de l'été 2005, elles ont protesté dans les ANPE. Pour AC !, « il faut arrêter de considérer les RMistes comme des feignants, des oisifs qu'il s'agit de secouer ». L'association s'insurge : « Aujourd'hui, on leur propose des vendanges forcées ; demain, ce sera l'effaçage des tags. »

Ce à quoi l'ANPE répond, par la voix d'un directeur régional : « Notre objectif n'est certainement pas de radier des gens, mais au contraire de renouer une nouvelle fois le contact avec eux et de leur offrir l'opportunité d'avoir une activité, de les remettre au travail. Nous espérons créer un déclic, une motivation, un appétit parmi ces publics parfois très éloignés du marché du travail (…). Quand on demande une aide à la société, on doit faire preuve de bonne volonté. Cette aide implique des droits, mais aussi des devoirs. » La charité, ça se mérite, ma petite dame. L'ANPE a calculé que les divers emplois saisonniers viticoles, dans certaines régions, permettraient aux chômeurs ou RMistes de travailler dix mois de l'année. Or, ce n'est pas pour rien qu'on a inventé la machine à vendanger : travailler à la vigne dix mois sur douze est exténuant ! Ce n'est pas, physiquement, à la portée de tout le monde.

À l'actif de ces associations de chômeurs, notamment, la victoire des recalculés. Elle fut *leur* victoire et une bouffée d'oxygène pour tous les chômeurs. L'occasion pour les conseillers militants de dire aux chômeurs, tout bas, dans le box : « Vous voyez ! Ils se sont battus, ils n'ont pas lâché et ça valait le coup ! » en espérant que ça fasse tache d'huile.

On peut se regrouper sans se syndiquer : les multiples sites Internet[10] l'illustrent bien. Le risque est alors de protester certes, ensemble, mais avec une portée encore moindre qu'en syndicat. Quand les conseillers dégainent les coordonnées des associations de chômeurs, ils sont conscients du côté saugrenu de leur geste. « Oui, c'est moche… mais bougez-vous, aussi ! La lassitude, on a essayé, ça ne marche pas ; peut-être qu'on peut essayer la colère, pour voir… » Ce genre de discours se tient en bureau d'entretien, à mi-voix, l'œil rivé sur les alentours.

Des chômeurs se plaignent, certes, mais à mauvais escient. Ils sollicitent leur député, leur maire, leur conseiller général, voire leur président ! La protestation tient souvent à peu de chose : « Moi, je n'ai pas de travail. Or, j'en veux un. Que fait l'ANPE ? » Le service communication de l'organisme concerné reçoit le courroux, transmet au service *ad hoc* de l'ANPE, qui fait redescendre à l'agence locale du courroucé. Laquelle constate que ce monsieur est effectivement inscrit. A été reçu régulièrement et s'est vu proposer ce qu'il y avait en stock, c'est-à-dire

10. *www.actuchomage.org* : « Le seul site Internet qui n'aspire qu'à disparaître ! » et *www.inter-emploi.org* notamment.

presque rien. Elle se fend alors de ce genre de missive :

« Monsieur,

« La Présidence de la République nous a contactés, concernant les difficultés que vous rencontrez. Pour que votre situation fasse l'objet d'un examen approfondi, j'ai demandé à votre conseiller référent de bien vouloir vous proposer un accompagnement renforcé. Veuillez agréer, Monsieur, etc. »…

Le chômeur fâché a gagné l'accompagnement le plus musclé qui soit. Si une offre existe dans un rayon de cinquante kilomètres, elle sera pour lui, quoi qu'il en pense.

Forum de l'initiative et de l'innovation

Régulièrement, l'Agence se félicite des innovations, individuelles ou collectives, et prime les meilleures d'entre elles lors de forums. Ceux-ci font l'objet de communication envers les entreprises et la presse. Chômeurs et entreprises sont même incités à voter (allez rattraper le déficit d'image après ça !). On repère les innovations suivant des critères d'« intermédiation, de territorialisation, et d'efficacité management ». Et les directions de geindre : elles ne reçoivent pas assez de propositions. « Faites retomber le plus grand nombre possible d'innovations, ne vous brimez pas, faites retomber… Le prix est virtuel, certes, mais c'est important d'être reconnu ! »

Pourquoi pas plus d'innovations ? Peut-être parce que les conseillers n'ont pas le temps, ils bossent, après tout… ou trouvent ces cérémonies vraiment trop ridicules ? Une agence a obtenu en 2005 le « prix de l'Agence communicante » pour un film intitulé Chômeur toi-même. *Le jury était composé notamment d'un délégué du Syndicat des entreprises de travail temporaire et d'un « chargé d'innovation » du groupe ACCOR. C'est comme ça que ces structures aiment le service public : singeant le privé dans ce qu'il a de moins glorieux. Vainqueur en 2003, le service de « massage-détente des conseillers » émanait d'une agence corse. On voudrait discréditer les services de l'État qu'on ne s'y prendrait pas autrement. Un « télé-guichet virtuel » a également été récompensé. Déjà testé voilà dix ans par des agences pilotes, il avait été très vite abandonné. Parler à une calvitie ou à une cravate, pour l'empathie, on a vu mieux.*

Chapitre 6

Le pire est à venir

> « Nous sommes plus importants que les autres ! Parce que c'est nous qui faisons la richesse. »
>
> Ernest-Antoine Seillière

L'année 2005 a représenté un vrai tournant, tant pour les chômeurs que pour les conseillers. Quant à 2006, elle a si mal commencé que ça n'augure rien de bon pour la suite ! Le Plan de « cohésion sociale » a confirmé la radicalisation des méthodes et des résultats. Ce plan en trois volets avait pour ambition de révolutionner le logement, l'« égalité des chances » et l'emploi. Début août 2005, la machine de guerre est mise en branle. L'« offre valable d'emploi » a acquis ses lettres de noblesse, dotée d'une définition plus que floue, notamment dans la durée du contrat. Interprétée différemment par chaque agent, cette notion permet pourtant de soustraire leurs allocations aux chômeurs qui, tel saint Pierre, auraient nié trois fois. L'offre valable existait déjà avant le décret du 2 août mais n'avait jamais été promue officiellement au rang d'outil de radiation. Ce coup de projecteur soudain permet notamment la culpabilisation des chômeurs. Médiatiser les refus d'offres, c'est suggérer aux travailleurs – honnêtes, ceux-là – qu'il existerait beaucoup de refus injustifiés. Le principe d'« offre valable » est aussi un aveu cocasse. Les autres offres ne sont franchement pas valables : c'est officiel.

On se met à évoquer la mobilité, nouvelle notion qui consiste essentiellement, pour un Roubaisien, à piquer le boulot d'un chômeur du Havre, et ainsi de suite. Les desiderata en matière de salaires, de proximité géographique sont balayés d'un revers de manche.

Depuis ce fameux décret, le chômage n'est donc plus une fatalité, le ministère de la « Cohésion sociale » veut en débarrasser la France. Comment ?

En créant de nouveaux emplois aidés. Or, ils ne font que remplacer les précédents, parfois en moindre quantité (les durées n'étant pas les mêmes, des renouvellements ayant lieu, le décompte est malaisé pour l'instant).

En fustigeant les faux chômeurs. S'ils sont trop peu nombreux, tant pis, on punira les vrais. Après quelques suppressions d'allocations, on verra s'ils refusent toujours de changer de branche. D'une pierre, deux coups, ça ravira la frange dure du patronat. Pour lui permettre d'embaucher, à ce noyau dur, il faut d'abord lui permettre de licencier, pour qu'il se sente à l'aise. C'est paradoxal, mais c'est comme ça.

En déployant une panoplie de nouveaux contrats qui réduisent le Code du travail à peau de chagrin. Dans la lignée directe du CNE, le CPE. Les actions en cours exaucent presque tous les vœux du Medef, continuant le travail de sape du service public de l'emploi et des droits sociaux.

Panaché de partenaires privés, le SPE (Service *public* de l'emploi) accueille désormais l'Unedic et l'intérim. Aux rédacteurs du Plan de « cohésion », offrons des dictionnaires ! À moins que l'expression « service public » n'ait déjà cessé d'exister ?

On crée donc le Contrat nouvelle embauche. Qui marche bien, même s'il ne crée évidemment aucun emploi. Ce sont des contrats déjà prévus qui prennent la forme de CNE, tellement plus commode pour l'employeur. Au lieu de créer un CDI, on crée un CNE : ce dernier précarise donc plus qu'il ne favorise l'embauche.

Le plan renforce l'apprentissage. Lors des émeutes en banlieue fin 2005, le gouvernement a proposé d'abaisser l'âge d'accès à l'apprentissage à 14 ans. Concernant les mesures favorisant l'embauche, il a boosté le RMA (temps partiel imposé, absence de formation). Les CEC et CES ont cédé la place au Contrat d'accompagnement et Contrat d'avenir. Bonnet blanc, blanc bonnet.

Saupoudrons d'une pincée de consignes précises sur les radiations, de manipulations diverses et variées, de contrôles accrus, faisons porter le chapeau à un ministre plutôt plus jeune que la moyenne, plutôt plus séduisant et souriant, ce sera parfait. Juste avant 2007, ça ne fera pas de miracle au niveau de l'emploi mais ça fera illusion. Une main de fer dans un gant de velours.

La vieille rengaine du chômeur coupable pointait déjà le bout de son vilain nez dans le rapport Marimbert : « difficultés chroniques (...) en raison de l'ambiguïté persistante du corps social quant au degré d'exigence qu'il est légitime de faire peser sur le demandeur d'emploi dans le cours d'une démarche de retour à l'emploi ». Ah, ce corps social... comme on aime à l'imaginer amorphe et lourd.

Le pseudo-monopole de l'ANPE disparu, les maisons de l'emploi font du neuf avec du vieux, les structures de placement privées sont habilitées à recevoir de l'argent public. Tout un programme.

Statistiques et Plan de cohésion sociale : de mieux en mieux, de pire en pire

Une dépêche de Reuters constatait le 30 décembre 2005 que « la baisse du chômage suscite des interrogations » et soulignait le décalage entre statistiques du chômage et stagnation des créations d'emplois.

Les radiations administratives sont certes à pointer du doigt mais elles n'expliquent pas tout. L'INSEE évoque « une modification de la gestion administrative des demandeurs d'emploi par l'ANPE ou du comportement d'inscription des chômeurs à l'ANPE. Certains chômeurs qui n'ont pas droit à une allocation chômage pourraient aussi se tourner en plus grand nombre vers des missions d'intérim sans s'inscrire à l'ANPE. Selon les dernières données disponibles, en octobre, seuls 58,8 % des demandeurs d'emploi bénéficiaient d'une indemnisation ». La réputation d'inutilité de l'ANPE se voit doublée d'une capacité à nuire toujours plus grande.

Bien sûr, le gouffre entre créations d'emplois et nombre de chômeurs prêterait à rire si ce n'était pas si grave. Ce ne sont pas tant les radiations administratives (sanction, absence aux rendez-vous) qui font tomber les chiffres, que les pressions exercées, qui génèrent le renoncement de chômeurs, et l'acceptation immédiate de boulots infernaux, sans passer par l'inscription. L'Agence se sait observée sur ces radiations ! Alors que le flicage est inodore et le glissement de catégories, incolore...

À la rentrée 2005, les catégories 4 et 5 ont gonflé... La reprise des actions de formation y a-t-elle suffi ? En ce qui concerne la catégorie 4, les stages de formation réels sont toujours aussi difficiles à obtenir, mais les stages de remobilisation ont pullulé l'hiver 2005, partout en France. Et ça recommence en 2006. En novembre 2005, les « plans d'action ASS » menés furent particulièrement écœurants, car ciblés sur les chômeurs longue durée, très précarisés, pour qui tout a déjà été tenté (sauf de leur trouver un travail, tiens, il faudrait penser à essayer). Seules six semaines ont été consacrées à ce pseudo-retour à l'emploi, contre plusieurs mois lors des actions de remobilisation précédentes. L'objectif primordial du PCS (Plan de cohésion sociale), c'est recaser en priorité les plus éloignés de l'emploi. De la bouche même d'un directeur, s'occuper d'eux, c'est « budgétivore »... D'où le plan ASS. La méthode préconise de « repérer les plaçables, les envoyer en contrat aidé et adresser les autres aux assistantes sociales ».

Pour aider à remplir la catégorie 5, nous avons eu, et c'était plutôt nouveau, le robinet largement ouvert pour délivrer les contrats aidés. On a pu dire oui à tout et n'importe quoi. Par mail, les sages de l'ANPE nous demandaient de ne pas laisser les gens se réinscrire au chômage, même s'ils avaient effectué la durée maximale du contrat aidé. Ces mails concluaient par « laissé à l'appréciation du conseiller, qui nous contacte si problème de conscience ». Et de fait, un maximum de chômeurs ont accepté ces contrats-là (d'avenir, d'accompagnement) : c'était mieux que rien.

1. *Pas de place pour les perdants*

La philosophie du Plan de « cohésion sociale » se veut humaniste mais relègue en réalité une partie des chômeurs au rang de sous-hommes, percevant un sous-salaire pour un sous-travail, ou une sous-allocation pour cause de sous-efforts de recherche d'emploi. Redoutable machine médiatique, le PCS est une opération subtile. Vu de l'extérieur, il ferait presque illusion. En grattant un peu, on découvre la sempiternelle volonté de bannir les pauvres aux confins du travail. Le revenu de substitution n'est plus seulement supprimé, il peut désormais l'être en partie, pour une durée de deux à six mois, élargissant ainsi la palette des actes répréhensibles et des sanctions possibles. Ce raffinement permet notamment aux conseillers de se lâcher plus facilement sur les radiations. Psychologiquement, la démarche est plus douce. « Je vais le gronder »…

Les mesures graduées de sanctions pour refus de prestations, de stages sont les suivantes :

« En cas de manquement mentionné au 1° de l'article R. 311-3-5, le préfet réduit de 20 % le montant du revenu de remplacement, pendant une durée de deux à six mois ; en cas de nouveau manquement, le montant du revenu de remplacement est réduit de 50 % pour une durée de deux à six mois ou bien le revenu de remplacement est supprimé de façon définitive. »

« En cas de manquement mentionné au 2° de l'article R. 311-3-5, le préfet supprime le revenu de remplacement pour une durée de deux mois ; en cas de nouveau manquement, le revenu de remplacement est supprimé pour une durée de deux à six mois ou bien de façon définitive. »

« En cas de déclaration inexacte ou mensongère du demandeur d'emploi, faite en vue de percevoir indûment le revenu de remplacement, le préfet supprime ce revenu de façon définitive ; toutefois, si ce manquement est lié à une activité non déclarée d'une durée très brève, le revenu de remplacement est supprimé pour une durée de deux à six mois. »

Pourtant, en juin 2005, seuls 55,3 % des chômeurs bénéficiaient d'une indemnisation. 47 % au titre du régime d'assurance chômage et 8,3 % dans le cadre du régime de solidarité. Il peut être utile de rappeler la somme astronomique que perçoivent ces derniers : 440 euros par mois [1].

---

1. L'Allocation spécifique de solidarité (ASS) est destinée aux chômeurs ayant épuisé leurs droits au régime d'assurance chômage. Payée par l'Unedic, elle est financée intégralement par

« Votre métier n'existe pas. » Un chômeur de la Creuse qui se prétendrait marin-pêcheur et ne serait pas mobile, voilà ce sur quoi se basent les fictions du Medef. Dans la réalité, le chômeur longue durée se voit instamment prié de changer son fusil d'épaule, quel que soit son métier initial, pour passer d'emballeur de harengs à ouvrier du bâtiment, de bûcheron à nettoyeur de supermarché. Les intermittents du spectacle sont, eux, inscrits en tant que comédien, jongleur ou chanteur d'opéra. Suite au changement de régime du 1er janvier 2004, des artistes ont perdu leur statut. Dans certaines agences, ils n'ont plus le droit de rester inscrit dans leur métier « peu réaliste » de photographe ou costumier. Même s'ils viennent de passer vingt ans à l'exercer.

Les tricheurs sont une minorité mais ils existent. Ils alimentent la machine à fantasmes néolibéraux. C'est le jeune gars aux baskets couvertes de peinture, qui dit n'avoir pas de voiture, pas de travail et être allergique aux produits du bâtiment. Il bosse très probablement au black sur des chantiers à droite, à gauche. L'envoi de deux offres le décourage, il se radie et continue de se faire exploiter sans couverture sociale. Sur le moment, sa situation lui paraît enviable. Après dix ans de ce traitement, cassé, non indemnisable, il s'apercevra qu'il est dans l'impasse et ne pourra faire valoir son expérience professionnelle. Heureux s'il n'a pas subi d'accident de travail entre-temps.

---

l'État et soumise à des conditions de ressources et d'ancienneté dans l'emploi.

Au bout de vingt-trois mois d'une grasse indemnisation, le tricheur-cadre, lui, trouve par le plus grand hasard un contrat mirobolant, juste avant de basculer en ASS. Il perçoit la prime au déménagement et fait bénéficier son nouvel employeur (un ami) d'aides à l'embauche. Les chômeurs du haut de la pyramide s'abaisseraient-ils à tricher aussi ? Le doute plane.

On demande aux conseillers de « nettoyer les ROME » (au Karcher ?). Rien à voir avec les Gitans ou les maires brûleurs de caravanes… Le ROME est le Répertoire opérationnel des métiers et emplois. Cet outil (relativement bien fichu) recense, comme son nom l'indique, à peu près tous les métiers existants. Chaque code ROME correspond donc à un métier : 11113, garde d'enfants, 41211, ostréiculteur. Cette bible du conseiller ne pèche que pour les métiers très récents, liés au multimédia par exemple. Quand un directeur d'agence décide de « nettoyer les ROME », cela signifie vérifier que les chômeurs sont bien aptes à exercer l'activité choisie lors de l'inscription. Jusque-là, rien de trop méchant, cela peut même être utile au chômeur de réaliser (en douceur) que son souhait n'est pas réalisable. Le problème vient de la généralisation. Beaucoup trop de secrétaires en fichier, pour très peu de potentiel d'offres ? On impose l'ECCP (Évaluation des compétences et capacités professionnelles). Si le chômeur n'obtient pas une note convenable, cela autorisera le conseiller à changer le ROME. « Vous n'êtes pas suffisamment qualifiée pour être secrétaire *(il n'y a surtout pas assez d'offres !)* ; vous devez changer d'objectif. » À ce rythme, des tombereaux de femmes de ménage et de manœuvres seront bientôt inscrits, ex-comptables et agents commerciaux. Deux ans de chômage peuvent affaiblir les compétences et faire risquer une mauvaise notation… Cette main-d'œuvre est alors corvéable à merci et obligatoirement malléable. On n'aura de cesse de lui rappeler son incapacité à s'extraire de son milieu, sans lui proposer aucune façon d'en sortir. Cette méthode n'est pas née du PCS mais en a profité pour s'officialiser, devenir « propre ».

Dans ma corbeille à courrier : des gens. Plusieurs pages agrafées, portant les coordonnées et l'histoire de la vie de quelques chômeurs. Mention manuscrite : « Vous ferez quelque chose pour eux. » Quelle belle initiative, voilà un service public soucieux du sort de ses usagers. Un directeur s'émeut des soucis rencontrés par « ses » chômeurs, jusqu'à saisir directement le conseiller pour qu'il mette les bouchées doubles et sorte ces gens de la panade ! La réalité est évidemment tout autre. Il s'agit de les contraindre à « confronter la réalité du marché à leur métier d'inscription ». En gros, cela revient à leur expliquer qu'être photographe n'est pas raisonnable, ostéopathe pas sérieux, secrétaire utopique, enfin qu'espérer devenir comptable est une pure chimère. On voit la place que tient la notion de conseil ! C'est bien de « déconseil » qu'il s'agit.

Certains sont plus interventionnistes que d'autres. Des directeurs se saisissent directement des dossiers des chômeurs, sans passer par les conseillers. Ils vont jusqu'à traiter les retours de courrier directement, s'improvisant secrétaires, pour dépister les refus d'offres. Ils estiment alors eux-mêmes les refus illégitimes et obligent le conseiller à durcir sa position. Ils n'ont jamais reçu la personne, ne lui ont jamais adressé la parole, se basent sur les trois lignes disponibles pour chaque entretien. Et considèrent que la radiation doit être prononcée.

Pour la première fois en juillet 2005, les allocations Assedic n'ont pas été revalorisées au moment de la hausse du SMIC. Cette hausse annuelle est dérisoire mais très symbolique. C'est le pouvoir d'achat des plus pauvres qui n'a pas été revalorisé. Idée d'une rare bêtise : ces ménages-là consomment, avec l'illusion de faire ainsi partie d'une société qui les rejette. Les vendeurs de paraboles le savent bien, qui écument les quartiers HLM, où s'accumulent les objets inutiles via des crédits à 17 %.

Ce plan se serait inspiré des modèles anglais et danois. Or, au Danemark, l'assurance chômage n'est pas obligatoire et il faut avoir cotisé au moins un an pour être indemnisable (contre six mois pour l'instant en France). Dans tous les autres cas, les chômeurs perçoivent l'équivalent du RMI. Panorama alléchant ! En Angleterre, il n'existe aucune législation du travail bien définie en dehors du paiement minimum de 4 livres l'heure. Les règles de l'entreprise en matière d'horaires, de retraite, de préavis sont à étudier de près. Certes, le Royaume-Uni offre du travail en veux-tu en voilà, mais quel travail ! Quand un chômeur britannique consulte le site de son « job center » (équivalent anglais de l'ANPE), il doit choisir s'il veut travailler « up to 16 hours per week », plus de 16 heures par semaine, de 16 à 30, ou plus de

30 heures ! Le ton est donné. Les lois et décrets français de 2005 représentent une remise en cause totale et profonde du principe du droit à l'emploi, remplacé par un devoir d'emploi. La notion de choix glisse progressivement vers une coercition totale, semblable à ce qui se pratique dans ces jobs centers. Il s'agit d'asservir l'humain au marché.

Fin 2005, le gouvernement a fait paraître des encarts publicitaires dans la presse : « Parce que l'emploi est une priorité pour chacun, nous nous battons sur tous les fronts. » Sempiternelle métaphore de la guerre, prétendument menée contre le chômage, alors qu'elle est clairement menée contre les chômeurs. « Trop de personnes sont exclues du marché du travail. Dans le même temps, trop de chefs d'entreprise, confrontés à des rigidités, des incertitudes, hésitent à franchir le cap du recrutement. » Signature, en bas à gauche : Premier ministre, service d'information du gouvernement. Un encart par-ci, une demi-page par-là, que de moyens mis en œuvre, dans le seul but de la propagande ! Rien dans le texte n'incite à l'embauche, n'explicite ni ne donne les contacts utiles à l'employeur. L'ANPE n'est presque pas mentionnée : en bas à droite, en petits caractères, sans coordonnées (!), alors que le ministère de la Cohésion sociale est abondamment cité avec adresse Internet et téléphone. Ça me rappelle le ministre de la Fonction publique lors d'un journal télévisé[2]. Il présentait le « 39 39 », numéro d'information sur les services publics… devant une batterie d'étudiants en CDD, recrutés la

2. Sur TF1.

veille, qui « eux, au moins, connaissent les informations dont ont besoin les gens qui appellent ».

La Convention de reclassement personnalisée (CRP)

Initiée par la loi de cohésion sociale, la CRP est entrée en vigueur le 31 mai 2005. Elle permet aux salariés licenciés pour motif économique (entreprises de moins de mille salariés) « de bénéficier d'un ensemble de mesures leur permettant un reclassement accéléré » et surtout de ne pas être pris en compte dans les statistiques du chômage pendant huit mois. C'est une planque à long terme, pas au sens où le chômeur serait planqué, puisqu'il est au contraire suivi de près. C'est plutôt la statistique qui se tient tranquille, pendant la CRP. Durant ce laps de temps, en effet, l'ex-salarié est placé sous le statut de stagiaire de la formation professionnelle et donc basculé en catégorie 4. Le salarié qui accepte une CRP bénéficie d'un « entretien individuel de pré-bilan », qu'il aurait eu de toute façon comme tout inscrit lambda à l'ANPE. À partir de ce pré-bilan, l'intéressé peut bénéficier de mesures d'appui social, de mesures d'orientation, d'accompagnement, de formation, d'actions de validation des acquis de l'expérience et, si nécessaire, d'un bilan de compétences. C'est-à-dire qu'on lui offre exactement les mêmes chances que s'il avait demandé un accompagnement classique ! Ni plus, ni moins, le même traitement. Alors pourquoi souscrire une CRP ? Pour percevoir une allocation majorée durant trois mois[3] *: pas cher payé pour accepter de*

---

3. Sous réserve de 2 ans d'ancienneté, perception de 80 % du salaire brut des 12 derniers mois pendant 3 mois, puis 50 % les 5 mois suivants.

disparaître des statistiques… Qui oserait nier après ça la perversité du système ? Au bout des huit mois, le chômeur qui n'aurait pas retrouvé d'emploi, bénéficie de « l'Allocation d'aide au retour à l'emploi (ARE) pour la durée normale d'indemnisation, diminuée de la durée d'indemnisation au titre de l'Allocation spécifique de reclassement ». Donc, il touche ses allocations… pendant la durée prévue pour le commun des mortels. Fin août 2005, on comptait 8 000 adhérents à la CRP.

Cette convention est dite « personnalisée », ce qui devrait inciter à une légitime défiance. Plus on emploie le terme « personnalisé », plus on est sûr d'être traité par paquets de douze. Suivi mensuel personnalisé, Projet d'action personnalisé, Convention de reclassement personnalisée : autant d'actions entreprises régulièrement lors de réunions de groupe.

2. *Nouveaux contrats, sièges éjectables*

Le premier à être sorti du bois, c'est le CNE, Contrat nouvelle embauche. Destiné aux entreprises de vingt salariés au plus, le CNE est un contrat à durée indéterminée débutant sur une période de deux ans dite de « consolidation de l'emploi ».

Au cours de ces deux années, le contrat peut être rompu sur l'initiative du salarié ou de l'employeur (par lettre recommandée avec accusé de réception). Les formalités sont simplifiées par rapport à celles applicables en cas de licenciement. La rupture n'a plus à être motivée, ni précédée d'un entretien. La brochure du ministère de l'Emploi précise : « Si votre entreprise rencontre des difficultés pendant les deux premières années, vous pouvez vous séparer de votre salarié. » Mais si l'entreprise rencontre des difficultés, le licenciement économique existe !

Si la rupture est décidée par l'employeur, le salarié peut alors bénéficier d'un « parcours de réinsertion personnalisé défini par le Service public de l'emploi ». Rappelons que cet accompagnement renforcé est strictement réservé à tout le monde ! Le préavis d'un CNE dure de deux semaines à un mois. Si on parvient sans encombre au terme des deux ans, si on ne hausse pas le ton jusque-là, le contrat devient un contrat de travail à durée indéterminée de droit commun (application des règles de rupture propres à ce type de contrat, jusqu'ici préservées). Le CNE est heureusement facultatif : l'entreprise peut préférer le CDI de droit commun.

Curieusement, les premiers employeurs à avoir eu recours au CNE n'étaient pas réputés pour prendre grand soin de leurs salariés. Le chef d'entreprise exigeant un CNE annonce d'emblée la couleur. Le Contrat nouvelle embauche peut être doublé d'un Contrat initiative emploi (CNE + CIE, pour les intimes) : joli moyen de cumuler siège éjectable et grasses primes. Il est en effet possible de conclure un tel contrat avec un chômeur recruté dans le cadre d'un contrat aidé à durée indéterminée (CIE, mais aussi Contrat jeunes en entreprise...). Beurre, argent du beurre, sourire du conseiller. Heureusement, le licenciement oblige au remboursement de l'intégralité des primes.

Certes, il est précisé que « l'employeur ne peut rompre le contrat pour des raisons fondées sur l'état de santé, les mœurs, le sexe, l'état de grossesse, la participation à une grève »... Mais dans la mesure où la décision n'a pas à être motivée, il est évidemment possible de licencier pour toutes les raisons précitées. Ce contrat Kleenex permet donc de tester le salarié à l'essai pendant deux ans. Quel salarié oserait se plaindre, encore moins se syndiquer, avec un tel statut ? Un tas d'outils existent pour évaluer le chômeur/salarié avant une embauche, notamment l'EMTPR, Évaluation en milieu de travail préalable au recrutement. Si l'employeur craint réellement d'embaucher un dégénéré, il peut commencer par le tester *in situ* pendant 40 heures. Ensuite, la période d'essai lui permet de confirmer son impression. Les deux ans de « consolidation » du Contrat nouvelle embauche sont donc bien une fumisterie. Les gouvernants pourraient avoir l'honnêteté de dire qu'ils facilitent les licenciements pour faire plaisir aux employeurs. Camoufler cela péniblement sous ce concept de période d'essai est franchement ridicule. Quel genre d'employeur a besoin de deux ans pour s'apercevoir que sa nouvelle recrue ne fait pas l'affaire ?

Les premiers chômeurs à « entrer en CNE » étaient tout heureux de décrocher ce type de contrat. Nous, on trouvait ça plutôt pathétique. Ça nous arrachait les tripes de leur en expliquer le fonctionnement ! Le monde du travail fonctionne résolument à deux vitesses : les CDI / 35 heures (qui feraient bien de sentir le vent tourner) et les abonnés au précaire provisoire. D'ailleurs, quelques mois à peine après le lancement en fanfare du CNE, les premiers licenciés express se font déjà connaître [4]. Un boucher fait ses courses, le week-end, dans le supermarché qui l'emploie en CNE pendant la semaine. En jogging. Au revoir. Mauvais pour l'image, ça, un boucher en jogging en dehors de ses heures de travail. Licenciement.

« Je pense que les CDI seront des CNE et que beaucoup de CDD seront des CNE parce que c'est objectivement les meilleurs contrats pour tout le monde », déclarait le ministre de l'Emploi en août 2005 [5].

3. *Occuper les pauvres*

Pour dissuader les nécessiteux d'alimenter les statistiques ou les rubriques des faits-divers, on leur jette des miettes d'emploi. Contrat d'avenir, CI-RMA, CAE [6]… Dans certaines zones sinistrées, il n'y a d'ailleurs plus que ça, et la quasi-totalité de la population y est éligible. D'où les félicitations de la direction : « Bravo ! c'est vous qui avez fait le plus grand nombre de contrats d'avenir ! » Y a-t-il de quoi se réjouir ? Cela signifie juste que nous avons le plus grand nombre de pauvres…

La « montée en charge » (autre expression à la mode, bien que très laide) des CAE a été stoppée au bout de quelques mois. Le seul intérêt de ce contrat par rapport à son prédécesseur le CES était la

4. *Libération*, 1er février 2006.
5. Agence Reuters, le 24 août 2005.
6. Contrat d'accompagnement dans l'emploi.

possibilité de travailler à temps plein et non plus seulement 20 heures par semaine. Quelques mois de contrats aidés à temps plein auront suffi au ministère pour réaliser que des tas d'employeurs y avaient recours, que de nombreux chômeurs se jetaient dessus. Il a fallu financer tout ça : du travail pour des chômeurs, rendant ainsi des services au public. Quelle catastrophe ! Machine arrière, retour à la case départ. Financer des mi-temps plutôt que des temps complets permet de créer deux fois plus d'« emplois ». En CAE à 20 heures par semaine, on glisse en catégorie 5…

Le CAE cache un autre scandale, celui de la formation. Les conventions signées entre l'employeur et l'ANPE obligent à former le salarié. Celui-ci, en accord avec l'employeur, doit opter pour une formation en interne, externe, une validation d'acquis… Sous peine de voir ce contrat refusé. Ou non renouvelé. Que le futur salarié soit à deux ans de la retraite, qu'il n'y ait aucun organisme dispensant une formation près de chez lui, ne sont pas des excuses recevables. Il doit pouvoir « rebondir » après son « contrat tremplin ». Tout le monde sait qu'il rebondira violemment sur le mur de la pénurie d'emplois, mais il faut faire comme si. Ça occupe, à commencer par les agents qui se voient contraints depuis septembre de remplir les cases « oui » en face de « formation prévue », d'expliquer aux employés et employeurs que c'est juste pour faire aboutir la demande… puisque tous les financements ont été supprimés.

Auparavant, l'État finançait 400 heures de formation par an et par salarié en contrat aidé. Le coût horaire n'était pas bien élevé, mais permettait au moins de mettre le pied à l'étrier à quelques personnes. Depuis le Plan de cohésion (je n'ose plus écrire « sociale »), c'est terminé. On s'était consolé en pensant à la possibilité, nouvelle, du temps plein qui allait dépanner bien des gens. Il a fallu déchanter rapidement. Désormais nous n'avons plus ni temps plein, ni formation à proposer. Les taux changeront encore avant les élections. Rien de tel qu'un bout de contrat par-ci par-là pour calmer les esprits.

Le Contrat d'accompagnement dans l'emploi voit ses taux de prise en charge fluctuer tous les quatre matins. Conseillers, employeurs et salariés ont du mal à suivre. Pour les salariés, la question du taux de prise en charge est capitale, puisqu'elle décide de l'éventuel renouvellement de leur contrat. Des chômeurs assiègent ainsi l'agence en janvier pour connaître les taux de juin, que nous serions bien en peine de leur donner, puisque nous les recevrons… le 1er juin.

Les RMA étant confiés aux soins des conseils généraux (sans les finances correspondantes, d'ailleurs), les agents ANPE en voient fort peu. Les Contrats d'avenir sont limités à 26 heures. Pas 25, pas 27. Une tête pensante a-t-elle calculé que ce quota horaire permettait d'éviter de justesse le seuil de pauvreté ? Parallèlement à cela, les détracteurs des 35 heures invoquent la difficulté à vivre décemment en se contentant de 35 pauvres heures au SMIC…

4. *2006, odyssée mensuelle*

Pour emmener nos chômeurs récalcitrants vers les emplois « pléthoriques » qu'on leur offre, un outil a été inventé : le SMP, Suivi mensuel personnalisé. Il est tellement personnalisé que le premier contact se fait lors d'un atelier, imposé systématiquement, au bout d'un mois, à vingt-cinq personnes. On leur fait découvrir les services de l'Agence (!), on leur présente Madeo, qui n'est pas un cousin italien mais le nouveau système d'affichage des offres sur informatique. L'Agence est déjà contrainte de sous-traiter les entretiens PAP (Projet d'action personnalisé) tous les six mois, alors prétendre assurer un meilleur suivi six fois plus souvent est une vraie fumisterie. Le suivi mensuel réinvente le pointage physique abandonné il y a des années. Les chômeurs inscrits depuis octobre 2005 ont été les premiers reçus en suivi mensuel. Où est la logique ? Attendrait-on le dernier moment pour inclure les chômeurs longue durée, sachant pertinemment que leur suivi, quelle qu'en soit la périodicité, ne changera rien au problème ? 2 000 embauches supplémentaires sont promises. Elles sont censées permettre d'assurer 20 millions d'entretiens annuels au lieu de 14.

Il faut veiller désormais à « enrichir » le profil des notions de « mobilité géographique et salariale ». Pour les bureaucrates qui ont inventé ça, la mobilité géographique évoque d'abord leurs vacances à Marrakech. Pas le fait de quitter Boulogne pour emménager à Valenciennes dans l'espoir d'être intérimaire chez Toyota. « L'intégration de précisions relatives à l'emploi et à son adéquation avec la réalité du marché » est obligatoire. Mobilité géographique et professionnelle, niveau de salaire, tout est à remettre en question. En clair, c'est obliger le chômeur à changer de voie, de lieu d'habitation, de métier, de salaire !

« Les dotations d'aide à la recherche d'emploi ne sont pas toutes utilisées. Il faut les consommer entièrement et pour cela rendre les chômeurs mobiles » (un directeur, près de ses chiffres).

En plus du renforcement du contrôle, la vocation du suivi mensuel est d'éliminer le flux. Il ne vient même plus à l'idée des chômeurs de poser des questions à l'ANPE. Auparavant, on nous questionnait sur la sécu, le droit du travail, le logement, les allocations familiales… Maintenant, on ne nous demande plus rien, même sur l'emploi. Les chômeurs l'ont bien compris. Ils n'essaient plus d'obtenir quoi que ce soit de l'ANPE. Rien d'utile ou perçu comme tel ne peut sortir de cet établissement, juste le contrôle. Rien ne justifie plus qu'on s'y présente spontanément. Le suivi mensuel génère une profonde remise en cause des missions du conseiller.

L'Assedic va opérer un « calcul du risque » par chômeur et instaurer leur « profilage ». Le terme était jusqu'ici employé pour des tueurs en série ? Qu'à cela ne tienne, la culpabilisation va galopant. Les agents collent une étiquette à leurs chômeurs *a priori* et imposent ensuite la signature d'un contrat « droits et devoirs ». L'outil de profilage sera mis en service en juin 2006. ANPE et Assedic auront à l'utiliser. On a beaucoup reproché au traitement des chômeurs son aspect déshumanisant. Alertées, les instances dirigeantes ont imaginé pallier ce problème en confiant le diagnostic initial à un ordinateur. Le but (avoué) : reclasser en priorité les personnes à risque. Non indemnisé, handicapé, noir et sans diplôme, réjouis-toi, tu es sauvé. Grâce au profilage, tu retrouveras sans doute une activité très bientôt. Le parcours des chômeurs sera prédéterminé. Pour l'instant, l'ANPE peut encore infirmer les a priori, contourner les choix opérés initialement par l'Assedic. Si le chômeur concerné est en désaccord, par exemple, avec ce que la machine pense de son cas. Ça ne va probablement pas durer.

Les éléments pris en compte pour déterminer le « risque » couru par le chômeur sont [7] :

– « le bassin d'emploi » : dans l'Ardèche, méfiance ;

– « l'âge » : cinquantenaire ardéchois, aïe ;

– « le métier » : informaticien, cinquantenaire et Ardéchois ?

– « le motif d'inscription » : si en plus il a été licencié, il cherche les ennuis ;

– « la durée du travail recherché » : est-il devenu impossible d'avoir une exigence à ce sujet ? Rechercher un mi-temps serait une aberration ?

– « le régime particulier (intermittent, assistante maternelle) *(sic)* » : ça commence à ressembler à de la ségrégation !

---

7. Source : document communiqué aux conseillers en novembre 2005.

– « le salaire de référence » : qu'est-ce qui est le plus handicapant, avoir eu un gros salaire ou un petit ?

– « l'indemnisation » : qu'est-ce qui est le plus préoccupant, percevoir 100 ou 4 euros par jour ?

Trois parcours possibles sont diagnostiqués : ceux qui « sortent naturellement des fichiers » ; ceux pour qui il faut « mobiliser des prestations d'appui ponctuel » ; ceux pour qui « mobiliser immédiatement un appui renforcé ». Heureux le chômeur qui sort naturellement du fichier… On croirait entendre parler d'une espèce rare d'oiseau, seul capable de s'envoler et de quitter la réserve… Ces trois parcours ressemblent fortement aux niveaux « R1, R2, R3 » utilisés avant l'invention du profilage : autonomie, appui ponctuel, accompagnement. La seule différence notable, c'est l'intromission de l'Assedic à un nouveau maillon décisif de la chaîne. Lors d'expérimentations faites çà et là en 2005, on a vu l'Assedic « inviter » l'ANPE à inscrire un chômeur comme couvreur, au motif qu'il venait de terminer un contrat de ce type. Et le gars effaré de protester : « Mais non, je leur ai dit que je voulais plus faire ça. J'ai pris ça pour dépanner, c'est pas mon métier. » C'est vers cela que l'on s'achemine, inexorablement.

C'est l'occasion de se demander, l'air innocent : « Où va-t-on recevoir tout ce monde ? » Mais à l'Assedic bien sûr… Ils sont sympas, ils vont faire de la place !

À l'aube de 2006, une foule de « détails techniques » désagréables s'amoncelle et prouve l'inanité du suivi mensuel. Les chômeurs travaillant à temps

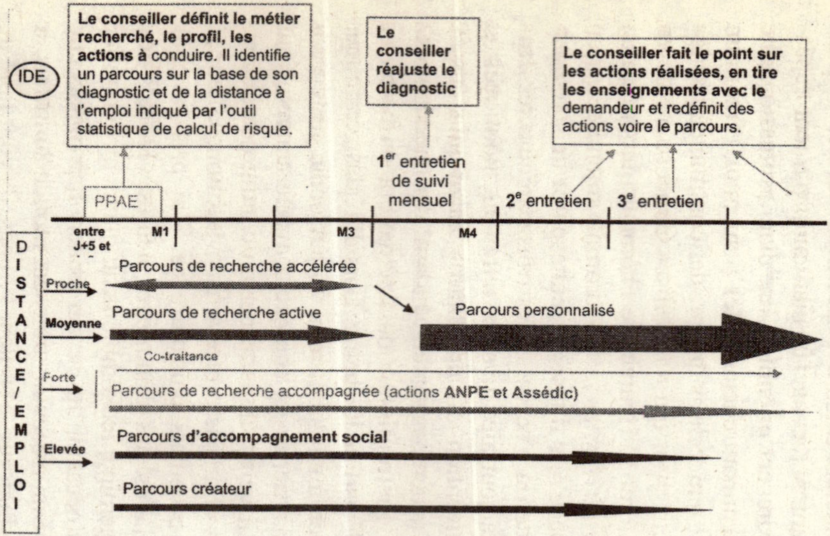

Le processus opérationnel du suivi mensuel en images

Les chômeurs ne risquent plus de se perdre :
leur parcours est fléché et prédéterminé, avant même leur passage à l'ANPE.

partiel sont contraints de venir montrer patte blanche pendant leurs heures d'activité. La « zone technique », lieu du travail auprès des employeurs, se trouve désertée, les entreprises délaissées et toujours plus furieuses. Les agents sont complètement dépassés. Ils doivent planifier leur vie professionnelle (et par là même personnelle) à six mois minimum (avec ce que cela suppose de contrainte sur les congés). La direction rétorque : « Ça va se mettre en place, on tâtonne parce que c'est le début, qu'on n'était pas prêt. » Mais quand on n'est pas prêt… on ne part pas ! On fignole, on met en ordre, et seulement après, on y va. Ce suivi mensuel a été lancé dans l'urgence pour des raisons purement politiques et médiatiques. D'où l'indescriptible bazar qui s'ensuit. Les conseillers éditent (pendant des heures) des convocations qu'ils n'envoient pas, pour éviter les radiations automatiques. Saisissent des entretiens sans jamais avoir rencontré la personne, juste pour « faire comme si » et lui éviter l'avertissement. Nous avons à peine le temps matériel de rédiger ces entretiens bidon ! Alors, recevoir le public réellement, nous n'y pensons même pas.

Avec l'avènement du suivi mensuel, le PEP[8] est donc mort, vive le PAE[9] ! Juridiquement l'entretien de suivi mensuel, diffère du PEP, son prédécesseur. On l'a bien expliqué au conseiller, histoire de le dédouaner de ses scrupules.

8. Premier Entretien Professionnel.

9. Projet d'Accès à l'Emploi.

« L'entretien physique est privilégié. » Jolie litote. En clair, devant l'impossibilité de recevoir tout ce monde, on fait un point mensuel par téléphone, fax, mail, signaux de fumée, mais surtout pas de visu. Dès le lancement du suivi mensuel, on a fait comprendre aux conseillers qu'ils ne devaient surtout pas recevoir les chômeurs tous les mois. Tandis que la direction se répandait dans les médias, prétendant le contraire. Les conseillers qui auraient souhaité assurer cette réception régulière se sont vite aperçus que c'était impossible. Nous ne sommes de toute façon pas assez nombreux. Cet ersatz de suivi se fait au détriment du travail à mener auprès des employeurs.

Le conseiller agit « en autonomie ». Il est le référent de ceux qu'il a inscrits. L'idée en elle-même n'est pas mauvaise : être suivi(e) par la même personne, ne pas reprendre sans cesse la même histoire. Ce concept est juste inapplicable. Gestion des plannings, sorties nécessaires en entreprise, cette tentative (déjà essayée par le passé) s'est rapidement avérée être un fiasco. Tenter de réunir conseillers et demandeurs par filière n'était déjà pas une sinécure. Faire recevoir les serveurs par les conseillers de l'hôtellerie, ce n'est pas idiot. Juste irréalisable. Trop d'humains concernés dans cette belle mécanique. Le serveur se fait excuser et vient le lendemain, il avait une mission. Il tombe sur un conseiller spécialisé en informatique.

Être toujours suivi par la même personne comporte un risque d'inégalité. Le jeu du « Ça dépend sur qui on tombe » est devenu caduc. Auparavant, si on était mal reçu, on pouvait espérer rencontrer un autre conseiller la fois suivante. Désormais, on peut n'être suivi que par le conseiller radieur fou, avec peu de chances d'écoute. Quand le voisin sera suivi par un conseiller altruiste, prêt à laisser le temps de retrouver un boulot correct sans envoyer le chômeur dans la restauration rapide.

Soucieuses du bien-être de leurs chômeurs et de leurs conseillers, les ERD (Équipes régionales de direction) proposent des solutions. « Développer les compétences des conseillers, notamment sur les *entretiens flash.* » Oublier tout ce qui a été inculqué sur la conduite d'entretien, l'écoute, l'empathie. Décider en un éclair, sauter à la conclusion, être résolument unilatéral : du beau suivi individualisé. Devant les protestations des agents, un directeur leur a conseillé la formation « Savoir mieux gérer son temps » ! Quand ils se plaignent d'en manquer pour mener à bien leurs multiples tâches, on les envoie hors agence pendant trois jours.

Cet appareil incite de plus en plus à tricher. Le suivi mensuel a pour conséquence la recherche folle de réponses d'employeur. Négatives, qu'importe : il faut prouver que des candidatures spontanées ont été faites. Les employeurs croulent sous les propositions dont ils n'ont que faire.

Néanmoins, en prenant le temps, on peut réaliser, non pas des miracles, mais des choses bêtement utiles.

Ce cas est exceptionnel, il a eu lieu lors d'un entre-deux fêtes : un salarié en CDI veut entrer en formation. Il nous sollicite. Il est reçu, renseigné longuement. Tout surpris, il découvre l'existence du CIF

(« Je garde mon salaire et je me forme, vraiment ? »), les moyens d'y parvenir. On lui trouve les coordonnées de son organisme collecteur (« Mon patron va payer ma formation ? – Non, vous cotisez tous les deux depuis un bon moment, ce sont ces fonds-là qui vont être activés »), il repart avec une liste de choses à faire par ordre chronologique, avec plans B et C au cas où les premières démarches n'aboutiraient pas.

Quand j'informe de cette façon, j'aime mon métier ! Nous sommes encore nombreux à vouloir le pratiquer ainsi. Les conseillers voudraient sortir de cette logique infernale de contrôle paperassier.

5. *Quel avenir ?*

Le nombre de RMIstes explose. Le sous-salariat devient la norme. En matière de gestion du chômage, la sous-traitance se généralise, justifiée par la faible marge de manœuvre de l'Agence, les objectifs toujours plus difficiles à atteindre. La privatisation de l'ANPE paraît inéluctable, puisque déjà bien amorcée. Les « partenariats » avec des cabinets privés ont ouvert une brèche, même si les résultats prouvent que le malade est bien le marché, pas l'ANPE. Il sera bientôt possible de faire payer les entreprises, pour certains services de l'ANPE, comme le recrutement par simulation[10], par exemple. Signe des temps, l'ANPE pratique désormais le « surbooking

10. Méthode de recrutement basée sur le repérage des capacités à mettre en œuvre.

administratif » en convoquant à la même heure avec la même personne deux chômeurs différents…

Le tableau n'est guère reluisant et pourtant l'image médiatique du chômage reste désespérément trompeuse. Impression que, plus l'on s'adonne à des pratiques déviantes, plus notre cote remonte. Médias dominants et politiques félicitent d'autant plus que les exactions sont nombreuses. Un système où tous les médias dominants clament des contrevérités commence à ressembler furieusement à une dictature. Quand l'ensemble de la population sait, ou au moins pressent, que l'entourloupe est générale, mais laisse dire, c'est une dictature agréée. Un reportage de M6 [11] a montré du doigt un baroudeur au long cours, commercial au chômage, gagnant 1 500 euros par mois, les dépensant aux quatre coins du globe, expliquant que l'ANPE ne lui demandait jamais de comptes… À se demander si ce témoin (évidemment masqué) était réel. Quel point de vue voulait-il défendre ? Son propos a-t-il été dénaturé par l'équipe de « journalistes » qui l'ont interrogé ? A-t-il seulement voulu se faire mousser ? sinon quel but pouvait-il bien poursuivre ? Ce reportage montait en épingle un cas extrêmement isolé, tout l'inverse de la réalité. C'est ce qu'on donne à voir, un dimanche à 20 h 50 aux travailleurs. Pour un éclairage circonstancié sur la réalité du chômage, vous repasserez. Quelques jours plus tard, même chaîne : « Les arnaques au chômage [12] ». C'est une manie ! « Le

11. *Capital*, diffusé le 27 novembre 2005.
12. *Zone interdite*.

mensonge et la crédulité s'accouplent et engendrent l'Opinion », disait Paul Valéry, qui ne se doutait pas qu'ils s'accoupleraient plus encore dans un téléviseur.

Les articles qui dénoncent les tromperies de l'ANPE fleurissent, mais seuls les lecteurs de la presse militante ont des chances de les découvrir. *Le Canard enchaîné*, *Charlie Hebdo*, *Libération* ont abondamment traité le sujet depuis fin 2005. Les médias grand public restent étrangement silencieux, voire véhiculent docilement des messages exactement inverses à la réalité. Les seules critiques proférées à l'encontre de la machine ANPE (syndicats mis à part) émanent de groupes exhalant des relents d'extrême droite ; dommage. Il est fâcheux de les laisser seuls sur ce terrain.

Le quatrième contrat de progrès 2006-2010 « rend compte des évolutions d'un marché du travail toujours plus exigeant en matière d'adaptabilité de compétences [13] ». 2006, « Objectif placement » : mais que diable faisions-nous jusqu'alors avec nos chômeurs ? 2006, c'est un changement radical de positionnement. On nous le serine à longueur de réunions : « Objectif placement ». Les résultats qualité vont être appréciés en fonction du nombre de personnes sorties des fichiers… On mesure l'étendue des risques ! Sorti pour emploi : on suppose qu'il s'agira rarement de CDI. Sorti pour d'autres raisons, on n'ose imaginer lesquelles. L'offre valable d'emploi serait un CDD de six mois, une action qualifiante, un

---

13. Journal interne *L'Agence* de novembre 2005.

CDI. Dans la réalité, la valeur de l'offre est laissée à l'appréciation du conseiller.

En décembre 2005, la direction générale a félicité ses conseillers en leur octroyant une prime de 152 euros, assortie d'un grand merci : « L'Agence a été fortement sollicitée pour conduire le plan d'urgence pour l'emploi engagé par le gouvernement et la mise en place du Plan de cohésion sociale. Des résultats significatifs ont été obtenus sur la baisse du chômage » *(sic)*. Ils ont reconnu que le personnel était « mis sous tension » et considéré que la mobilisation des agents avait été « remarquable ».

Parallèlement, un décret daté du 22 décembre 2005 permet aux agents chargés du contrôle des demandeurs d'emploi d'obtenir des documents de l'administration fiscale « en cas de présomption de fraude ». Le flicage s'intensifie. Avec ce nouvel outil, le conseiller ANPE pourrait traquer le « chômeur-tricheur ». Mais surtout le « chômeur-tricheur-déficient intellectuel » : celui qui déclare aux impôts ce qu'il ne déclare pas à l'Assedic ! Qui travaille au noir et le signale sur sa déclaration de revenus ! À part à intimider psychologiquement les chômeurs, je ne vois pas à quoi sert cette opération.

Désormais, les dossiers des demandeurs d'emploi sont ouverts, pas encore à tous les vents, mais à de nombreux partenaires extérieurs. L'impitoyable machine à recaser possède dorénavant de nombreux yeux, avec l'aide du DUDE. Le Dossier unique du demandeur d'emploi vient d'être créé, accessible depuis tout l'Hexagone, aux conseillers mais aussi aux collaborateurs extérieurs : missions locales, associations de suivi des travailleurs handicapés… Auparavant, seuls les conseillers ANPE et les agents Assedic avaient accès à un fichier régional. Consulter le dossier d'un chômeur d'une autre région nécessitait déconnexion, reconnexion, plusieurs longues minutes d'attente qui décourageaient les curieux…

Récemment, des agences ont brûlé un peu partout, dans la plus grande discrétion. À Toulouse, Saint-Cyr-sur-Loire, Caen, Limoges, Lille, Rennes… À Lens, une antenne Assedic… Une enquête est en cours, afin de ne pas livrer de conclusions trop hâtives. Certes, une inscription « Tiens, t'es radié » a été découverte sur les débris d'un mur calciné… Hasard, probablement. À Paris, Dijon, Brie-Comte-Robert, Perpignan, Pau, Cenon, des tentatives d'incendie ont eu lieu… La rumeur a enflé, au point que la direction générale a dû se fendre d'un courrier aux agents, malgré l'assourdissant silence des médias. Il a fallu que la police mette la main sur un possible fauteur de troubles, bouc émissaire idéal, pour que l'événement accède aux médias dominants. Ceux-ci avaient forcément reçu des consignes de silence jusque-là : impossible qu'il en ait été autrement. Ont-ils eu le souci d'éviter un second « effet banlieues » ?

C'est un conseiller ANPE de Saint-Nazaire (par ailleurs syndicaliste CGT) qui a été présenté devant le juge d'instruction, après avoir vu son appartement perquisitionné. Avait-on retrouvé chez lui des bidons d'essence, des cagoules, une liste de copains fous furieux, le plan des agences détruites, leurs codes d'accès ? Non. Il avait déposé sur un forum du site actuchomage.org le message suivant :

« J'informe les énervés qui crament les ANPE qu'il en reste encore : donc suivez le guide ANPE de XXXX : XX, bld XXXXX. Qui sème la misère récolte la colère. Les mots ne sont jamais trop forts quand il s'agit de qualifier le traitement actuel des chômeurs. Dans la réalité d'une ANPE, vous assistez aux reprises de fin de stock, GL2, GL3 (radiations), convocations. C'est comme une usine capitaliste normale avec des numéros de produits correspondant à des humains. J'ai lu ici et là l'évocation du STO et je confirme qu'il y a de cruelles ressemblances…

« Un conseiller dégoûté, énervé, agité, syndiqué mais souvent impuissant face à la gangrène néolibérale qui ronge notre monde. »

Ce message a été rapidement supprimé, de sorte qu'il a été vu par moins de trente personnes en tout. Qualifié d'« incitation à un délit dangereux », il fait néanmoins peser sur le conseiller la menace de cinq ans de prison : une pure aberration. Certes, le message est pour le moins impulsif, maladroit… mais l'adresse de l'ANPE est dans l'annuaire, à ce que je sache. Combien de messages mille fois plus violents dans les forums de France et d'ailleurs ? Pour couronner le tout, le conseiller a été dénoncé par un autre internaute, qui a alerté les forces de l'ordre. Ça donne envie de fuir en zone libre… On peut également rappeler au juge qui sera saisi de cette affaire qu'aucune ANPE n'a brûlé dans les environs de Saint-Nazaire. Il s'agit donc bien d'un délit d'opinion. Le but de la manœuvre a été atteint : éteindre le feu avant qu'il ne se propage à la France entière et que plus une seule agence ne tienne debout.

En outre, on constate partout en France une atteinte au droit de grève. Une agence a ouvert, un jour de protestation, malgré l'absence de la plupart des conseillers et en présence de trois agents seulement (dont un précaire), au lieu de quinze ! La direction régionale avait exigé le maintien de l'ouverture… Le CHSCT a d'ailleurs été saisi. Les directeurs mènent l'enquête, se renseignent discrètement la veille sur les intentions grévistes et modifient les plannings en conséquence, tuant la grève dans l'œuf.

Que de violence, autour du chômage. Le dernier film de Costa-Gavras, *Le Couperet*, raconte la chute d'un homme. Cadre, puis licencié, puis chômeur, il réalise que beaucoup d'autres sont sur les rangs et ont les dents aussi longues que lui. Peut-être pas tout à fait aussi longues, d'ailleurs : il trouve l'issue, qui consiste à repérer les concurrents mettant en péril sa candidature et à les supprimer tout simplement. Ce type de réaction ne me paraît pas improbable dans l'état actuel des choses. Le chômage peut être d'une grande sauvagerie. Des conseillers ont-ils vu ce film ? Ils sont tellement peu nombreux à s'intéresser au tissu social, à l'économie, à la politique… au chômage. Et ce film est tellement peu *distrayant*.

Début 2006, un « Guide de l'entretien [14] » a vu le jour, spécialement pour le suivi mensuel. Les chômeurs y sont classés par genre, et les actions à

14. Cf. Extraits du « Guide de la communication avec les médias » en annexe.

imposer sont écrites noir sur blanc, nul besoin d'écouter, encore moins de réfléchir…

« Appartenant aux dix ROME *(métiers)* à forte DEFM *(forte demande d'emploi)* et peu porteurs » (en clair, il y a déjà du monde au portillon) ; secrétaire, vendeur, agent de service…

Premier entretien, lors de l'inscription : « Si le demandeur n'est pas qualifié, orientation vers les métiers en tension. »

« Si le demandeur est qualifié, évaluation » ; vérifions ses dires, est-il vraiment secrétaire, ce bougre de chômeur, menteur potentiel ?

Et ça ne s'arrête pas là : dès le second entretien, à J + 30, on observe le résultat de l'évaluation, si elle est mauvaise… « orientation vers les métiers en tension ».

Si le chômeur est positionné sur un secteur porteur (parce qu'il l'a choisi ou parce qu'on a su l'y contraindre), une seule solution : « recherche systématique d'offres ».

Si le chômeur n'a pas de projet défini… « orientation vers les métiers en tension » !

En résumé, salariés, accrochez-vous à votre métier. Si d'aventure vous vous retrouvez au chômage, vous avez de fortes chances de devenir serveur ou maçon.

CONCLUSION

« Vous avez sifflé la fin de la récréation. » Le baron Seillière, s'adressant à Jean-Pierre Raffarin en janvier 2003, montrait toute la considération accordée aux chômeurs. À la limite, s'il y avait du travail à revendre, je comprendrais qu'on secoue les indemnisés pour qu'ils y aillent ; mais on sait pertinemment que ce n'est pas le cas. C'est d'une rare hypocrisie de prétendre qu'il faut « se bouger ». Contraindre à chercher quelque chose qui n'existe pas, cet acte est d'une rare violence… Rappelons qu'en 2006 les chômeurs convoqués sont appelés « public captif », ils ont parfois des « circonstances atténuantes » quand ils sont absents à une convocation, l'agence est devenue une « gare de triage »… Autant de vocables utilisés par les directions pour renforcer l'idée de coercition.

Toujours le même maître de forges : « Nous sommes plus importants que les autres ! Parce que c'est nous qui faisons la richesse, l'emploi et la croissance. » Indubitablement, ils produisent de la richesse : la leur, exclusivement. Quand croissance il y a, elle ne concerne qu'eux. Quant à l'emploi… la démonstration est faite. Il est désormais évident que le capitalisme sauvage se soucie peu d'emploi, au contraire. En vingt ans, tous secteurs confondus, les richesses créées par le travail ont augmenté de 60 % [1]. Dans le même temps, la part de ces richesses affectées aux salariés a reculé de 7,5 points, passant de 64 % en 1980 à 57 % en 2002, tandis que celle des profits a crû dans les mêmes proportions, passant de 23,5 % des richesses créées à 30,5 %.

Les salariés seraient donc moins importants que les patrons, et les chômeurs, moins importants que les salariés ? Parmi ces gens peu importants, j'ai rencontré des personnes à qui je pense encore, longtemps après. Parce que leur histoire a fait vibrer une corde ou parce qu'ils sont récurrents, semblables à trop d'autres, cassés par le système. C'est le chômeur de Noël, Nouvel An. Il vient faire le point, le 24 ou le 31 décembre, juste avant la fermeture. Très vite, le récit de son chômage glisse vers le récit de son divorce, de sa solitude, de sa future soirée en tête à tête avec la télé. C'est aussi le jeune SDF (venu avec son chien) qui veut juste parler à quelqu'un. C'est le malade interné en hôpital psy, qui profite de l'autorisation de sortie hebdomadaire pour faire le tour des administrations (utilité inattendue des services publics : on y trouve des humains à qui parler, en dernier recours). Il y a aussi le lucide gentil : « Heureusement que j'aime aller à la pêche » ; le fou marrant : « Je suis le Prophète. Mais je ne connais pas mon nom, il est resté en Alsace » ; le fou dangereux : « Je suis pèlerin, je ferai cent kilomètres à pied pour aller travailler. Je vais te taper si tu ne me donnes pas de travail » ; le cas franchement désespéré qui donne

1. Source : INSEE.

envie de mettre la main au porte-monnaie, faute de pouvoir faire autre chose ; celui qui remonte le moral de son conseiller, après qu'il s'est laissé aller à analyser la situation socio-économique : « Allez, c'est pas si grave, vous avez un boulot, hein, il faut le garder » et qui conclut par : « Bon courage »... En face, le conseiller expérimenté a appris à ne plus laisser échapper à la fin d'un entretien : « À bientôt ».

Mes propos sont basés sur des observations, dans différentes agences. Le conseiller ANPE est un être humain. À ce titre, il est parfois sympathique, parfois mal embouché. Il n'est ni meilleur ni pire qu'un mécanicien, un informaticien, un postier, un routier. Il ne faut pas tirer sur l'ambulance : l'ANPE reste un mal nécessaire. Contrairement aux idées reçues, elle tente aussi, tant bien que mal, de réparer les injustices du système. Même si, privée de moyens cohérents, elle contribue parfois à un saccage en règle des droits sociaux. Rétablie dans un rôle de conseil aux chômeurs, de régulation de l'offre et de la demande, elle trouverait, ô combien, son utilité. La disparition de l'ANPE n'est pas forcément la solution. Cesser de collaborer ? Commencer à résister ? Des agents s'interrogent. Ils font un jour ce qu'ils défont le lendemain, jouent les Pénélope, caressent l'espoir d'être utiles, même brièvement. Tous les conseillers ne partagent pas ma vision des choses. La lobotomie télévisuelle est passée par là aussi. Cantonnés aux discours bien-pensants et pseudo-culture de masse, ils ingurgitent sans broncher une vision prémâchée de la réalité. La plupart ne saisissent même pas les retombées politiques de leur travail quotidien.

Construire un réel service public de l'emploi exige de vrais moyens, qui ne sont pas exactement dans l'air du temps. Que faire ? Les conseillers ANPE pourraient notamment reconquérir ce bastion disparu de la formation professionnelle si des crédits existaient, en vue de stages qualifiants. Après une analyse individuelle du parcours, lors d'un bilan de compétences par exemple, on financerait l'action de formation nécessaire au reclassement durable, au lieu d'insérer de force dans la seule action existante. L'ANPE pourrait également soutenir le réseau associatif, potentiellement porteur d'emplois, via des contrats aidés à temps complet qui permettent au chômeur de relever la tête et à la structure de se pérenniser. Former les agents de l'ANPE à la création d'entreprise permettrait de favoriser l'essor de petites structures, de lancer les chômeurs sur la voie d'un « entreprenariat » à taille humaine. Au lieu de ramper devant les groupes de la grande distribution, pour quémander quelques postes sous-payés, les conseillers seraient une vraie force de proposition envers les TPE, les PME [2]. Les conseillers ANPE actuels méconnaissent en général l'entreprise, ses mécanismes et impératifs financiers notamment. Les agents ont adopté la « démarche marketing », qui ne renvoie qu'à l'univers des multinationales et n'a absolument aucun rapport avec les réalités de l'artisanat, par exemple. Les conseillers ont besoin de patrons. De patrons responsables et respectables, capables d'allier rentabilité et dignité. Ils existent !

2. Très petites entreprises ; Petites et moyennes entreprises.

même s'ils ont la vie dure, confrontés à la loi de la jungle. Les patrons « à taille humaine » n'exigent pas de leur personnel une ultra-flexibilité, au contraire des géants de la distribution chez qui seuls les actionnaires ont droit de cité.

Rêvons un peu, on pourrait même renforcer les inspections du travail, pour empêcher le travail au noir. Ces services sont censés contrôler le respect du droit avec moins de mille cinq cents agents pour plusieurs millions de salariés ! Toujours dans le créneau « utopie réaliste », on interdirait dans la foulée les plans sociaux scélérats, condamnant au chômage les salariés d'entreprises florissantes. On recruterait des conseillers pour l'ANPE, affectés à autre chose qu'à remplir des feuilles, cocher des cases, faire grimper ou descendre des chiffres. Recevoir, écouter, proposer ! Cesser de convoquer à tour de bras des centaines de chômeurs à qui nous n'avons rien à mettre sous la dent… Ce qui nous laisserait du temps pour répondre correctement à ceux qui viennent avec une demande précise. Actuellement, nous refusons des personnes et leurs questions, parce que nous sommes occupés à recevoir, de manière obligatoire, des chômeurs avec qui nous nous débattons dans le néant… Les chômeurs ne sont pourtant pas une marchandise, et les conseillers ne veulent pas être une police sociale.

Hélas, la France ne prend guère le chemin de ce redressement. L'inutilité de l'ANPE est organisée, et sa fin orchestrée. La disparition de l'Agence au profit d'organismes privés ne chagrinera personne. Hormis, éventuellement, les vingt-trois mille conseillers qui s'évertuent à la composer.

Heureusement, le chômage ne plonge pas tout le monde dans le désespoir. Y aurait-il des chômeurs heureux ? Certains ont décortiqué ce système incohérent et délibérément décidé d'en sortir. Ils se contentent des subsides de l'État, les fameux « minima » éminemment sociaux. En fin de droits Assedic, l'ASS, Allocation spécifique de solidarité, prend le relais à condition d'avoir travaillé suffisamment. Ou le RMI, environ 400 euros dans les deux cas. Ces sommes considérables ne permettant évidemment pas d'acquitter un loyer, ce dernier est souvent pris en charge par les allocations familiales (on est alors tributaire de l'autre, du travailleur social, du guichetier, du banquier, de sa condescendance éventuelle et il faut pouvoir le supporter). Les visites au supermarché se font rares : on en profite pour développer un réseau d'économie solidaire, on troque, on échange. Traduction contre taille de haies, confiture de prunes contre covoiturage… On ne regarde plus la publicité et on s'évite autant de désirs superflus. On ne se crée plus de besoins. Toutes les catégories socioprofessionnelles sont représentées chez ces chômeurs-là. Bardés de diplômes ou non qualifiés. Tourneurs-fraiseurs ou administratifs. Conscients de l'hypocrisie du retour à l'emploi tel qu'on le leur fait miroiter, ils tournent le dos au travail dans sa forme actuelle, pour inventer d'autres formes d'activité [3].

---

3. Voir à ce sujet le film de Pierre Carles, Christophe Coello et Stéphane Goxe, *Attention danger travail*.

Certains chômeurs prennent maintenant la retraite qu'ils ne pourront jamais avoir. En pleine force de l'âge, ce qui n'est pas plus mal.

En possession de ses moyens, faire le choix d'une vie « sans travail » conduit au statut psychologiquement avantageux de « handicapé social ». Les Pays-Bas en sont les champions. Ces « chômeurs »-là ne choisissent pourtant pas de vivre *sans* travail, mais plutôt *avec* un travail qui les *intéresserait*. Les mêmes pourraient se tuer à une tâche non rémunérée mais choisie. Ne pas vouloir travailler, c'est mal, très mal. C'est un point de vue. Qui ne tient absolument plus lorsque, de toute façon, il n'y a pas de travail pour tout le monde. Réhabiliter la valeur du travail ! Lequel ? L'intérim ?

Vous êtes économiquement non rentable mais socialement utile : que faire ? Beaucoup de projets sont « solubles dans la solvabilité ». Animer un atelier de modelage auprès de personnes âgées en maison de retraite. Aider aux devoirs dans les quartiers défavorisés. Ce n'est pas rentable, donc déraisonnable, voire farfelu... bénévole. L'emploi est aussi rare que le travail est abondant. J'ai la vague impression que la moitié des gens rêve d'avoir un emploi, tandis que l'autre moitié donnerait tout pour souffler un peu... D'un côté, la quête désespérée d'une activité socialement reconnue. De l'autre, le désir profond d'échapper aux pressions d'une activité certes sociale mais dévorante. Chômeurs et salariés sont au bord du renoncement... Sans un partage de l'activité et une éthique de l'entreprise, le modèle social français ne sera bientôt plus qu'un souvenir.

Annexes

Circulaire DAGEMO

;irculaire DAGEMO/BCG n°99-01 du 5 janvier 1999 relative ux droits et obligations des fonctionnaires et agents publics de administration du travail de l'emploi et de la formation rofessionnelle dans leurs relations avec les médias

inistère de l'emploi et de la solidarité

ous-Direction des Ressources Humaines
ureau du Contentieux Général

ris, le 05 JAN.1999

A/MCF/CIRCU6

Ministre de l'emploi et de la solidarité

- Madame la déléguée générale à l'emploi et à la formation professionnelle
- Messieurs les directeurs et chefs de service d'administration centrale
- Madame et Messieurs les préfets de région (directions régionales du travail, de l'emploi et de la formation professionnelle)
- Mesdames et Messieurs les préfets de département (directions départementales du travail, (le l'emploi et de la formation professionnelle)

bjet :

rculaire relative aux droits et obligations des fonctionnaires et agents publics de l'administration travail de l'emploi et de la formation professionnelle dans leurs relations avec les médias

J. : 1 circulaire

vous prie de trouver ci-joint la circulaire visée en objet rappelant les principes qui doivent inspirer l'usage e font les fonctionnaires et agents publics de notre administration de leurs libertés d'opinion et xpression, notamment dans leurs relations avec les médias.

tacherais du prix à ce que vous en assuriez une large diffusion et que vous apportiez la plus grande gilance à l'observation par vos services des recommandations qu'elle contient, afin que puissent être nciliées les obligations de réserve, de discrétion et de secret professionnels qui s'imposent à tous les ents publics, avec les libertés qui leur sont reconnues.

nportance des politiques que porte notre ministère, les enjeux de société auxquelles elles ont pour ssion de répondre, ainsi que la médiatisation croissante, sous des formes diversifiées, de notre vironnement, appellent de notre part une vigilance redoublée.

Pour la ministre et par délégation

La directrice de l'administration générale
et de la modernisation des services

Marie-Caroline BONNET-GALZY

Ministère de l'emploi et de la solidarité

Sous-Direction des Ressources Humaines
Bureau du Contentieux Général

Paris, le 05 JAN.1999

JLA/MCF/CIRCU5

La Ministre de l'emploi et de la solidarité

à

- Madame la déléguée générale à l'emploi et à la formation professionnelle
- Messieurs les directeurs et chefs de service d'administration centrale
- Madame et Messieurs les préfets de région (directions régionales du travail, de l'emploi et de la formation professionnelle)
- Mesdames et Messieurs les préfets de département (directions départementales du travail, (le l'empl et de la formation professionnelle)

Objet :

Circulaire DAGEMO/BCG n°99-01 du 5 janvier 1999 relative aux droits et obligations des fonctionnaire et agents publics de l'administration du travail de l'emploi et de la formation professionnelle dans leurs relations avec les médias

Références :

- Loi n°83-634 du 13 juillet 1983 portant droits et obligations des fonctionnaires
- Loi n°78-753 du 17 juillet 1978 portant diverses mesures d'amélioration des relations entre l'administration et le public
- Circulaire n°477 du 14 décembre 1978 relative aux règles de conduite vis-à-vis de la presse

---

A la différence d'autres régimes démocratiques, le régime politique garantit aux agents publics la liberté d leurs opinions. Il leur permet de s'exprimer sur tous les sujets, y compris les sujets politiques.

Comme les autres citoyens, ils disposent pour ce faire d'une grande diversité de moyens d'expression : le vote, l'adhésion à un parti politique ou à un syndicat, la critique verbale, la participation à des réunions ou des meetings, la rédaction de tracts ou de brochures, la publication, l'affichage, les communications à la presse, les conférences, les discours, les déclarations radiodiffusées ou télévisées, etc…

Parmi ces moyens d'expression, ceux qui mettent en contact les agents publics avec les médias apparaissent comme les plus délicats à utiliser. Ils sont porteurs de risques à la fois pour l'administration et pour le fonctionnaire :

- pour l'administration, en raison de leur audience et de leur impact sur l'opinion
- pour le fonctionnaire, parce que les confidences à la presse laissent des traces (écrites ou au moins enregistrées). La presse, surprend parfois la bonne foi de leur auteur qui, en cas de litige avec son administration, ne trouve pas auprès des juridictions administratives la clémence escomptée.

Plusieurs cas intervenus récemment me conduisent à vous rappeler les principes qui doivent régir l'usage que font les agents publics de leurs libertés d'opinion et d'expression (1) , ainsi que l'application de ces principes, plus particulièrement dans le cadre de notre administration et notamment dans les relations des agents avec les médias (2).

1 - LES PRINCIPES

Le loyalisme et la neutralité qui régissent les relations des agents publics avec leur administration doivent inspirer l'usage qu'ils font des droits et libertés qui leur sont reconnus.

1.1. La liberté d'opinion, ou de conscience

En France, elle est en principe absolue. Us convictions politiques Du religieuses d'un fonctionnaire ne sauraient justifier ni un rejet de candidature (C.E. Ass. 28 mai 1954, BAREL, Grands arrêts de la jurisprudence administrative), ni une mesure disciplinaire (C.E. Sect. 1er octobre 1954, GUILLE, Rec p.496).

Ce principe n'est que l'application aux agents de l'Etat de l'alinéa 5 du préambule de la constitution de 1946 dont les dispositions n'ont pas été remises en cause - et selon lequel *"nul ne peut être, lésé dans son travail ou son emploi en raison de ses origines, de ses opinions et de ses croyances"*.

L'article de la loi n°83-634 du 13 juillet 1983, portant droits et obligations des fonctionnaires dispose à cet égard que *"la liberté d'opinion est garantie aux fonctionnaires"* et l'article 18 précise en outre qu'il ne peut être fait état dans le dossier d'un fonctionnaire, de même que dans tout document administratif, *"des opinions ou des activités politiques, syndicales, religieuses ou philosophiques de l'intéressé"*.

1.2. La liberté d'expression

Elle est également reconnue aux fonctionnaires, mais avec plus de réserves.

*1.2.1. **Dans l'exécution du service,** "l'Etat peut exiger que l'agent public s'abstienne de tout acte propre à faire douter non seulement de sa neutralité mais de son loyalisme envers les institutions"* (C.E. Section, 3 mars 1950, Dlle JAMET, Rec. p. 247, Conclusions Laurent).

*1.2.2. **En dehors du service***, la liberté d'expression constitue le principe, Cependant elle connaît des limitations imposées par la nécessité de respecter le secret et la discrétion professionnels, ainsi que l'obligation de réserve.

1.3. Les limitations à la liberté d'expression

1.3.1. Le secret professionnel

C'est l'obligation pour un agent public de ne pas révéler les faits, les informations ou les documents relatifs à des personnes privées dont il a connaissance à l'occasion de l'exercice de ses fonctions.

Applicable aux agents publics en vertu du statut général des fonctionnaires (Loi du 13 juillet 1993, article 26), cette obligation est sanctionnée par l'article 226-13 du nouveau code pénal.

Mais le fonctionnaire qui viole le secret professionnel peut également être poursuivi disciplinairement, même en l'absence de poursuites pénales.

Les règles régissant le secret professionnel doivent, bien entendu, tenir compte de celles relatives à la liberté d'accès aux documents administratifs et à l'informatique et aux libertés dont l'incidence sur l'obligation de secret professionnel est aujourd'hui évidente.

I.3.2. La discrétion professionnelle

A la différence du secret professionnel, destiné à protéger les secrets des particulier, l'obligation de discrétion professionnelle est instituée dans l'intérêt du service et destinée à protéger les secrets administratifs dont la divulgation pourrait nuire à l'accomplissement normal des tâches ou à la réputation de l'administration,

Elle exclut toute divulgation de faits, informations ou documents de service, dont les agents ont pu prendre connaissance "dans l'exercice" ou "à l'occasion de l'exercice de leurs fonctions".

Ainsi, l'interdiction revêt-elle une étendue très large, puisque tout ce qui concerne la vie interne et l'action de l'administration est présumé confidentiel. Prévue par l'article 26 de la loi du 13 juillet 1993, cette obligation joue en toutes hypothèses, à l'égard des personnes étrangères à l'administration, mais également dans les relations entre fonctionnaires appartenant à des services différents.

Le manquement à l'obligation de discrétion est passible de sanctions disciplinaires.

Comme l'obligation de secret, la discrétion professionnelle, qui est une obligation de non divulgation, doit être mise en rapport avec l'obligation d'informer les administrés.

En effet, en vertu de l'article 27 de la loi du 13 juillet 1983 *"les fonctionnaires ont le devoir de satisfaire aux demandes d'information du public"*.

Cette disposition tient compte des exigences de la loi n°78-753 du 17 juillet 1978 portant diverses mesures d'amélioration des relations entre l'administration et le public et relative à la liberté d'accès aux documents administratifs. Celle-ci dispose que les documents administratifs sont *"de plein droit communicables aux personnes qui en font la demande"* et que ce droit s'impose à toutes les collectivités publiques et aux organismes privés chargés de la gestion d'un service public. La liste des documents non communicables est fixée par l'arrêté du 12 mars 1986 (J.O. 19 mars 1986, p. 4645) et précisée par la circulaire du 14 mars 198[illegible] relative à la liberté d'accès aux documents administratifs (B.O. 1986/15-16 du 13 mai 1986).

Ainsi, la nécessaire conciliation entre l'obligation de discrétion et l'obligation d'information du citoyen, conduit à apporter des limites à la première.

Cette conciliation n'est pas sans difficultés, ainsi que le relève le Conseil d'Etat dans son rapport public 1995 :

"Sans doute faut-il, au total, considérer qu'en plus de l'obligation de secret pèse, sur les fonctionnaires une obligation de discrétion, de champ plus vaste que le secret professionnel, et, sinon pénalement, du moins

'isciplinairement, sanctionnée, s'inscrivant elle-même sur fond d'obligation de réserve et de respect du 'roit des usagers à l'intimité de leur vie privée) en particulier à certains aspects de ce droit, mais que ces nêmes fonctionnaires sont, plus que les autres acteurs sociaux, regardés comme comptables de contribuer la transparence de l'activité publique et à son efficience, y compris dans la dimension répressive, d'où obligation d'information en général, l'obligation de faciliter l'accès aux documents administratifs, les bligations particulières en matières de dénonciation de crimes et délits, (...).

ssumer toutes ces obligations peut, dans certains cas, relever de la gageure. Cela impose en tous cas une xtrême discipline sur le terrain des précautions prises pour éviter que les informations ne transpirent ou e se diffusent par inadvertance et sur le terrain de la disponibilité à rendre compte au public, en faisant la art de ce qui est confidentiel et de ce qui ne l'est pas" (Conseil d'Etat. Rapport public 1995. Etudes et ocuments n°47. La Documentation française)

n tout état de cause, demeurent comme manquements aux obligations de discrétion et de secret rofessionnels les hypothèses où un agent divulgue une information de sa propre initiative, sans torisation de sa hiérarchie, et en dehors de toute demande externe au service.

3.3. Le devoir de réserve

repose sur les principes de loyalisme, de neutralité et de, subordination hiérarchique.

peut se définir comme l'obligation faite aux fonctionnaires d'user de mesure et de retenue à l'occasion de xpression publique de leurs opinions, de manière à ce que l'extériorisation de ces opinions, notamment olitiques, soit conforme aux intérêts du service public et à la dignité des fonctions occupées.

lors que les obligations de discrétion et de secret professionnel concernent plus particulièrement des formations ou des faits précis, le devoir de réserve sanctionne une attitude générale de modération des gents publics qui, lorsqu'ils sont conduits à manifester publiquement leurs opinions, doivent mesurer les ots qu'ils emploient et la forme dans laquelle ils les expriment.

cette obligation ne figure pas expressément dans l'actuel statut général des fonctionnaires, elle a, en vanche, été consacrée par la jurisprudence dès 1935 (C.E. 11 janvier 1935, BOUZANQUET, Rec. p.) et a, depuis, été constamment réaffirmée (C.E. 28 juillet 1993, Mme MARCHAND, Rec. p. 248 ; A.A. de Nancy, 29 juin 1995, MARTIN, Rec, p. 866)

le revêt un grand intérêt pratique dans la mesure où elle recouvre une grande variété d'hypothèses à ccasion desquelles l'administration a eu matière à infliger sanctions disciplinaires et le juge saisi de lles-ci, dans l'exercice de son pouvoir de contrôle, a pu préciser ce qui peut être considéré comme des anquements à l'obligation de réserve.

il n'y a guère de difficulté à qualifier comme tel un comportement qui tombe le coup de la loi pénale du it de sa gravité, comme, par exemple, des propos diffamatoires, mettant en cause d'autres fonctionnaires nsi que l'organisation des services publics (C.E. 11 février 1953, TOURE-ALHONSSEINI, Rec. p. 709) l'offense faite au chef de l'Etat (C.E. 10 janvier 1969, MELERO, Rec. p. 24), dans la plupart des autres s, il y a lieu de se référer à l'ensemble des circonstances de l'affaire.

appréciation peut se fonder sur le niveau hiérarchique du fonctionnaire.

effet, l'obligation de réserve est d'autant plus sévère que le grade du fonctionnaire est plus élevé (C.E. ss. 13 mars 1953, TEISSIER, Rec. p. 133 - C.E. 10 mars, 1971, JANNES, Rec. p. 202).

appréciation de la gravité du manquement peut aussi reposer sur la nature des fonctions exercées.

par des organes d'information (presse, radio, télévision), soit pou' donner leur appréciation sur des cas préc (conflits, licenciements, accidents du travail...) ou, plus généralement, sur la situation du monde du travail.

2.1. Demandes d'information concernant des textes ou des données économiques ou statistiques

En ce qui concerne les articles d'actualité qui seraient demandés par la presse, il appartient au fonctionnair contacté de saisir le directeur départemental, lequel en informe le préfet. En accord avec celui-ci, le directe départemental saisit le directeur régional.

Celui-ci donne du journaliste les informations sollicitées suivant la nature de la demande. Par exemple, il explicite les règles juridiques à l'occasion d'une nouvelle législation ou réglementation.

Lorsque la demande d'information porte sur des données économiques ou statistiques, il apprécie la suite à donner, après avoir saisi si nécessaire le directeur ou le chef de service compétent à l'administration central sous réserve des dispositions de la loi du 17 juillet 1978 sur la liberté d'accès aux documents administratifs

Je vous rappelle que l'agent public, lié par les instructions données par l'administration, ne peut librement interpréter les textes législatifs ou réglementaires.

2.2. Demandes d'information concernant des cas précis

Si les questions portent sur une situation locale, une discrétion absolue observée dès que des intérêts particuliers peuvent être lésés.

La même obligation clé discrétion et de réserve s'impose au sujet des faits d'actualité, notamment du déroulement des conflits collectifs ou de l'instruction de décisions individuelles ou collectives. L'agent interrogé, après avoir saisi son supérieur hiérarchique (directeur départemental ou régional, directeur à l'administration centrale) et avec son accord, doit se borner à exposer brièvement l'objet de son intervention. Il doit éviter de porter un jugement sur l'attitude de l'une ou l'autre des parties ou sur le bien-fondé de leur action. Il ne doit pas laisser présager sa position ou la suite qu'il entend donner à l'affair en cause.

De même, il ne doit pas commenter les décisions prises par lui-même ou toute autre autorité administrative ou judiciaire quelle que soit la nature de ces décisions.

En tout état de cause, les informations données doivent se limiter à l'exposé des faits non couverts par le secret de l'instruction, l'attitude des parties n'ayant pas à être appréciée.

Ces règles s'appliquent même quand le fonctionnaire ou l'agent est interrogé à l'improviste, dans l'entrepris ou à son bureau, par un journaliste de la presse écrite, parlée ou télévisée.

2.3. Demande d'entretien radiodiffusé ou télévisé

Dans ce cas, quels que soient l'insistance et le caractère d'urgence avec lesquels est présentée la demande, l'agent sollicité doit d'abord s'informer avec précision sur la nature des questions qui lui seront posées au cours de l'entretien, puis il doit saisir sa hiérarchie (directeur départemental, lequel en avise, le préfet et, le cas échéant, le directeur régional), pour décision préalable.

Lorsqu'ils estiment que les sujets prévus par l'entretien risquent de mettre en cause des intérêts publics supérieurs ou la politique générale du gouvernement, ceux-ci peuvent prendre l'attache du Cabinet de la Ministre.

r conséquent, saut autorisation expresse de sa hiérarchie, un fonctionnaire ne peut se prêter librement à e interview portant sur le fonctionnement du service auquel il appartient ou sur des problèmes dont il a la arge.

4. Publication d'un article ou d'un livre par le fonctionnaire lui-même

ıns le cadre de ses libertés d'opinion et d'expression, l'agent a toute latitude Pour publier des articles ou s ouvrages dès lors qu'il ne les signe pas ès qualités et que les sujets traités n'ont pas de rapport avec ses ıctions.

revanche, si l'agent se présente en qualité de fonctionnaire ou si les sujets abordés touchent aux ıctions qu'il exerce ou s'il risque de manifester son opposition ou ses critiques à l'égard de l'action du ıuvernement, il doit préalablement saisir sa hiérarchie (directeur départemental, préfet, directeur régional : jugeront de l'opportunité de saisir, le cas échéant, le Cabinet de la Ministre) afin qu'aucun intérêt public puisse être compromis.

lles sont les instructions qu'il m'a paru utile de vous rappeler.

Pour la ministre et par délégation
La directrice de l'administration générale
et de la modernisation des services

Marie-Caroline BONNET-GALZY

Les différentes catégories d'entreprises (extrait de « La démarche marketing »)

La catégorie 5 : entreprises phares	Regroupe les entreprises influentes sur leur bassin avec lesquelles il s'agit de **pérenniser la relation** c'est à dire rechercher, renforcer et faire vivre une relation privilégiée dans la durée
La catégorie 4 : clients en or	Regroupe les entreprises avec un bon potentiel (les meilleurs atouts du portefeuille clients) et de bonnes relations avec l'Agence avec lesquelles il s'agit de **fidéliser la relation** par la qualité de service et une relation forte de proximité, et mieux exploiter les possibilités de placement des demandeurs qu'elles offrent.
La catégorie 3 : trésors cachés	Regroupe les entreprises avec un fort potentiel mais avec lesquelles l'Agence n'a pas encore de relation forte avec lesquelles il est nécessaire **d'approfondir la relation** afin de mieux les connaître et mieux se faire connaître afin de créer une relation de confiance dans la durée.
La catégorie 2 : bons amis	Regroupe les entreprises avec un potentiel plutôt faible mais une bonne relation avec l'Agence avec lesquelles il est important de **maintenir la relation** par des contacts ponctuels, par un suivi régulier de l'évolution afin d'exploiter les possibilités d'insertion des demandeurs d'emploi.
La catégorie 1 : autres entreprises	Regroupe les entreprises dont le potentiel est faible ou que l'Agence ne connaît pas et auxquelles il faut **fournir une information légère** si le potentiel d'embauches est faible, **ou conquérir** en cas de détection de potentiels.
La catégorie 0 : établissements non recruteurs	Regroupe les entreprises n'ayant aucun pouvoir de décision dans le processus de recrutement mais auprès desquelles il faut **obtenir des informations sur les lieux de décision des recrutements et les programmes de recrutement.**

Des formations homologuées prioritaires par l'Assedic

SPORT	
Éducateur sportif	15436
AGRO-ALIMENTAIRE	
Pâtisserie perfectionnement	21508
Pâtisserie	21528
Boulangerie	21538
Boulangerie perfectionnement	21539
Conservation produits agro	21573
Conditionnements produits agro	21575
Traiteur	21576
Charcuterie	21589
Boucherie	21599
BTP	
Ouvrage béton	22005
Formation pour Travaux publics	22054
Canalisation réseau ext.	22070
Pavage pose bordure	22082
Métreur	22232
Dessinateur d'études	22252
Chef de chantier	22294
Enduit, maçonnerie, cloisonnement, coffrage, taille, briquetage	22301 à 22398
Bâtiment second oeuvre	22401 à 22499
Génie climatique (plomberie, climatisation, isolation...)	22604 à 22699
Papier carton	22884
TRAVAIL DES MATERIAUX	
Soudage autre	23008
Soudage	23026
Montage assemblage	23035
Conducteur équipement de forage	23048
Métallurgie	23062
Fraiseur	23067
Usinage	23076
Agent découpage des métaux	23078
Chaudronnier	23083
Tôlier	23094
Ajusteur	23096
Mécanique surface	23583
Électronique auto	23605
Réparation véhicule industriel	23615

Réparation carrosserie	23617
Réparation auto	23637
Contrôle auto	23649
Constructeur mécanique	23662
INDUSTRIE	
Monteur câbleur électrique	24016
Opérateur régleur commande numérique fraisage	24404
Opérateur régleur commande numérique ajusteur	24406
TRANSPORT ET CONDUITE	
Conducteur engins de chantier	31717
Magasinier	31734
Conducteur engins de levage (caces)	31747
Transport en commun (D) avec promesse d'embauche	31805
Conduite PL (C et FIMO) avec promesse d'embauche	31816
Sécurité conduite (FIMO, FCOS...)	●31820
Sécurité conduite (FIMO, FCOS...)	●31826
Transport marchandises (C, EC et FIMO) avec promesse d'embauche	31827
Transport matières dangereuses (produits chimiques)	31828
Transport routier (EC ET FIMO) avec promesse d'embauche	31833
Affrètement	31856
Droit transport	31894
Gestion entreprise de transport	31895
COMMERCE ET VENTE	
Négociation achat	34002
Gestion commerciale	34054
Stratégie commerciale	34085
Vente produits alimentaires	●34525
Force vente	34561
Encadrement vente	34570
Action commerciale	34573
Technico commercial	34581
Négociation commerciale	34582
Animation force de vente	34584
SECRETARIAT	
Agent chargé d'accueil	35052
ESTHETIQUE/COIFFURE	
Esthétique	42032
Coiffeur perfectionnement	42061
NETTOYAGE	
Nettoyage locaux	42093
TOURISME	
Guide interprète	42602
Gestion entreprise touristique	42627
HOTELLERIE RESTAURATION	
Cuisine traditionnelle	42752
Service salle	42757
Gestion hôtellerie	42766
Gestion cuisine	42782
Réception	42788

Hygiène sécurité hôtel restaurant	●42793
SECURITE	
Sécurité IGH	42841
Sécurité ERP	42850
Sécurité incendie	42872
SANTE	
Ambulancier	43419
Aides soignants	43436
SOCIAL	
Auxiliaire ménagère	●44019
Auxiliaire de vie	●44028
Animateur socioculturel (DEFA, BEATEP)	44067

Veuillez trouver ci-dessous les formacodes concernant les actions prioritaires de l'Assédic [redacted]

Cette liste a été examinée avec la DR ANPE et validée lors de la dernière IPA du 12 janvier 2005.

Attention : Une formation dont le formacode est trop précis et qui ne figure pas dans cette liste ne sera pas prioritaire. Il convient d'évaluer la précision du formacode afin de déterminer s'il est prioritaire ou non. Exemple : une formation de saucier (42701) n'est pas prioritaire, mais la cuisine traditionnelle (42752) l'est.

Les appellations et/ou formacodes modifiés sont signalés par un rond bleu ●

Pour attester de l'efficacité d'un entretien,
une seule solution, toujours la même, remplir des cases.

ANPE

FICHE DE RELEVÉ QUALITÉ DES CONCLUSIONS D'ENTRETIEN

Agent Equipe Date

Indiquez les critères respectés à la lecture de chaque conclusion d'entretien

Conclusions		1	2	3	4	5	6	7	8	9	10	Résultats & Pourcentages	
Critères ...	*DE N°*												
Cohérence de l'emploi recherché												a.	% b.
Qualité du plan d'action													%
Intérêt du commentaire													%
Cohérence globale des conclusions d'entretien													%
Qualité de la rédaction													%

Nombre de critères satisfaits	c.										Note moyenne de la fiche
Cotation (1 à 4)	d.										e.

Résultats par critères
a. : indiquez le nombre de conclusions satisfaisantes pour chaque critère.
b. : calculez le taux de conclusions répondant à chaque critère : (*a. / nombre total de conclusions analysées*) x 100
c. : indiquez le nombre de critères satisfaits pour chacune des conclusions analysées

Calculs de la moyenne
d. : calculez les notes suivant le barème des cotations
e. : calculez la note générale de la fiche en faisant la moyenne des cotations (*somme d. / nombre de conclusions analysées*)

BAREME DES COTATIONS	
5 critères satisfaits	Note 4
4 critères satisfaits	Note 3
3 critères satisfaits	Note 2
2 critères satisfaits ou moins	Note 1

Un aperçu éloquent des nombreux tableaux et graphiques dont les conseillers sont abreuvés régulièrement.

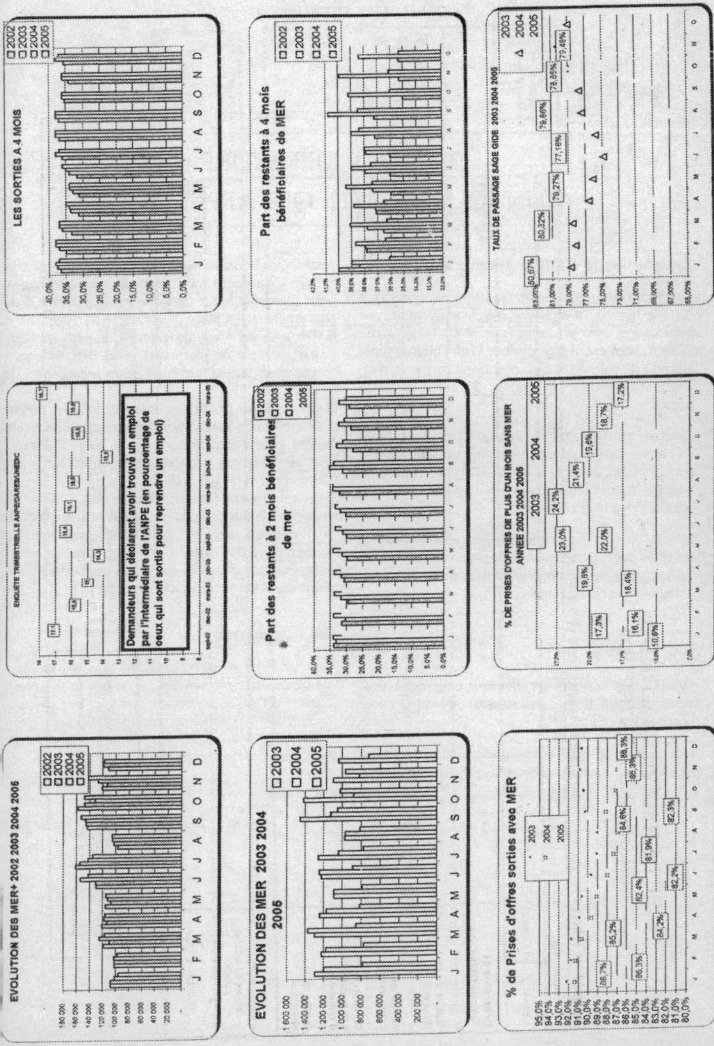

Pour savoir quoi dire en toutes circonstances, avoir à portée de main le « Guide de la communication avec les médias ».

COMMENT RÉPONDRE À UN JOURNALISTE QUI APPELLE ?

Une demande d'information pratique

Cela peut être un simple renseignement pratique (ex : le nom d'un directeur d'agence), comme une information précise sur le marché du travail local. Dans tous les cas, **il faut donner l'information mais essayer de connaître son intention** : prépare-t-il un article sur l'Agence ? Souhaite-t-il d'autres informations ?

Vous avez toujours intérêt à manifester votre volonté de l'aider dans sa démarche. Il vous en sera généralement reconnaissant, et s'il n'utilise pas votre proposition aujourd'hui, il se souviendra que votre agence semble ouverte et compétente.

Si vous n'avez pas l'information, vous pouvez le renvoyer sur la personne / l'organisme compétent ou lui proposer de le rappeler plus tard lorsque vous aurez obtenu l'information.

Une interview

VOUS DEVEZ OPPOSER UN « NON » COURTOIS À CERTAINES DEMANDES DE JOURNALISTES EN EXPLIQUANT VOTRE MOTIF :

- le jour de la sortie des chiffres du chômage, vous ne devez faire aucun commentaire. Seul le ministère des Affaires Sociales, du Travail et de la Solidarité est habilité à commenter le marché du travail ce jour là. Cette règle s'applique quel que soit le ministre ou le gouvernement en place.
- vous avez un devoir de réserve. Celui-ci s'applique si par exemple le journaliste vous demande une appréciation sur la politique gouvernementale de l'emploi.
- vous avez un devoir de confidentialité concernant des éléments en préparation. Par exemple, une future mesure pour l'emploi est en train d'être élaborée. Vous ne devez pas l'annoncer si la décision n'a pas été prise par votre hiérarchie.
- vous devez être l'interlocuteur le plus à même de répondre à la question du journaliste en fonction de vos compétences et de votre zone d'intervention. Par exemple, il faut éviter qu'un reporter puisse généraliser vos propos alors que votre analyse se base uniquement sur votre bassin d'emploi.

De l'art du refus

Si vous devez refuser une interview, faites preuve de diplomatie en montrant que vous êtes sincèrement désolé(e) de ne pouvoir satisfaire à sa requête. Faites acte de bonne volonté en lui indiquant que vous seriez heureux de répondre à une interview ultérieure.

Pour les autres cas, vous êtes susceptible de répondre à l'interview, mais jamais à chaud.

Dans un premier temps, demandez quelques informations de base au journaliste :
- son nom et le média qu'il représente,
- ses coordonnées (téléphone, fax, e-mail, portable),
- le sujet global de son enquête,
- les thèmes qu'il souhaite aborder avec vous,
- la durée de l'interview,
- le mode de l'interview (par téléphone, de visu, avec un photographe ?),
- ses délais de bouclage (quand doit-il rendre son article ?),
- la date de la sortie de l'article.

Contactez le Service Communication régional ou national (s'il s'agit d'un média national) afin de préparer l'interview. Mais éviter de dire au journaliste qu'il vous faut l'autorisation de la direction de la communication pour pouvoir répondre, cette expression donne l'impression d'une administration "lourde" ou que nous avons peur des journalistes.

A éviter

Tarder à donner une réponse au journaliste sur la faisabilité de l'interview. Ce principe est d'autant plus important pour les journalistes de télévision et de radio. Ces derniers doivent souvent courir après le temps. Les journalistes de l'audiovisuel doivent généralement boucler leur reportage pour 11h et 18h afin d'avoir le temps de les monter pour les journaux de 13h et 20h. L'urgence est encore plus forte pour les journalistes de l'AFP qui diffusent des dépêches en temps réel.

COMMENT FAIRE PASSER VOS MESSAGES ?

Pour faire passer vos messages, il faut connaître les différentes contraintes qui pèsent sur les journalistes.

Intégrez les contraintes du journaliste et des supports

SES CONTRAINTES DE TEMPS ET DE HIÉRARCHIE

La crise que connaît la presse renforce la pression du temps : pour être le meilleur journal, il faut être le premier à «sortir l'info». Le journaliste est donc par nature pressé.

Par ailleurs, les rédactions des journaux travaillent de plus en plus en effectif réduit. Les journalistes sont donc amenés à traiter un plus grand nombre de sujets.
De même, on constate un recours de plus en plus fréquent à des pigistes. C'est pourquoi, vous pouvez avoir le sentiment, face à un journaliste, qu'il ne connaît pas suffisamment son dossier.

Même si vous avez cette impression, ne l'exprimez pas. En revanche, n'hésitez pas à expliquer les choses en rappelant, par exemple, un contexte, une procédure. Pour ne pas être professoral, vous pouvez notamment introduire vos propos par la formule « Pour comprendre, vos lecteurs doivent savoir que… ».

LES CONTRAINTES DE SUPPORT (PRESSE ECRITE, TÉLÉVISION, RADIO)

L'interview pour la presse écrite
Face à un journaliste de la presse écrite, il est possib de développer davantage sa pensée que dans autre support.
Mais, soyez plus attentif(ve) encore à vos propos aux interprétations possibles. Davantage que pour radios et les télévisions, les lecteurs de journa choisissent leur périodique en fonction de leur op nion et style de vie. La lecture de vos propos pe donc générer des perceptions différentes selon ligne éditoriale du support.

L'utilisation d'un magnétophone
Ne soyez pas dérouté(e) par la présence d'un magr tophone ; c'est le filet de secours du journaliste.
Il ne réécoute pratiquement jamais l'ensemble l'enregistrement.
Celui-ci lui permet simplement de retrouver u citation exacte ou de vérifier un chiffre.

Coupes et sélection de vos propos
Comment le journaliste restitue-t-il votre entretie D'abord, il va « élaguer », puis regrouper les idées thèmes et les classer selon un plan qui coïncid rarement avec la progression de l'interview mais s plus cohérent avec l'angle choisi.

14

in, le journaliste reformulera le propos pour apter et trouvera un juste milieu entre la forme te et orale.

Citations et relecture

ut différencier la relecture d'un article compre- t vos propos, de la relecture de votre interview. relecture, dans la presse française, n'est ni un dû, n droit. Il est considéré comme très maladroit de ıander à un journaliste de relire l'ensemble de article. La pratique la plus courante consiste à ne relire que les sujets très pointus ou techniques. revanche, il est possible et même tout à fait ommandé de demander à relire les interviews cle sous forme de questions/réponses) ou les tions (reprise d'une partie de vos propos sous lemets). Il est conseillé de relire avec le respon- e communication car les changements demandés vent être véritablement justifiés et il faut savoir dre du recul.

erview pour la radio

adio est le média de l'immédiat et de la proximité. nicro crée un climat plus propice à la spontanéité.

votre côté, il faut vous adapter aux impératifs de ièveté de la radio : dire des choses simples et les ger. Faites très court. Penser à respirer : avec le le diaphragme se bloque et la voix se modifie, imez-vous avec le sourire (il s'entend).

L'interview sur place

Le journaliste radio est souvent le premier sur les lieux de l'événement, pressé par le temps et la fréquence des éditions.

A l'ère du numérique, le journaliste est souvent à la fois interviewer, preneur de son, voire monteur. Il vous demandera de faire quelques essais de voix avant d'entamer l'interview.

L'interview en studio

Coupé(e) des sons extérieurs, vous êtes installé(e) dans un studio, à une table avec un ou plusieurs journalistes et un animateur.

Qu'il s'agisse d'une interview diffusée en direct ou en différé, le journaliste réalisera probablement une pré-interview. Vous aurez un aperçu de ses questions et lui de vos réponses.

Il reprendra d'ailleurs parfois à son compte durant la « vraie » interview certains de vos propos. C'est un

bénéfice « gagnant-gagnant » puisque le journaliste donnera l'impression à ses auditeurs qu'il maîtrise totalement son sujet et vous, vous aurez permis à votre message de passer par une tierce personne considérée comme neutre.

N'hésitez donc pas durant la pré-interview à « valoriser » votre information par des formules telle que « ce que ne savent pas vos auditeurs, c'est que / ce qui est nouveau, c'est que… ».
Si vous êtes interviewé(e) en direct, surveillez le rouge des micros (= vous êtes à l'antenne).

Soyez concentré(e) et concis(e). D'entrée de jeu, énoncez votre message essentiel. Puis, placez toujours au début de chacune de vos réponses, ce qui est le plus important. Essayez également de replacer votre message principal à la fin de l'interview. Sur la forme, reprenez la question du journaliste au début de votre réponse, car celle-ci n'est pas toujours reproduite dans le montage final.

L'interview par téléphone

Il existe également la possibilité de réaliser des interviews par téléphone, les mêmes conseils s'appliquent. Mais n'oubliez pas le principe de base : pas d'interview à chaud.

Donnez-vous au moins 5 minutes pour repenser à votre message principal et pour rassembler des éléments (notes, chiffres, etc...).

Faites en sorte qu'on ne vous dérange pas durant votre préparation, puis pendant l'interview. Ne mettez pas l'ampli du téléphone, ni une radio à proximité.

L'interview pour la télévision

L'environnement technique impressionne, inti
inhibe. Il faut donc tout faire pour l'oublier. I
chercher le lieu adéquat, positif, pas trop enso
avec une lumière douce. L'équipe technique in
micro, caméra et projecteurs.

Pendant ce temps, vous faites connaissance,
échangez de l'information, vous délimitez le
vous vous concentrez. Le journaliste vous m
confiance, prend des notes et achève de prépare
interview. Profitez-en pour lui donner des info
tions factuelles qu'il reprendra à son compte da
commentaire du sujet.

Tout comme à la radio, le journaliste peut être
de vous poser une même question sous différ
formes pour obtenir la réponse qu'il souhaitera
vous démontez pas, vous pouvez vous aussi lu
poser une même réponse sous différentes fo
(anecdotes, faits, etc) !

Le comportement face à la caméra

Regardez le journaliste : il est plus facile de s'a
cher à un regard qu'à l'œil de la caméra. Evit
regarder directement l'objectif de la caméra.

Le « look »

Les caméras sont allergiques aux couleurs cri
aux fines rayures, aux cravates à pois et d'une m
re générale aux motifs géométriques qui « brouil
l'écran.

Portez des vêtements dans lesquels vous vous s
bien : seul impératif, ne pas surprendre le télésp

Comment gérer les questions difficiles et les situations de crise ?

Savoir répondre aux questions pièges

Certaines questions difficiles ou faussement naïves de journalistes peuvent vous mettrent en difficulté. Il est important de les repérer afin de mieux y répondre.

Naturellement, ne mentez jamais et partez sur le principe de la transparence. Mais n'oubliez pas, une interview, ce n'est pas un interrogatoire mais un entretien qui se joue à deux. Vous pouvez donc rebondir sur les questions du journaliste pour faire passer vos messages.

La question pour un tiers

Ex : M. Hix, Député a t-il raison de critiquer les entreprises qui bénéficient d'aides ?
Si la question ne vous concerne pas directement, ne répondez pas à la place d'un autre.

La question politique

Ex : Etes-vous pour une fusion avec les Assédic ?
Sauf si vous disposez d'un argumentaire de la direction de la communication sur la question, ne répondez pas aux questions politiques, dites plutôt : "c'est un sujet dont la réponse appartient à l'ANPE au niveau national..." et envoyez votre interlocuteur vers la direction de la communication nationale.

La question polémique

Ex : Monsieur Dupond de l'association X ne vous juge pas très efficace, qu'avez-vous à lui dire ?
Ne vous laissez pas entraîner dans un débat de personnes, contrebalancez plutôt : "c'est dommage de dire ça, c'est ignorer que nous avons fait ceci, cela..." ou rappelez l'essentiel : « la seule chose que je peux vous dire, c'est... ».

La question à tiroirs ou multiple

Ex : Comment progressent vos offres ? Etes-vous certain d'atteindre vos ambitions ? Comment allez-vous faire ?
"Faites votre marché" et ne répondez qu'à la question qui vous intéresse le plus, laissez de côté les questions embarrassantes. Si le journaliste veut vraiment une réponse aux autres questions, il vous les reposera plus tard, en attendant vous aurez eu le temps de faire passer des messages valorisants pour l'ANPE.

La question trop large

Ne répondez pas à l'ensemble de la question, reprécisez-la vous-même en tenant compte de l'efficacité de la réponse.
Ex : Où en sont vos initiatives locales ? "Le club de chercheurs d'emploi marche très bien, nous obtenons tel et tel résultat...". Choisissez une initiative qui obtient de bons résultats.

La question irrecevable

Ex : A l'ANPE vous trichez sur le nombre de demandeurs d'emploi.
Répondez : "je ne peux pas vous laisser dire ça, c'est faux. La DARES publie toutes les catégories".

La question sur un fait précis (par exemple, une entreprise qui n'aurait pas bénéficié d'une aide alors qu'elle correspondait aux critères de recevabilité).

Très souvent, les journalistes vous confrontent à une situation vécue par un demandeur d'emploi ou un employeur. N'hésitez pas à dire que vous ne connaissez pas ce cas mais que vous l'étudierez (et tenez votre promesse). Vous pouvez tenir ensuite informé le journaliste. En revanche, faites attention au règlement du cas. Certains journalistes peuvent être flattés d'avoir concouru à son règlement s'il est positif mais la plupart penseront que le commun des mortels est impuissant devant une « administration » s'il n'est pas aidé. L'image de l'ANPE n'en sera que plus brouillée. Vous devez donc régler le cas selon des critères objectifs et être très pédagogue avec le journaliste.

La question surprise

Face à une question inattendue, vous pouvez gagner du temps en demandant au journaliste de vous la répéter.

La question « marronnier »

Au-delà des questions que vous posent le journalist sur le thème qui fait l'objet de l'interview, vous pou vez être confronté(e) aux questions récurrentes su l'Agence (l'efficacité de l'Agence, le poids des radia tions...). Soyez prêt(e) à y répondre, de manièr concise (pour ne pas donner corps au débat) sinon vous prenez le risque d'être sur la défensive ou hési tant dans le choix des arguments à faire valoir.

Vous pouvez trouver des argumentaires sur le sit Intranet de la Direction de la Communicatio (http://alice.anpe.fr/intracom) et vous adresser à votre Responsable communication. L'objectif n'es pas d'apprendre des messages officiels mais d'avoi les clés pour savoir structurer votre discours en don nant les informations importantes dans le minimun de temps.

Et en situation de crise

Les situations de crise (occupation d'une agence, etc) amènent généralement de nombreuses questions de journalistes. Ces situations se gèrent au niveau d'une DDA, d'une DRA, ou au niveau national selon les cas. Nous n'évoquons donc le sujet que très sommairement en vous présentant les différents points à retenir :

Avant la crise

- Disposez d'une fiche méthodologique de procédure (dans le cas d'une occupation d'agence : les procédures de sécurité, les procédures d'information des demandeurs d'emploi et des entreprises).

- Préparez un argumentaire.

- Maîtrisez l'argumentation liée au sujet, la position des différents acteurs et l'historique si vous avez vécu une situation similaire préalable.

- Actualisez votre répertoire des personnes clés en interne (téléphone fixe et portable du DDA, DRA, du service communication, référent en structure sur le sujet, etc) et en externe, entretenez vos relations (correspondant AFP, journaliste local, partenaires - Assédic, élu local, etc...).

- Déterminez qui parle et de quoi.

- Soyez capable de mobiliser vos « alliés » (partenaires, élus, demandeurs d'emploi, chefs d'entreprise, associations, etc) pour s'exprimer sur le sujet faisant l'objet de la crise. Pour un tiers, la parole d'une personne extérieure a toujours plus de poids qu'une parole « interne ». Pour être capable de mobiliser vos alliés, il faut les rencontrer régulièrement et pour les clients (recruteurs et demandeurs d'emploi), il faut, avec vos collaborateurs, que vous conserviez les coordonnées de tel ou tel qui vous a remercié pour la qualité de vos services.

Pendant la crise

- Si plusieurs médias veulent vous interviewer, vous pouvez demander à ne les voir que les uns après les autres. Double avantage : vous stressez moins et les médias ne surenchérissent pas entre eux sur les questions.

- Durant l'interview, le principe reste toujours la transparence mais il faut éviter de donner des informations que ne connaissent pas encore les agents.

- N'oubliez pas l'empathie. Les situations de crise comportent souvent une partie émotionnelle. Pour « accrocher » le téléspectateur, le journaliste peut par exemple jouer sur l'angle (le pot de terre face au pot de fer dans le cas d'une radiation, etc).

Ne faites pas semblant d'être affecté(e) si ce n'est pas le cas, mais n'oubliez jamais l'aspect humain de toute situation surtout au début de votre interview. Dérouler seulement dans un deuxième temps, vos arguments et en privilégiant le bon sens, plutôt que les arguments techniques.

Après la crise

Consultez les articles des journaux pour observer les arguments qui ont été repris par la presse et les points critiques qui ont été le plus développés. Vous mettrez à jour votre argumentaire.

QUE FAIRE SI VOS PROPOS SONT DÉFORMÉS ?

Prendre de la hauteur

Le premier réflexe est d'appeler le service communication régional après l'interview pour donner vos impressions.
Lorsque vous recevez le journal, (demandez au journaliste de vous envoyer l'article une fois publié si vous ne pouvez l'obtenir autrement) faites-le lire autour de vous. Si vous ne le trouvez pas très bon, rassurez-vous, on est toujours plus critique avec soi-même. Si d'autres personnes émettent également des réserves parlez-en avec votre service communication régional.

Contrebalancer

L'idéal est de faire comprendre au journaliste l'erreur qu'il a commise.
S'il met dans votre bouche des propos précis (chiffres, etc) que vous n'avez pas tenus, vous pouvez demander la publication d'un erratum.
Le journaliste peut également vous proposer d'écrire un autre article prenant plus en compte vos considérations. Si ce n'est pas le cas, proposez un reportage à un autre média ayant une audience plus importante que la sienne.

En dernier recours : le droit de réponse

Si le journaliste a vraiment été de mauvaise foi, vous pouvez, en accord avec le service communication, envisager un droit de réponse. Mais celui-ci est une solution ultime car il aggrave nettement les relations avec le média en question. Vous pouvez, lors, vous attendre à d'autres mauvais articles. plus, le journaliste peut dans son journal faire commentaires juste à côté de votre droit de répo Ses commentaires réitèrent généralement critiques qu'il avait émises dans son article.
Les critiques à votre encontre ont alors été expo deux fois.

Le droit de réponse est soumis à certaines rè fixées par les articles 13 et 13-1 de la loi du 29 ju 1881, notamment :

- Un délai d'1 an maximum entre la publicatio l'article incriminé et l'envoi du droit de réponse.
- Une taille de votre réponse proportionnell texte incriminé avec un maximum de 200 lignes.
- La forme de l'envoi (lettre recommandée accusé de réception).

Les quotidiens ont trois jours pour publier v réponse. Mais ils peuvent refuser si vous avez p atteinte à l'honneur du journaliste (notion floue confirmée par la jurisprudence) ou si vos argum sont insuffisants.

Que faire si un journaliste vous appelle ?

● Répondre directement s'il s'agit uniquement de questions pratiques. Si vous avez un doute sur la réponse à apporter, ne pas céder à la pression, demander au journaliste si vous pouvez le rappeler dans des délais compatibles avec ses contraintes.

● **Demander conseil au service communication.**

● Éviter de dire qu'il nous faut l'aval de ou l'autorisation de..., ces expressions donnent l'impression d'une administration "tatillonne" ou que nous avons peur des journalistes. Expliquer simplement que vous êtes très sollicité et que le rôle du service communication est de "dispatcher" les demandes des médias entre les différentes structures de l'Agence.

Quels sont les éléments à connaître avant d'accepter l'interview ?

Plusieurs points sont essentiels à connaître (votre Service de communication régional est là pour vous aider à estimer l'opportunité de l'interview et la préparer avec vous) :

● **Comprendre ce qui intéresse réellement le journaliste** (l'angle de son article : il peut vous contacter à l'occasion de votre présence dans un forum, mais souhaiter traiter plus largement des difficultés de recrutement des entreprises ou vous demander des chiffres sur votre bassin alors qu'il prépare un article politique sur un élu. Il est donc important de connaître son angle pour savoir jusqu'où vous pouvez aller).

● Comprendre ses contraintes : possibilités de déplacement, délai de "bouclage" (heure à laquelle il doit rendre l'article à sa direction).

● Positionner le journaliste : connaître ce qu'il a déjà écrit sur l'Agence, savoir ce que dit son média sur l'ANPE. Une même information peut être jugée positive ou négative selon qu'elle est analysée par tel ou tel média.

● Etre informé sur la forme de l'article (est-ce une interview, un entretien, un entrefilet... ?). S'il s'agit d'un dossier, se renseigner sur les autres articles à paraître, sur les autres personnes interviewées, sur ce qu'elles peuvent dire.

● Savoir pour quel type de média il travaille : la télévision, la presse et la radio n'ont pas les mêmes besoins.

Comment anticiper les questions du journaliste et déterminer vos messages ?

● **Etre capable de répondre aux questions : quoi, qui, où, comment, pourquoi, coût, résultats,**

Table

Composition réalisée par FACOMPO (Lisieux)

Achevé d'imprimer en octobre 2006 en France sur Presse Offset par

BRODARD & TAUPIN

GROUPE CPI

La Flèche (Sarthe).
N° d'imprimeur : 38137 – N° d'éditeur : 77532
Dépôt légal 1re publication : novembre 2006
LIBRAIRIE GÉNÉRALE FRANÇAISE – 31, rue de Fleurus – 75278 Paris cedex 06.

31/1934/4